HAYMON taschenbuch **218**

Figuren und Landschaften sind frei erfunden.

Gedruckt mit freundlicher Unterstützung durch die Kulturabteilung des Landes Oberösterreich.

Auflage:
4 3 2 1
2019 2018 2017 2016

HAYMON tb 218

Originalausgabe

www.haymonverlag.at

ISBN 978-3-7099-7860-3

Umschlag- und Buchgestaltung nach Entwürfen von hœretzeder grafische gestaltung, Scheffau/Tirol
Umschlag: Eisele Grafik · Design, München, unter Verwendung einer Abbildung von bigstock.com/Beornbjorn
Satz: Da-TeX Gerd Blumenstein, Leipzig
Autorenfoto: Kurt-Michael Westermann

Gedruckt auf umweltfreundlichem, chlor- und säurefrei gebleichtem Papier.

Manfred Rebhandl

Der König der Schweine

Ein Kitty-Muhr-Krimi

Manfred Rebhandl

Der König der Schweine

Für Coco, Mimi und Opa

1

Gestern stand dann noch Mädchenabend mit meiner besten Freundin Susi auf dem Programm, und zwar in der Bingobongobar. Dort hat es natürlich wieder länger gedauert als geplant, weil Johnny die Bar machte und wir beide dann immer sagten: „Einen trinken wir noch, Johnny, einen auf dich! Kicher, kicher." Wir saßen auf unseren Hockern und bestellten ein Glas nach dem anderen, und dann starrten wir ins Leere, bis wir pinkeln mussten. Kein Wunder eigentlich, dass wir nicht an Johnny herankamen, weil wir immer nur betrunken vor ihm an der Bar herumsaßen und uns gegenseitig mit unseren Problemen volllaberten, zum Beispiel: wie ungerecht das Leben war (vor allem das!), und dass diese und jene Schlampe schon wieder einen Neuen hatte (was natürlich voll ungerecht war!), während wir beide auf unseren Barhockern immer übersehen werden, und so weiter. Dabei schob Johnny den ganzen Abend lang nur einen Drink nach dem anderen zu uns herüber und polierte in aller Ruhe seine Gläser, hauchte sie an, polierte sie weiter, und – wenn er endlich zufrieden war mit seiner Arbeit – stellte sie zurück ins Regal, wo sie dann glänzten wie frisch vermählt.

Ach, mein Johnny!

Ich hatte also noch immer ordentlich Schlagseite und richtig schlimme Kopfschmerzen, als das Telefon läutete, und ein bisschen Liebeskummer hatte ich auch. Wenn das der Fall war, dann mied ich normalerweise das grelle Licht des Tages, ließ die Vorhänge zugezogen und verkroch mich ganz tief in meinem Bett, um das herum ich überall was zu Futtern versteckt hatte, wie ein Eichhörnchen, das Vorräte für den Winter anlegte. Und dann konnte und wollte ich gar nichts mehr hören und sehen von der großen bösen Welt – die so ungerecht war!

Aber es hörte einfach nicht auf zu läuten, also ging ich schließlich doch ran, und es war – Überraschung! – nicht mein Johnny, sondern schon wieder meine Susi.

Die war mir irgendwann mal über den Weg gelaufen wie ein streunender Hund, der sich alleine nicht zurechtfand auf dieser Welt, und dann war sie einfach an mir hängen geblieben und wollte nicht mehr ohne mich leben. Und ich irgendwie auch nicht ohne Susi, obwohl es natürlich ganz schön nerven konnte, wenn sie um diese Zeit anrief.

Meine Susi sah wirklich verdammt gut aus, jedenfalls von hinten. Sie hatte diese sehr langen Beine, diesen wirklich sehr schmalen und festen Arsch, und diese wirklich sehr schönen Haare, die lang und gelockt waren und glänzend braun. Jemand, der sich mit Bäumen und Haaren auskennt, der würde vielleicht sagen: Wie Kastanien! Und wenn Susi ihren Kopf in den Nacken warf, was sie wirklich oft und gerne tat, dann wollte sie einem damit ungefähr Folgendes sagen: Seht mal her, meine wunderschönen Haare!

Dabei sah man aber natürlich immer auch ihr Gesicht, das zwar ebenfalls wunderschön war, weil ihre Augen groß und grün waren, ihre Nase fein und schmal, und ihre Lippen voll und rot. Aber sie hatte eben auch diesen Pferdebiss, der deutlich sichtbar war, und am deutlichsten natürlich dann, wenn sie ihren Kopf in den Nacken warf und dabei hysterisch lachte. Das tat sie nämlich genauso oft, wie den Kopf in den Nacken werfen, und das machte sie unsicher. Und mit unsicheren Menschen war es immer das Gleiche: Sie lachen erst recht ständig, weil sie so unsicher sind, und ihr hysterisches Lachen machte Susi dann noch unsicherer, weil man dabei ihre Zähne sah. Es war ein verdammter Teufelskreis mit ihrer Unsicherheit und ihrem Pferdebiss!

Ach, meine Susi.

Dieses ihr spezielles Gebiss war wohl auch der Grund, warum sie überhaupt mit mir befreundet war. Ich war zwar blond, was gut aussah, war aber auch ein bisschen größer gebaut als die meisten anderen Mädchen, und auch ein bisschen gröber. Manchmal sogar ein bisschen mehr, manchmal ein bisschen weniger. Es gab Tage, da musste ich weinen darüber, wie ich aussah, und ich wollte nicht mehr außer Haus gehen. Aber dann dachte ich an Susi mit ihrem Pferdebiss, und dann ging es mir wieder besser und ich konnte wieder rausgehen. Natürlich wusste ich, dass auch Susi, wenn sie wegen ihrem Pferdebiss weinte und nicht außer Haus gehen wollte, an mich dachte, und dann ging es ihr wieder besser und sie traute sich wieder auf die Straße. Das hatte sie mir mal erzählt, als wir bei Johnny an der Bar saßen und schön langsam ganz schön betrunken wurden. Zunächst war ich natürlich sehr enttäuscht von Susi und auch ein bisschen wütend auf sie. Aber ihr ging es umgekehrt mit mir genauso, also versöhnten wir uns schnell wieder und lagen uns dann vor Johnny in den Armen, was natürlich immer besonders peinlich ist.

Wir sind auch immer die Letzten in der Bingobongobar, und eine von uns sagt dann knapp vor Sendeschluss verlässlich zu Johnny, dem so verdammt coolen, so verdammt gut aussehenden Barkeeper, der seine Gläser poliert: „He, Johnny, hör mal zu: Wir suchen einen mit Pferdeschwanz, Frisur egal. Läuft hier so einer rum?“

Na gut, eigentlich war immer ich es, die ihn das fragte, denn ich hatte ihn schon lange auf dem Schirm, was seine Schwanzgröße angeht. Was ein Mann in der Hose haben muss, darüber hatte ich mich natürlich schon oft mit Susi unterhalten, und oft genug lautstark direkt vor Johnny an der Bar, mit einem Cocktailglas in der Hand, das ich dann umfasste, als wäre es die Norm, an der wir uns orientieren müssten, während wir *davon* redeten und uns meine Fotosammlung anschauten: „He, Johnny! Sieh dir mal den an! Kannst du mit dem mithalten?" Oder: „Der ist gut, der nicht, der na ja." Oder: „Beschnitten würde er besser aussehen!" Oder: „Den ruf ich sicher an, den ruf ich nie wieder an, den ruf ich nur an, wenn ich es wirklich sehr nötig habe!" Wenn man so will, dann war das eines meiner Hobbys. Mein anderes Hobby war mein alter Benz. Was beide meine Hobbys anging, zählte für mich dabei vor allem Größe und Stärke.

Leider fehlte aber noch immer ein Schnappschuss von Johnny in meiner Sammlung. Irgendwie weigerte er sich nämlich hartnäckig, mir ein Foto zu schicken, was komisch war, denn normalerweise verschickten Kerle ihre Schwanzfotos heute schneller, als sie „Noch ein Bier!" sagen konnten. Zu neun von zehn dieser Schwanzfotoakrobaten wurde der Kontakt dann natürlich abgebrochen. Trotzdem hatte ich über die Jahre eine schöne Sammlung angelegt, die aber in letzter Zeit ein wenig ausgedünnt war. Was Johnny betraf, gab es Hinweise darauf, dass man ihn unter „Hilfe!", „Autsch!" oder sogar „Das muss doch wehtun!" ablegen konnte. Allerdings hörte man auf dem Damenklo auch Gegenteiliges, Kategorie „Hab gar nichts gespürt". Es gab Lobeshymnen auf ihn, aber auch „Daumen runter!"-Meldungen. Eigentlich wusste keine etwas Genaues, und verbürgte Aussagen gab es erst recht nicht.

„Kitty, hör zu! Ich habe ja gestern ganz vergessen, dir das Wichtigste überhaupt zu sagen!"

So war das immer mit Susi: Am Ende des Tages vergaß sie, mir das Wichtigste überhaupt zu sagen, nur damit sie mich dann am nächsten Tag gleich wieder anrufen konnte. Ich gab mich geschlagen, kroch unter der Decke hervor, und sagte: „Na dann schieß los, worum geht's denn?“

2

Ich war Bulle bei der Wiener Kriminalpolizei, Abteilung Gewaltverbrechen inklusive Mord. Wir waren zuständig für den Westen, und unsere Abteilung war im fünften und letzten Stock eines desolaten Gebäudes in der Tannengasse hinter dem Westbahnhof untergebracht, zusammen mit dem Meldeamt, dem Passamt und dem Amt zur Ausstellung von Führungszeugnissen. Ein Gemischtwarenladen der Verwaltung also, und mittendrin wir.

Die meiste Zeit saß ich hier einfach nur meine Dienste ab: dreimal Nacht, zweimal frei, dreimal Tag, zweimal frei. Und so weiter. Aber besonders die Nachtdienste setzten mir immer mehr zu, weil ich dabei völlig außer Tritt kam. Es ruinierte meine Verdauung, wenn ich so unregelmäßig arbeitete und wenig schlief. Und wenn ich nicht arbeitete, dann schlief ich eben auch nicht, sondern lag wach herum und machte mir so ein paar Gedanken darüber, warum ich so oft alleine schlief. Oder ich saß bei Johnny in der Bingobongobar auf einem Hocker, hielt mich an einem Glas fest und starrte ins Leere, bis ich pinkeln musste. Hinten raus aber ging bei mir am Klo oft tagelang gar nichts mehr, obwohl ich wirklich nicht zu wenig aß. Vielleicht sollte ich auch einfach etwas anderes essen, und nicht immer nur dieses fettige und süße Zeug zwischendurch, das ich, je länger ich hier arbeitete, desto dringender benötigte. Es war nämlich das Einzige, was mich hier irgendwie glücklich machte.

Klar, hin und wieder hatte ich auch was zu tun. Dann kriegte ich einen Fall auf den Tisch, so wie die Aushilfskraft in der Küche, die Kartoffeln zum Schälen kriegt, oder die Zahnarzthelferin, die den Schlauch fürs

Absaugen halten darf. Bei mir war es meistens ein betrunkener Pole oder so was in der Art, der von seinen saufenden Kumpanen im Park abgestochen worden war, und ich sollte dann herausfinden, wer es getan hatte und warum. Als wollte man mir damit sagen: Wenn du es schaffst, diesen Fall zu lösen, dann hast du schon sehr viel geschafft, Kitty!

Die Typen hier hatten irgendwie ein Problem mit mir, und ich mit ihnen.

Ich musste zur Lösung solcher Fälle nur die Überwachungskameras öffentlicher Plätze auswerten, ein paar Zeugenaussagen einholen und in Notquartieren nachfragen, ob dort einer fehlte. Und dann organisierte ich meistens noch die Beerdigung am Friedhof der Namenlosen, ich ertrug es nämlich irgendwie nicht, wenn sich niemand um die Toten kümmerte. Ich war ja nahe am Wasser gebaut, obwohl ich Judo konnte. Judo, nicht Yoga. Ich fragte mich oft: Was ist denn das für eine Welt? Du lebst, du stirbst, und dann vermisst dich niemand? Kein Papa, keine Mama, keine gesamte Verwandtschaft? Wo sind denn all die Freunde hin, die doch nach einem fragen müssten? Überall liegen sie herum, die keiner mehr haben will, mit denen niemand mehr etwas zu tun haben möchte, um die sich keiner mehr kümmert. Kommt ja immer häufiger vor! Einer weniger von denen? Ist doch scheißegal. Hundert weniger? Noch besser!

So dachten und redeten jedenfalls meine Kollegen, die allesamt Männer waren und mit denen ich die ganze Zeit zu tun hatte. Und wenn ich so einen Fall dann zu den Akten legte, hörte ich sie auf den Gängen über mich reden: „Das hat sie gut gemacht, die Muhr! Wirklich sehr gut!“ Als hätte ich mir das erste Mal die Schuhe richtig zugebunden. Und als würde ich dafür Lob verdienen!

Daran war ich natürlich selbst schuld. Ich wollte ja unbedingt einen Job haben, in dem ich mit Kerlen arbeiten konnte, denn ich mochte Kerle. Ich mochte richtige Kerle wie Johnny aus der Bingobongobar, oder welche, die tagsüber Straßen asphaltierten und nachts schwere Autos fuhren. Solche mit Haaren auf der Brust und keine Sackrasierer. Aber am Bau wollte man mich nicht haben, und zum Asphaltieren hatte ich keine rechte Lust. Also blieb mir am Ende nur die Polizei, Abteilung Gewaltverbrechen inklusive Mord. Wie aber hatte ich jemals glauben können, dass mir das Spaß machen würde?

Schnell wurde mir nämlich klar, dass es bei den Bullen keine richtigen Kerle gab, sondern nur Typen mit echten Problemen. Oder mit schweren Defiziten, wie man heute auch sagt, wenn einer mit sich und der Welt überhaupt nicht mehr zurechtkommt. Die meisten Bullen fingen irgendwann an zu trinken, nahmen Tabletten oder irgendwelche anderen Drogen und starben mit neunundfünfzig, knapp bevor sie in Pension gehen konnten. Sie flüchteten sich vor ihren Problemen in eine Bar, setzten sich auf ihren Hocker und bestellten ein Glas, an dem sie sich festhielten, und dann starrten sie ins Leere, bis sie pinkeln mussten. Dabei dachten sie, sie wären so was Ähnliches wie Superman, hatten aber in Wahrheit Angst vor allem, was auf zwei Beinen herumlief, und am meisten natürlich vor Frauen. Männliche Bullen hielten einfach nichts von Frauen in ihren Reihen, aber noch weniger hielten sie von Ausländern, die sie verallgemeinernd Kameltreiber oder Kümmeltürken nannten. Oder eben Bimbos, wenn sie halt ganz schwarz waren.

So wie der, wegen dem mein Boss vorhin rausgegangen war: „Hier hängt einer im Wald!“, hieß es. „Ein junger

Schwarzer! Er ist tot!“ Das war der Inhalt eines aufgeregten Anrufs, der mich vor einer Stunde erreichte. Es waren Wanderer, die den Toten entdeckt hatten, eine so genannte Jungfamilie in einem Naherholungsgebiet westlich der Stadt. Die Überraschung war groß bei den süßen Kleinen, denn einen Schwarzen hatten sie zuvor vielleicht noch nicht so oft gesehen in ihrem Leben, und ein Schwarzer hing in dieser Gegend schon gar nicht so oft im Wald herum. Wobei die Frage war, was sie mit „hängen“ meinten.

Die vielleicht wichtigere Frage aber war: Ein toter Schwarzer? In einem Wald westlich der Stadt? Das hatten wir letzte Woche schon mal, und ich musste den Bericht tippen: Arbeiter hatten die Leiche da draußen im Auffangbecken eines kleinen Wasserkraftwerks mit einer vielleicht zehn Meter hohen Mauer gefunden. Jemand hatte das Opfer mit Klebeband an einem Mountainbike festgebunden, an Armen und Beinen, und dann über die Böschung hinunter ins Wasser gestoßen. So ungefähr musste es sich zugetragen haben. Der toxikologische Befund hatte ergeben, dass der Tote voll mit Amphetaminen war. Seine Leiche war grotesk aufgeschwemmt nach den vielen Tagen, die er da unten im Wasser getrieben war, und seine schwarze Haut war beinahe vollkommen bleich. An seinen Fingerkuppen befand sich praktisch keine Haut mehr, weil sie ihm die Fische abgefressen hatten. Und als man seine Hände vom Bike löste, fand man in der rechten ein kleines Schweinchen, so eines, wie man es zu Silvester verschenkt. Jemand hatte es ihm da reingetan, bevor er ihm die Hand am Lenker festgebunden hatte. Es war klar, dass man es finden sollte, weil es wohl eine Art Botschaft war. Aber welche?

Ich war nicht der Typ, der gerne in den Wald ging, also informierte ich meinen Boss, der schon den ersten

Fall übernommen hatte. Sagte ihm, dass ich ein kleines Mädchen sei und er ein großer, starker Mann, und der Wald etwas für ihn und nicht für mich. Ich wollte nämlich lieber hier bleiben und weiter im Internet surfen (Kategorie „Autsch!“), mir die Nägel feilen und mit Susi telefonieren. Ein bisschen Nägel feilen, ein bisschen surfen, dazu rauchen und Kaffee trinken und, wenn es sich ergab, mit meiner Freundin Susi telefonieren – das stand bei mir auf dem Programm, wenn hier gar nichts los war. Das Feilen der Nägel beruhigte meinen Geist, während das Surfen mich in Stimmung brachte und Susi mich auf dem Laufenden hielt. So wie heute Morgen, als sie mir sagte, dass der eine Sternekoch immer in das Essen der zwei schwulen Schauspieler spuckte, bevor er es ihnen servieren ließ, weil er Schwule angeblich nicht leiden konnte. Angeblich! Das war das Wichtigste überhaupt gewesen, wegen dem sie mich angerufen hatte.

Nun rief Bonner aus dem Wald heraus an, von dort, wo man die Leiche gefunden hatte. Der Empfang war schlecht, aber noch schlechter war seine Laune. Mein Boss war nämlich irgendwie auch nicht der Wald-Typ, wie sich herausstellte, dort kannte er sich nicht aus, und es gab dort keine Bar, wo er sich hinsetzen und ins Leere starren konnte, bis er pinkeln musste. Und immer, wenn er sich irgendwo nicht auskannte, rief er mich an, das war so eine Angewohnheit von ihm. Außerdem war er einsam, das kam erschwerend hinzu, und er hatte wohl so ein Gefühl, dass ich es auch war. So falsch lag er damit gar nicht. Aber wie immer, wenn zwei miteinander reden wollten, die einsam waren, musste erst einer das Gespräch in Gang bringen, sonst klappte das nicht. Ich fragte: „Was ist, Boss? Geht's Ihnen grad nicht gut?“

„Sei froh, dass du nicht sehen musst, was ich gerade sehe!“

Dass er alle mit Du anredete, die ihn umgekehrt mit Sie anreden mussten, das hatte er sich angewöhnt, als die Zeiten für ihn noch besser waren und seine Glocken noch etwas höher hingen.

„Der hängt da verkehrt herum an einer Leine“, sagte er, und ich fragte: „Wie? An einer Leine?“

„Die Leine ist zwischen zwei Bäumen im Abstand von vielleicht zehn Metern gespannt. Über einer Senke, die vielleicht drei Meter tief ist. Hast du das ungefähr vor Augen?“

„Ja, ich denke schon.“

„Dann sag mir, wie man das nennt, was diese jungen Leute heute in den Parks oft machen, wenn sie auf so einer Leine herumbalancieren?“

Ich schloss mein „Autsch!“-Fenster, zog den Stick heraus und sagte: „Slackline?“

Er sagte: „Sicher? Na okay, dann halt Slackline.“

Ich hatte so etwas schon mal im Fernsehen gesehen, denn nachts, wenn ich nicht schlafen konnte – und ich konnte selten schlafen –, schaute ich mir solche Filme an: über Segelboote, die um die Erde segelten; oder über Fallschirmspringer, die von oben herabsprangen; oder eben über solche Typen, die ihre Leine zwischen zwei Hochhäuser oder zwei hohe Felsen spannten und dann da drauf herumbalancierten, über Abgründen, die hunderte Meter tief waren, und so locker, als gingen sie darauf spazieren. Das waren schon die irrsten Typen! Manche machten es mit einem Sicherungsseil um den Knöchel, manche gingen aber auch ohne. Sie brauchten irgendwie diesen Kick, vielleicht, um dann besser schlafen zu können. Mit gutem Sex alleine schoss man sich heute nirgendwo mehr hin. Ich sagte: „Aber hören

Sie, Boss: Diese Leinen sind im Park immer nur einen Meter oder so über dem Boden gespannt. Sie aber sagten, da geht es in eine Senke hinunter?“

„Ja.“

„Und darüber ist die Leine gespannt?“

„Ja. Er baumelt hier ziemlich genau in der Mitte der Senke an dieser Leine, bis dahin muss er balanciert sein. Um seinen rechten Fuß ist eine Sicherungsleine befestigt, die mit einem Karabiner an dieser Slackline geführt wird. Seine Arme hängen einen halben Meter über Grund. Jemand muss ihm gegen den Kopf geschlagen haben. Kennst du diese Geburtstagsfeiern, wo Kinder gegen Säcke schlagen, aus denen dann Süßigkeiten herausfallen?“

„Ja. Wo ist es?“

Er seufzte tief und resigniert, bevor er antwortete: „In der Nähe des Kraftwerks.“

Ich fragte: „Dann ist es eine Serie?“

Er sagte: „Ich bitte dich!“

„Wie lange hängt er dort schon, was meinen Sie?“

„Sicher ein paar Tage. Ich wünschte, es war ein Unfall.“

Ich lachte: „Im Ernst, Boss? Lassen Sie mich überlegen. Ein Schwarzer im österreichischen Bundesforst alleine mit einer Slackline? Ist es irgendjemandem aufgefallen, dass das schwarze Jugendliche in jüngster Zeit öfter machen? Sich ein einsames Plätzchen suchen und dort herumbalancieren? Und sich dann selbst den Schädel blutig schlagen, sobald sie das Gleichgewicht verloren haben? Oder sich an Mountainbikes festbinden und dann in einen See hineinfahren?“

„Warum nicht?“, sagte Bonner gereizt, bevor er wieder auf sein Lieblingsthema zu sprechen kam: „Sie sind doch mittlerweile überall!“

Schwarze. Bimbos. Neger. Es gab wenig, was Bullen mehr aufregte als diese Gruppe von Menschen, von denen sie sich einbildeten, dass sie immer mehr wurden. Dass sie uns überschwemmen würden. Dass wir wegen ihnen bald nicht mehr Herr im eigenen Land sein würden. Wahrscheinlich schauten sich Bullen im Internet diese einschlägigen Seiten an, die auch ich mir gespeichert hatte: monstercocks.com oder bigblackcocks.com. Anders konnte ich mir nicht erklären, warum sie solche Angst vor ihnen hatten und sich ihnen so dermaßen unterlegen fühlten.

„Moment", sagte Bonner. „Da klebt ein Fünfzig-Euro-Schein an dieser Leine." Er atmete schwer, und ich konnte hören, wie er im Gras herumging. Wie er sich dabei eine Zigarette anzündete. Und wie er einen Schluck aus seinem Flachmann nahm. Dann sagte er: „Und hier klebt wieder so ein Schweinchen! Was soll der Scheiß überhaupt?"

Er legte auf.

3

Mein Boss war letzten Winter achtundfünfzig geworden. Er war Asket, aber nicht, was Zigaretten und Whiskey anging. Er rauchte ständig, obwohl man in Amtsgebäuden nicht mehr rauchen durfte, aber ihm war das scheißegal. Ich hatte ihn sogar im Verdacht, dass er mit einer Zigarette im Mund duschte. Allerdings duschte er nicht besonders oft, diesen Verdacht hatte ich auch. Er war sehnig und dürr. Seine braune Anzughose, die alt und verknittert war, hing ihm ohne Gürtel an der schmalen Taille. Wie jeder schwere Alkoholiker hatte er keinen Arsch in der Hose, alles an ihm war nur noch klapprig. Sein Gesicht? Jemand musste einer alten Elefantenkuh den Arsch abgezogen und ihm dort hingeklebt haben. An guten Tagen sah das gar nicht mal schlecht aus, an schlechten aber schon. Die schlechten Tage häuften sich, auch bei ihm. Sein Wesen war das eines grummeligen, schlecht gelaunten, stark behaarten Arschlochs. Leider hatte ich ein Faible für Arschlöcher, nur die vielen Haare in den Ohren mochte ich auch bei Arschlöchern gar nicht. Es gab Tage, da hätte ich mich von ihm besteigen lassen, gleich bei ihm im Büro, zwischen Tür und Angel. Und weil ich ein nettes Mädchen war, hätte ich ihm sogar dabei geholfen, denn Hilfe würde er dabei sicher brauchen.

Weil er mal bei dieser Sondereinsatztruppe war, die mit voller Schutzbekleidung und Helm am Kopf eine Hauswand hinaufklettern und herunterlaufen konnte, je nachdem, sah er sich selbst als harten Kerl. Diese Truppe befehligte er sogar mal, bis ihm einer ins Knie schoss, der übrigens kein Ausländer war. Wie das passieren konnte, das versteht er bis heute nicht. Seither humpelt er, wenn er geht, und wenn er sitzt, dann trinkt er sich in seinem Büro den Frust von der Seele. Dabei betrachtet er meistens ein Foto an seiner Wand, das eine kniende, gefesselte schwarze Frau zeigt, die vollkommen nackt ist und dabei so aussieht, als wäre sie ein Tisch. Ein weißer Typ in Uniform steht hinter ihr und stellt sein Whiskeyglas auf ihren Arsch, während er ihr die Peitsche gibt. In vielen einsamen Stunden träumte er wohl davon, dass dieser Typ er sein könnte. Und manchmal träumte ich davon, dass dieser Tisch ich wäre.

Ich wollte zusammenpacken und noch das Grab meines Vaters besuchen, denn ich war schon länger nicht mehr dort gewesen. Mein Vater hatte mich bei der Polizei untergebracht, nachdem ich lange genug darum gebettelt hatte. Er soff am meisten von allen Bullen, was meine Mutter hasste, und er hatte ständig andere Frauen, was sie noch mehr hasste. Irgendwann zog er bei uns zu Hause aus und in eine kleine Wohnung, dort soff er weiter und traf seine Frauen, die meine Mutter Nutten nannte. Vor einem Jahr sagte ihm ein Arzt, dass er Zucker habe, und wenn er so weiter trinke, dann müsse er ihm ein Bein abschneiden. Vor sechs Monaten war es dann so weit und er säbelte ihm ein Bein ab, denn er wollte nicht damit aufhören, und wahrscheinlich konnte er auch nicht mehr. „Dann brauchst du mir wenigstens nur noch alle zwei Jahre ein Paar Socken zu Weihnachten schenken!" Das war es, was ihm dazu einfiel, nachdem mir zu Weihnachten nie etwas anderes eingefallen war, als ihm Socken zu schenken. Drei Monate später war er tot, und ich konnte ihm nie wieder etwas schenken. Ich habe in meinem Leben keinen Mann öfter betrunken gesehen als meinen Vater, und keiner behandelte Frauen schlechter als er. Sobald eine Gefühle für ihn zeigte, wollte er nichts mehr von ihr wissen. Aber er sah dabei auch verdammt gut aus. Kann also sein, dass ich da ein Problem habe. Ich suchte ein dauerbetrunkenes, immer lächelndes, verdammt gut aussehendes Arschloch, das meinem Vater ähnlich war. Meine Zukunft sah also, was das anging, nicht sehr rosig aus. Meine Gegenwart war allerdings auch nicht so prickelnd.

Ich stand schon in der Türe zu meinem Büro, als Bonner zurückkam und mich in Empfang nahm. Er war überraschend gut gelaunt und fragte: „Muhr! Wie alt bist du eigentlich? Nächstes Jahr vierzig, oder? Also pass auf, ich habe da gerade einen Witz gehört, der dir vielleicht gefallen könnte: Was trägt die Frau ab vierzig zwischen den Brustwarzen?“

Ich hatte keine Ahnung, und das sagte ich ihm auch. Also gab er mir die Antwort gleich selbst, und die lautete: „Den Bauchnabel.“

Dabei hustete er Zigarettenrückstände aus sich heraus, die er sich während der letzten Jahre und Jahrzehnte zugeführt hatte, und er lachte dabei, bis ihm die Augen tränten. Und alle anderen, alles Männer, lachten mit ihm. Nur ich hatte so ein Gefühl, dass ich das alles nicht mehr lange ertragen würde. Irgendjemand müsste mal in irgendeinem Labor eine kleine, feine Schwanzkrankheit entwickeln, die man dann hier am Männerklo unters Volk bringen könnte, irgendetwas richtig Ekeliges, Nässendes, Brennendes, Juckendes. Und etwas Eiterndes auch! Aber im Moment wusste ich nicht so recht, wer das für mich erledigen könnte, denn mein Johnny aus der Bingobongobar hatte ja nicht einmal einen Schulabschluss.

Bonner befahl mich in sein winziges Büro, in dem kaum zwei Ärsche Platz hatten. Nur ein kleiner Schreibtisch stand darin, hinter dem er noch größer wirkte, als er mit seinen über eins neunzig Metern ohnehin schon war. Und der Sessel ihm gegenüber, auf dem man Platz nehmen musste, wenn man einen Termin bei ihm hatte, der war niedriger als seiner. Er hatte sich hier einen Junggesellenhaushalt im Kleinen eingerichtet, das war kein Ort, an dem man als Frau gerne länger bleiben wollte. Er krempelte die Ärmel seines schlecht geschnittenen Hemdes hoch und lockerte den Knopf seiner Krawatte, die dreißig Jahre alt war und in den Tönen Braun, Beige und Orange gehalten. Dabei wirkte er wie ein Fleischer, der gleich zustechen würde, und das machte mir immer ein bisschen Sorgen, wenn er so wirkte. Ich hatte mich nämlich um diese Stelle beworben, bei der ich mich nicht mehr vom Schichtdienst zermürben lassen müsste. Mal regelmäßig schlafen, und drei Nächte in der Woche mehr bei Johnny in der Bingobongobar! Vielleicht auch keine abgestochenen Polen mehr. Keine Ahnung, was ich wollte, nur das hier wollte ich auch nicht. Bisher hatte man alle meine Bewerbungen abgelehnt, und wenn mir Bonner darüber Bescheid gab, dann immer auf diese Art: Er setzte sich, legte seine Füße auf den Tisch und verschränkte die Arme hinter seinem Kopf, sodass ich die tellergroßen Schweißflecken um seine Achseln herum sehen konnte, die er nicht einmal versuchte zu verbergen. Dann schaute er mich an, als machte er sich Sorgen um mein hübsches Köpfchen, weil er es mir gleich abschlagen würde.

Als ich hier anfing, da kriegte ich kaum ein Wort heraus, wenn ich ihm in diesem Büro gegenübersaß. Ich war eingeschüchtert wie ein kleines Mädchen, das dringend aufs Klo musste, wippte verlegen mit dem Fuß oder blies mir gegen die Fingernägel. Und dass mein Vater auch hier arbeitete, das half mir dabei gar nicht weiter, im Gegenteil. Die beiden hatten sich gehasst. Es war der Kampf zweier Alphatiere, den mein Vater verloren hatte. Aber heute? Ich war einfach nur noch müde, und mir war gerade alles scheißegal. Und sein lächerliches Gehabe beeindruckte mich schon lange nicht mehr. Was hatte der für Probleme! Was war er doch für ein armes Würstchen!

Ich setzte mich auf diesen Stuhl ihm gegenüber, kramte selbst eine Zigarette aus meiner Tasche, zündete sie mir an und blies den Rauch gegen seine Füße, die nur ein paar Zentimeter von meiner Nase entfernt lagen. Wenn man solche Füße hatte, dann war es besser, wenn sie einem abgeschnitten wurden. Ich schaute ihn an und sagte: „Gut, dass man bei Ihnen rauchen darf, Boss. Hier riecht's nämlich ganz schön übel. Schlafen Sie auch in Ihren Socken? Und noch etwas: Ich müsste dann dringend mal in die Bingobongobar, meine Freundin Susi hat mir etwas sehr Wichtiges zu erzählen, also ..."

Aber meine wohlüberlegten Worte ließen ihn kalt, oder jedenfalls tat er so. Und dann wusste ich: Wenn er so selbstsicher war, dann hatte er noch eine Karte im Ärmel, die er bald ausspielen würde. Er schaute mich eine Minute lang oder noch länger an, ganz ohne Interesse, ganz ohne Sabber, der ihm sonst immer aus dem Mund lief. Und ganz ohne Interesse und ganz ohne Sabber, der ihnen aus dem Mund lief, schauten diese Typen sonst nie eine Frau an. Das kränkte mich, und ich ärgerte mich darüber, dass es mich kränkte. Verdammt, was hatte ich für Probleme! Und was war ich für ein armes Würstchen!

Ich deutete auf meine Uhr, aber es interessierte ihn nicht, wo ich hinmusste. Also fragte ich: „Was ist eigentlich mit meiner Bewerbung, Boss? Ich will meine besten Jahre nicht mit Ihnen verschwenden, Sie machen mich irgendwie depressiv und unglücklich. Sollte ich also nicht langsam Bescheid kriegen?“

Er winkte ab, lehnte sich zurück, wippte auf seinem Sessel hin und her und schwieg, während er sich eine weitere Zigarette anzündete. Dann beugte er sich nach vor und schob mir eine Broschüre über den Tisch, auf der *Polizeilicher Gesundheitscheck Oktober 2015* stand, und ich dachte sofort: Oh nein! Bitte nicht schon wieder!

War das tatsächlich bald ein Jahr her, dass ich da auf einem Hometrainer sitzen und in so eine Röhre hineinblasen musste? Dass sie mich eine Runde um einen Sportplatz jagten, an deren Ende ich beinahe kotzen musste? Und jetzt das Gleiche schon wieder? War das sein Ernst?

Ich nahm die Broschüre entgegen und schaute sie mir mit gespieltem Interesse an, schlug dabei die Beine übereinander, sodass der Saum meines Kleides sehr weit nach oben rutschte, und wippte mit den Füßen. Dann schaute ich ihn an, und er schaute mich an. Gierte nach meinen Schenkeln und schaute auf meine Knie, die ich ihm irgendwann in die Eier treten musste. Mir war natürlich klar, was er mir mit dieser Broschüre eigentlich sagen wollte: Du bist zu fett. In Großbuchstaben und ... na ja. ... eben fett geschrieben. Männer taten so etwas, weil sie wussten, wie wir Frauen darauf reagierten: verunsichert und gekränkt, nicht selten beleidigt. Dabei war ich gar nicht fett, überhaupt nicht. Ein kleines Bäuchlein, okay. Aber ich hatte die Gene eines Rennpferdes. Ich war nur total unsportlich, und ich aß gerne und nahm lieber den Lift, als dass ich zu Fuß die Treppen hinaufstieg, das war's. Mehr Probleme gab es da nicht. Ich hatte einfach keine Kondition, außer es ging darum, möglichst lange bei Johnny in der Bingobongobar auszuharren. Aber weil Bonner meinen Arsch nicht kriegte, um seinen Drink darauf abzustellen, musste er mich unbedingt demütigen. So einfach war er gestrickt, so einfach waren sie alle gestrickt. Und so einfach war es, uns Frauen zu verunsichern.

„Man muss als Bulle die hundert Meter nicht in zehn Sekunden laufen können", sagte er. „Aber in zehn Minuten schon. Du kannst den 23. oder den 24. Oktober wählen."

Ich schlug zurück: „Man muss mit achtundfünfzig nicht mehr jeden Tag einen hochkriegen, aber einmal im Jahr sollte das schon noch drin sein!"

Dann zündete ich mir noch eine Zigarette an, nachdem ich die erste an seinem Schreibtisch ausgedämpft und zu Boden geworfen hatte, und betrachtete ein wenig beleidigt, gekränkt und gedemütigt meinen Kalender auf dem Handy. Ich ließ mir lange Zeit dabei und tat so, als hätte ich verdammt viele Termine an diesen Tagen; als hätte ich am 23. gar nichts frei und am 24. wäre alles bei mir zu! Dabei hatte ich natürlich keinen einzigen Termin an diesen Tagen, außer voraussichtlich bei Johnny in der Bingobongobar, und vorher oder nachher sollte ich noch irgendwann was einkaufen gehen. Netterweise kürzte Bonner die Sache für mich ab und sagte: „Wir nehmen den 24. Dann hast du einen Tag länger Zeit, um fit zu werden. Und so, wie ich das sehe, wirst du ihn brauchen. Am besten, du nimmst in Zukunft die Treppe."

Ich sagte: „Wissen Sie was, Boss? An dem Tag, an dem Sie nicht mehr richtig pissen können, werde ich bei Johnny in der Bingobongobar einen auf Sie heben. Und ich habe das Gefühl, es wird nicht mehr lange dauern bis dahin. Wissen Sie, was ein Katheder ist? Kommt vorne rein, und wenn Sie Pech haben, kommt er dann nie wieder raus.“

Dann stand ich auf, packte zusammen und wackelte noch ein bisschen mit dem Arsch, damit er was zu träumen hatte, nachdem ich gegangen war.

4

Während der Nacht schlief ich schlecht, weil ich mir natürlich den Kopf darüber zerbrach, wie ich die nächsten Monate verbringen sollte, um fit zu werden. Sollte ich es mit Hanteln versuchen? Mir ein Laufband zulegen, das ich aber erst hier heraufschleppen müsste in meine Wohnung, ganz ohne Lift? Würde mir Johnny aus der Bingobongobar dabei helfen? Wenn ja, dann wäre ein Laufband eine Überlegung wert, wenn nein, dann bloß kein Laufband! Wie wäre es also mit einem Rad, auf dem ich durch die Stadt fahren könnte? Aber dann könnte ich nicht mit meinem Benz durch die Stadt fahren, was mir viel mehr Spaß macht! Also lieber mit Yoga in heißen Räumen anfangen, wie es alle anderen machen, mit denen ich nichts zu tun haben möchte?

Vielleicht, hatte ich mich dann in einen unruhigen, leicht zappeligen Schlaf gerettet, vielleicht würde es ja einfach mit weniger essen funktionieren, und mit weniger rauchen? Irgendwann um zwei Uhr früh war ich mir dann sicher, dass es genau so funktionieren würde. Ich freute mich so darüber, eine Lösung für mein Problem gefunden zu haben, dass ich gleich zum Kühlschrank ging und mir was zu essen holte.

Aber! Bis vier Uhr früh quälten mich dann Schreckensbilder mit leeren Kühlschränken, und Bilder von Supermärkten, die für immer zugesperrt hatten, ließen mich hochfahren. Ich träumte davon, wie ich Kalorien zählte, und später sogar davon, wie ich langsam verhungerte. Kurz vor sechs schlug ich um mich, als ich im Traum schnurspringen und weite Strecken laufend zurücklegen musste, bei großer Hitze und in engen, schwarzen Leggings, bevor ein gewisser übel riechender Boss, der mich mit seiner Peitsche antrieb, sein Whiskeyglas auf mir abstellte.

Ich hatte echt viel zu tun, während ich träumte, und war echt froh, als mich Susi anrief. Sie arbeitete für diese bunte Gratiszeitung, die ich immer gleich in den Mistkübel warf, wenn sie mir irgendwo in die Hand gedrückt wurde, und schrieb dort jeden Tag über Prominente und solche, die sich für welche hielten. Das war natürlich keine Arbeit, auf die man stolz sein konnte, und sie schämte sich auch ein bisschen dafür (mehr sogar als für ihren Pferdebiss!). Immer wieder sagte sie, dass sie lieber beim Fernsehen arbeiten würde und dort die Nachrichten präsentieren, weil das so etwas wie ein Traum von ihr war. Aber dass sie nicht beim Fernsehen arbeitet, das lag natürlich an ihrem Pferdebiss, denn so etwas sieht man beim Fernsehen überhaupt nicht gerne! Und dass sie deswegen ständig lacht, als würde sie gleich pinkeln müssen, das ging beim Fernsehen erst recht nicht. Also lief meine beste Freundin nun ständig mit ihrem kleinen Telefon samt hoch auflösender Fotokamera und einem Schreibblock in der Hand durch die Stadt, um ihre Kolumne vollzukriegen mit Geschnatter über und Fotos von Prominenten, die sie meistens auf irgendwelchen Events traf, bei denen ich ohne sie nie hineinkam. „He, du kommst da nicht rein!“, war ungefähr der häufigste Satz, den ich bei Events zu hören kriegte, denn die Leute, die solche Events besuchten, sahen einfach anders aus als ich. Und sie waren meistens auch keine Bullen, die dann schnell bockig wurden, sich mit Türstehern anlegten und irgendwann sagten: „He, Arschloch! Ich kann Judo! Judo, nicht Yoga.“

Darum interessierten mich Events einen Scheiß.

Der Event, wegen dem mich Susi nun anrief, war dann einer von der Spezialeventsorte namens Begräbnis, und Begräbnisse interessierten mich sogar noch weniger als geplante Hochzeiten oder Backstagepartys mit alternden Schlagersängern. Ich wollte also schon wieder auflegen und unter die Decke zurückkriechen, da wurde Susi laut, denn sie wurde immer laut, wenn ich dagegenredete. Und dann überschlug sich ihre Stimme, was ziemlich peinlich war, vor allem, wenn man eigentlich fürs Fernsehen arbeiten wollte.

„Du musst einfach mitkommen!", schrie sie mich an. Aber mich kriegte sie damit nicht aus dem Bett. Ich blieb ganz ruhig, zündete mir eine erste Zigarette an, obwohl ich mir in der Nacht noch ganz fest vorgenommen hatte, heute damit Schluss zu machen, und sagte: „Muss ich gar nicht!"

„Doch!"

„Nein!"

„Ich hasse Begräbnisse!"

„Dann geh nicht hin!"

„Aber ich muss!"

„Musst du nicht!"

„Doch!"

Ich fragte mich natürlich schon länger, ob alle so bescheuert miteinander redeten, seit es dieses Facebook gab? Oder was genau war der Grund dafür? Meine Gespräche mit Susi jedenfalls drehten sich immer irgendwie im Kreis, und wir kamen da nur ganz schwer wieder raus, außer eine von uns versuchte es mit der bewährten Mitleidsmasche, und das war dann meistens Susi: „Oooch, Kitty, ich hasse doch Tote so sehr! Ich hasse sie wirklich! Du weißt doch, wie sehr ich Tote hasse! Und du hast doch schon so viele Tote gesehen!"

Das war vor allem einfühlsam, wenn man bedachte, dass ich erst vor kurzem meinen Vater zu Grabe getragen hatte.

„Du weißt doch genau, wie das ist, wenn einer tot ist! Du hast keine Scheu vor Toten! Darum musst du mich einfach begleiten, ich schaffe das nicht ohne dich, bittebittebitte!“

Als wäre ein Toter in einem Sarg einer, den man sich unbedingt anschauen musste!

Ich blieb also hart und sagte: „Nein!“

„Du bist unmöglich!“

„Ich habe auch nie gesagt, dass es einfach mit mir ist!“

Nun war sie richtig beleidigt, was eine weitere problematische Seite an ihr war, neben ihrem Pferdebiss, ihrem hysterischen Lachen und ihrer schrillen Stimme. Sie konnte so schnell beleidigt sein wie eine alte ägyptische Schwiegermutter, der man das Kamel weggenommen hat. Dann schwieg sie und wartete einfach darauf, dass ich etwas sagen würde, was ich dann irgendwann auch verlässlich tat, denn ich konnte Stille nicht ertragen. Also fragte ich Susi, mehr aus Höflichkeit denn aus Neugier, wer denn überhaupt gestorben sei, und sie antwortete: „Na hör mal! Lebst du vielleicht hinter dem Mond? Seppi ist tot!“

Das war mal eine wirkliche Überraschung. Ich fragte: „Und wer genau ist Seppi?“

„Du kennst Seppi nicht?“

„Wenn du nicht von meinem längst verstorbenen Hamster redest – nein!“

„Seppi, das Male-Model!“

„Seppi, das Male-Model? Was genau ist noch mal ein Male-Model?“

„Ein männliches Modell!“

„Ah ja, richtig. Aber nein, wenn du mich so fragst: Ich habe noch nie von Seppi, dem Male-Model, gehört. Woran ist es denn gestorben, dieses Male-Model? An Drogen?"

„Er hat sich umgebracht!"

„Oh. Na dann!"

Plötzlich interessierte ich mich für Seppi, das Male-Model, denn Selbstmord interessierte mich schon von Berufs wegen immer, das wusste Susi, also hatte sie mich mit „Selbstmord" am Haken. Bei Selbstmord konnte ich zumindest Vermutungen anstellen und mir Abartiges oder Abgründiges ausmalen, das diesen Seppi zu diesem Schritt bewogen haben könnte.

Ich setzte mich also in meinem Bett auf und zündete mir eine zweite Zigarette an, dann fragte ich meine beste Freundin, ob es vielleicht Liebeskummer gewesen war? Das war nämlich eine der häufigsten Ursachen für spontanen Selbstmord. Oder war es vielleicht doch eine tödliche Krankheit, die sich in seinen Male-Model-Körper gefressen hatte und ihn zum wohlüberlegten freiwilligen Abgang aus dieser schönen, aber unfairen Welt veranlasst hatte?

Auf all meine Fragen konnte mir meine Susi aber keine Antwort geben, denn sie wusste leider selbst nicht, warum sich Seppi umgebracht hatte, und plötzlich waren wir sogar bei einem die Sache relativierenden „*Angeblich* hat er sich umgebracht" gelandet. Ihre Oberflächlichkeit stieß mich ab, ihr Halbwissen sogar in Fragen des Tratsches und ihr völliges Desinteresse an den wirklich wichtigen Dingen des Lebens machten mich wahnsinnig. Ich schrie sie an: „Wie kann man sich nicht dafür interessieren, warum sich jemand angeblich umgebracht hat? Lebst du hinter dem Mond?!"

Andererseits: Bis auf ein paar Kreta-Urlaube und mal ein Sommerfest nahe dem Schloss Schönbrunn, wo dieser langhaarige Typ mit seiner Geige gespielt hat, hatte ich noch nicht viel gesehen von der Welt, und meine nähere Zukunft sah auch nicht viel aufregender aus als die Vergangenheit. Denn Johnny aus der Bingobongobar, mein bevorzugtes Male-Model, machte keine Anstalten, mich irgendwann zu heiraten, ja noch nicht einmal, irgendwann mit mir nach Hause zu kommen und bei mir unter die Decke zu kriechen. Ich musste mir also dringend mal was überlegen, wenn das mit mir und einer kleinen, süßen Familie noch etwas werden sollte.

Also fragte ich Susi, ob dieser Seppi vielleicht ein paar Freunde hatte, die zu seinem Begräbnis kommen würden und ganz sicher nicht schwul waren. Ich wollte da nämlich auf Nummer sicher gehen, um nicht wieder mal unnötig Zeit mit einem Kerl zu vertrödeln, der einem an einer Bar stehend schöne Augen machte, nur um dann mit seinem besten Freund zusammen am Herrenklo zu verschwinden. Gerade, wenn man selbst anfing, mit ihm in Gedanken dirty zu talken und sich vorzustellen, wie es wohl wäre, mit ihm am Damenklo zu verschwinden.

Aber Susi kicherte nur, nachdem sie meine Frage gehört hatte, und konnte mich, zumindest was das anbelangte, beruhigen: „Glaube mir, Kitty: Nichts, was sich die Damen der Gesellschaft über Seppi erzählt haben, deutet darauf hin, dass er schwul war! Also wirklich absolut nichts!"

Das war alles in allem eine gute Nachricht. Denn dann hatte er vielleicht wirklich Freunde, die auch nicht schwul waren und die nun zu diesem Begräbnis kommen würden. Und wenn dann eines dieser gut aussehenden, wie ein Cornetto geformten und ganzkörpergebräunten Male-Models die Schnauze voll hatte von all diesen dürren Gerippen mit ihren hohen Backenknochen aus der feinen Gesellschaft, die ja dann sicher auch zu seinem Begräbnis kommen würden, von all diesen Hungerleiderinnen, die lieber Watte aßen als Fritten – dann schlug vielleicht die Stunde von Kitty Muhr.

Vielleicht.

„Na gut“, hörte ich mich plötzlich sagen. „Wann und wo genau findet dieser Event statt?“

Sie sagte: „Übermorgen am Friedhof Ober St. Veit, Reihe 3, Grab 14.“

„Ich komme!“

5

Ich war sowieso nicht der Typ, der „Nein" sagte und dann auch dabei blieb. Vielmehr ließ ich mich allzu gerne breitschlagen und hatte überhaupt kein Rückgrat, und die Kraft, mich gegen irgendetwas zu stemmen, fehlte mir ohnehin vollkommen. Darum wurde ich auch von der Nahrungsmittelindustrie so sehr geliebt, dass ich bei denen ganz oben auf der Liste stand, weil ich ihnen einfach alles glaubte, was sie auf ihre Verpackungen draufschrieben.

Ich drückte Susi weg, ging zum Kühlschrank und räumte ihn leer.

Dann ging ich duschen.

Wenn ein Kerl einen Hangover hat, dann fühlt er sich immer verdammt gut dabei oder kommt sich jedenfalls verdammt gut vor. Das ist eine alte Männerkrankheit: Sich unerschütterlich gut vorkommen, völlig egal, was gerade dagegen spricht! Mit einem Hangover kommt sich ein Mann aber erst recht so vor, als hätte er gerade noch eine Antilope gejagt. Er erinnert sich dann morgens vor dem Spiegel mit besoffenem Stolz an das, was er sich beim Trinken zusammengeträumt hat. (Unbeschreibliche Heldentaten! Wilde Eroberungen! Richtig guten Sex mit sich selbst in der Hauptrolle und einer unterwürfigen, unersättlichen, unübertrefflich gut aussehenden Siebzehnjährigen, die stundenlang „Ja, gib's mir! Ja, nimm mich!" schreit – das gute alte Geben-und-Nehmen-Spiel!) Dabei kratzt er sich am immer fetter werdenden Bauch, der ihm auch egal ist, oder sonst irgendwo, wo er sich nicht gewaschen hat. Ein Mann, der mit einem Hangover aufwacht, überlegt obendrein nicht lange, ob er sich frische Kleidung anziehen soll, bevor er in die Arbeit geht, er tut es einfach nicht! Und was er essen soll, ist ihm erst recht egal, denn ein Becher Kaffee und eine erste Zigarette, die er sich ins zerstörte Gesicht steckt, genügen ihm, um einen neuen Tag einzuläuten. Dass ihn seine schlechte Ernährung auch schlecht riechen lässt, davon weiß er nichts, denn er schaut nie auf seine Fehler – er schaut immer nur nach vorne!

Unser Held!

Ich hingegen tat immer alles, um die Spuren der Vernichtung, die der Alkohol in meinem Gesicht angerichtet hatte, zu verbergen. Zuerst machte ich Schadensaufnahme, die immer fürchterlich ausfiel und in die Frage mündete: Bin das wirklich ich?

Wenn sich dieser Umstand nicht mehr leugnen ließ, dann wollte ich so schnell wie möglich kalt duschen, um wenigstens meinen Kreislauf wieder in Schwung zu bringen und ein wenig Farbe in mein kalkweißes Gesicht zu malen. Jedoch fing ich dabei immer mit ganz heißem Wasser an, um es erst später so richtig kalt werden zu lassen, das war mein Plan. Aber ich und Pläne!

Das heiße Wasser war immer so verdammt angenehm, dass ich gar nicht aufhören konnte, heiß zu duschen, und für kalt blieb dann einfach keine Zeit mehr. Weil der heiße Strahl der Brause obendrein mein Blut zum Kochen brachte, ging ich dann immer noch mal kurz ins Bett, und zwar für eine gemütliche Session mit Ghetto Boy. Den hatte ich mir mal online bestellt, nachdem Johnny wieder nicht zu mir unter die Decke schlüpfen wollte, weil er lieber Gläser polierte. Ghetto Boy war also das Ergebnis einer großen Enttäuschung, und natürlich nicht der einzigen. Aber alles in allem brachte er mir mehr Nutzen als Schaden. Denn wenn ich dann vor dem Spiegel stand, fand ich mich nach zehn Minuten mit Ghetto Boy gar nicht mal so übel, während ich mich nach zehn Minuten mit einem Mann oft gar nicht gut fühlte. Meine Titten waren groß und noch immer ziemlich fest, und meine Beine waren richtig lang und auch noch ziemlich fest. Und was meinen Arsch betraf, meinen heiß geliebten und in Bauarbeiterkreisen außerordentlich geschätzten Arsch, der ein wenig stärker hervortrat als beim momentan angesagten Ideal der flachärschigen Thigh-gap-Models – ein Traum!

Mit dem ganzen Restalkohol in meinem Blut hatte ich dann erst recht keine Neigung, mich zu verstecken, im Gegenteil: „Zieh dich heiß an!", sagte ich mir auf dem Weg vom Bett zum Kleiderschrank immer, dann fühlst du dich heiß, und dann bist du auch heiß! Dieser Teil in mir, der heiß sein wollte, gewann meistens gegen den Teil in mir, der sich verstecken wollte. Jedenfalls, wenn er sich zuvor mit dem „Ach komm schon, jetzt trink noch ein Fläschchen und alles wird gut!"-Teil in mir zusammengetan hatte.

Ich bestand aus echt vielen Teilen!

Ein Mercedes 500 SEC Coupé Automatik Baujahr 86 war genau der richtige Untersatz für ein Mädchen wie mich, das mit einem engen Jeansminirock und einem noch engeren Top auf hohen Schuhen die Straße betrat und bereit war für den neuen Tag. Sattgelber Lack, acht Zylinder, 270 PS und braune Ledersitze. Alles klar?

Er stand vor meinem Wohnhaus in der Hütteldorfer Straße in Wien XV, einem Problembezirk der Stadt hinter dem Westbahnhof und neben der Stadthalle, wo ich in einem Gemeindebau der Stadt Wien, errichtet in den Jahren 1925/26, eine kleine Wohnung gemietet hatte, mit Loggia in den Hof, wo keine Hunde herumlaufen und keine Kinder spielen durften, in dieser Reihenfolge. Die Loggia benutzte ich aber nie, denn was sollte ich dort machen? Abends alleine im Dunkeln sitzen, Räucherstäbchen anzünden und ein Glas Rotwein trinken? Diesen Teil von mir gab es nicht, und wenn doch, dann hatte ich ihn noch nicht entdeckt. Und ich wollte alles tun, damit er auch in Zukunft nie zum Vorschein kam.

Ich legte Dienstwaffe und Marke ins Handschuhfach, tauschte sie gegen Zigarette und Feuerzeug, und zündete mir eine an. Auf dem Beifahrersitz lag die Broschüre, die mir Bonner gestern gegeben hatte. Ich konnte ausschließen, dass er einen der Männer in unserer Abteilung zu sich rief und ihn an diesen Check erinnerte. Auch nicht das fetteste Schwein von ihnen allen, das am Morgen schon so fettige Finger hatte von dem ganzen Zeug, das er futterte, dass er das Öl an eine Frittierbude verkaufen konnte. Auch nicht den. Aber ich sollte nun während der nächsten Monate daran zu knabbern haben, keine ruhige Minute mehr verbringen und das Leben auf keinen Fall mehr genießen können, denn gerade hatten wir erst Juni.

Okay, beim letzten Check hat sogar dieser Fettsack besser abgeschnitten als ich, weil ich am schlechtesten von allen abgeschnitten hatte, und zwar in allen Bereichen, außer in Judo. Aber das war, als sie meinem Vater den Fuß abschnitten. Ich fand also, dass man sich in solchen Zeiten ruhig auch mal ein bisschen gehen lassen durfte. Damals hatte ich mich wochenlang schlecht ernährt, verdammt schlecht sogar, so, als müsste ich den ganzen Zucker, den mein Vater nun nicht mehr zu sich nehmen durfte, auch noch essen. Und getrunken hatte ich auch nicht zu wenig in dieser Zeit. Als dann klar war, dass es mit ihm zu Ende gehen würde, hatte ich leider verabsäumt, meinen Lebensstil wieder zu ändern und auf gesund und fit umzustellen.

Ich machte das Schiebedach auf und warf die Broschüre hinaus. Dann fuhr ich los, trat gleich ordentlich aufs Gas und ließ den Fahrtwind in meinen Haaren wühlen. Die Sonne brannte auf mich herab, und mein Arsch fühlte sich auf diesem Ledersitz so gut an, dass ich ihn mir am liebsten selbst die ganze Zeit angeschaut hätte.

Ach, mein Arsch!

Das letzte Mal, dass ich annähernd so glücklich war wie in meinem Benz, muss um die Zeit meiner Geburt gewesen sein, als mal kurz wirklich alles passte in meinem Leben und ich zum ersten Mal gierig nach den Milchdrüsen meiner Mutter schnappte. Bald schon aber passte gar nichts mehr in meinem Leben, und es sollte Jahrzehnte dauern, bis ich merkte, dass das ein schlechter Deal für mich war, denn noch heute musste ich für jeden Tropfen, den sie mir schenkte, teuer bezahlen. Meine Mutter wollte nämlich Liebe und Aufmerksamkeit von mir als Entschädigung dafür, dass sie mir ihre Milch gegeben hatte. Und wenn ich ihr Liebe und Aufmerksamkeit nicht geben konnte, dann wollte sie einfach nur mit mir reden, und zwar am liebsten darüber, dass ich sie zu wenig liebte und ihr keine Aufmerksamkeit schenkte. Dabei war sie auf meine Liebe weiß Gott nicht angewiesen, denn sie hatte mit ihren sechzig Jahren vielleicht noch mehr Sex als ich in diesen Tagen, und das zuzugeben fällt mir gewiss nicht leicht!

Als das Handy läutete und ich darauf ihre Nummer sah, drückte ich den Anruf weg. Es läutete dann aber noch fünf Mal, weil meine Mutter ein „Nein“ nicht akzeptierte oder das Besetzt-Zeichen so interpretierte, dass ich gerade nicht reden konnte, mich aber schon sehr auf ihre Stimme freute. Also ging ich schließlich doch ran, und sie sagte genau, was ich erwartet hatte:

„Was bist du für eine undankbare Tochter? Du kümmerst dich überhaupt nicht um mich!"

Und ich sagte: „Ich komme in den nächsten Tagen ganz sicher mal zum Essen vorbei, okay?"

„Ach. Das hat dein Vater auch immer gesagt! Du bist wie dein Vater! Nein, du bist sogar schlimmer als dein Vater!"

Wenn wir dann beim Vater-Thema gelandet waren, was verlässlich nach zwei Sätzen der Fall war, gab es keine Hoffnung mehr auf einen guten Ausgang unseres Gesprächs. Ich sagte: „Mama! Weißt du eigentlich, dass ich auch ohne dich ein Leben habe?"

„Genau wie dein Vater! Der hatte auch lieber ein Leben ohne mich!"

Ich schob die *Melvins* in den CD-Player und hörte mir *Going Blind* in voller Lautstärke zehn Mal hintereinander an, bevor ich das Gebäude erreichte, in dem meine Einheit untergebracht war. Auf der Straße davor parkte ich den Benz schließlich ein, und nachdem ich ausgestiegen war, schob ich mir die Sonnenbrille ins Gesicht. Dann knallte ich die Türe zu und ging hinein.

Männer dachten ja immer, dass sie unglaublich cool aussehen würden, wenn sie im Job Sonnenbrillen tragen. Ich hingegen wusste, dass ich auch mit Sonnenbrille nur verkatert aussah, und dass diese Brille meinen schlechten Zustand nur notdürftig kaschierte. Da half auch alles Make-up nichts! Und wie kam ich überhaupt in dem Rock rüber, den ich trug?

Plötzlich hatte ich das Gefühl, dass ich irgendwie völlig unpassend gekleidet war, und ich verlor jede vom Restalkohol befeuerte Selbstsicherheit. Ich dachte einfach anders über mich, wenn ich mit Ghetto Boy im Bett lag – der ja letztlich nie ehrlich zu mir war –, als wenn ich am gut trainierten, solariumgebräunten Security-Typen mit seiner blonden Bürste in der Portiersloge vorbeikam, der dort immer nur auf seine Bildschirme starrte und dabei Proteinriegel aß. Mit weit abgespreizten Armen, weil seine Muskeln so dick waren, dass sie ihm irgendwie im Weg zu sein schienen, wenn er einen Proteinriegel zum Mund führte. Einen nach dem anderen aß der davon, und ich fragte mich immer öfter, worauf er noch Appetit haben könnte. Entweder war er voll konzentriert auf das, was er tat, oder ihn interessierte rein gar nichts außer dem, was er auf seinen Überwachungsbildschirmen sah. Als Gradmesser dafür, ob ich gut angezogen war oder geil rüberkam – als Frau nämlich, als Lustobjekt, als eine, die man gerne ficken wollte oder eben nicht –, taugte der Kerl da hinter seinem Glasverschlag am frühen Morgen leider überhaupt nicht, weil er einfach nie hochschaute. Und das ärgerte mich seit Monaten, denn er war zwar ein bisschen einfach gestrickt, aber richtig gut gebaut. Und wenn man sich schon jeden Tag über den Weg lief, dann wollte man zumindest wissen, was der andere von einem dachte.

Was anziehen, wenn man weiblicher Bulle war? Heikles Thema, schwierige Frage. Ich wollte als Frau zunächst natürlich nicht von Verbrechern angestarrt werden, die dann im Gefängnis zwanzig Jahre lang von mir träumten, weil ich die letzte Frau in einem sexy Outfit war, die sie in Freiheit gesehen hatten. Das auf keinen Fall! Außerdem: Wer weiß schon, ob sie nicht einen Bruder oder eine ganze männliche Familie oder so was in Freiheit herumlaufen hatten und denen dann sagten: He, da ist diese verdammt leckere Kitty Muhr, die sich total scharf anzieht, sie ist Bulle und hat mich verhaftet, also kümmert euch mal um sie ...

Ich wollte aber andererseits als Frau dann doch immer irgendwie angestarrt werden, auch als Bulle, halt von den Richtigen, und halt im Rahmen. Und Verbrecher hatten ja auch ihren Reiz, jedenfalls für mich, also jedenfalls mehr Reiz als Yogalehrer und solche Typen, die in engen Hosen joggten. Es zieht mich nämlich immer mehr dahin, wo Holz gehackt wird und Späne fliegen, dorthin, wo Stahl gegossen und Eisen gebogen wird. Nicht in die Küche eines veganen Hipsterrestaurants oder in eine Gesprächsrunde, wo man sich gegenseitig den Ball zuwirft und dann „Wer den Ball hat, soll jetzt mal sagen, wie's ihm geht" sagt. Kurz: Wenn ein Kerl nach Arbeit riecht, dann stört mich das nicht. Und wenn seine Hände groß genug sind, um meine Arschbacken ausdauernd zu kneten, dann stört mich das erst recht nicht. Und verdammt, dieser Portier da drinnen hatte richtig große Hände! Ich sagte also freundlich: „Guten Morgen!" Hörte von ihm aber nur ein unfreundliches: „Lift ist kaputt!"

Nun war es so, dass ich nicht schnell meine Nerven verlor. Aber wenn es um den Lift ging, dann schon. Ich schrie ihn an: „Schon wieder?"

Was für ein Arsch!

Na gut, ich verlor eigentlich recht schnell meine Nerven, und meistens war mir das dann auch ein bisschen peinlich. Aber durch mein Schreien hatte ich ihn endlich so weit, dass er mich anschaute. Und als er mich sah, angezogen in der festen Überzeugung, dass ich neben Ghetto Boy jeden anderen haben konnte, schien er nicht recht zu wissen, was er von mir halten sollte. Seine riesige Pranke wanderte zu seiner Schädeldecke, wo er sie drauflegte, und sein mächtiger Unterkiefer fiel ihm hinunter. Man konnte richtig sehen, wie dämlich er war. Wenn er mich jetzt fragen würde, ob wir uns mal treffen könnten, dann müsste ich eigentlich ablehnen. Aber er stammelte ohnehin nur nervös: „Ist halt noch immer kaputt."

Das war ein Problem mit diesen gut trainierten Affen: dass sie sich einfach richtig schwertun, mit einer Frau ins Gespräch zu kommen, wenn dieses Gespräch sich um etwas anderes dreht als um Eiweißshakes, die man gerade zu sich genommen hat, und Gewichte, die man heute noch stemmen muss.

Ich ging wütend zur Treppe, wo ich dann beinahe anfing zu weinen: fünf Stockwerke zu Fuß! Das war nichts für mich, denn ich war einfach nicht gemacht fürs Treppensteigen, ich hasste es, ich hasste es wirklich. Und in jedem Stockwerk sah ich ein neues „Rauchen verboten!"-Schild, das mir noch größer vorkam als das im Stockwerk darunter.

In der dritten Etage konnte ich dann nicht mehr und bog endlich auf die Toilette ab, dort riss ich ein Fenster auf und zündete mir eine Zigarette an. Im Spiegel, mit dem grellen Neonlicht im Gesicht, stellte ich fest, wie schlecht, innerlich verletzt und äußerlich unfickbar, ich aussah, obwohl ich doch am Morgen wirklich alles versucht hatte, um heiß auszusehen. Hast du nicht gehört, was Bonner gesagt hat?, fragte ich die im Spiegel. Du bist zu fett für so einen Rock! Mein Rock tat mir nun beinahe leid, ich schämte mich, dass ich ihn gekauft hatte: Armer kurzer Rock, du hättest es wirklich verdient gehabt, in Size Zero an einer kleinen Süßen zu hängen anstatt an mir!

Endlich doch noch oben im fünften Stock angekommen, versuchte ich, mich an der Wand des Ganges an

Bonners Büro vorbeizuschwindeln, auf Samtpfoten, was mit den hohen Schuhen, die ich trug, wirklich keine leichte Übung war. Aber er entdeckte mich natürlich sofort, so, als könnte er mich riechen, und rief heraus: „Muhr!"

Das letzte Mal, als er aus seinem Büro heraus nach mir gerufen hatte, war er dort zusammengebrochen, und man brachte ihn danach mit Bandscheibenproblemen ins Krankenhaus. Bevor man ihn in den Krankenwagen lud, musste er unbedingt noch diesen Spruch anbringen: „Muhr! Ich habe solche Kreuzschmerzen! Als wärst du auf mich draufgesprungen!"

Nun kam er aber relativ aufrecht zur Tür heraus, und so dämlich, wie er dabei grinste, war mir sofort klar, dass er einen neuen Witz auf Lager hatte. Einen, den nun alle hören sollten: „Muhr! Was ist grün und blau und hat keinen Sex?"

„Ich weiß es nicht."

„Die Neue im Frauenhaus!"

Er und alle anderen, die auf den Gang getreten waren, um ihn zu hören, bogen sich vor Lachen, sie fanden auch diesen Witz richtig gelungen, denn sie waren allesamt Männer. Aber dann plötzlich verlor Bonner die Freude an sich selbst und daran, dass alle wegen ihm lachten, und schrie: „Ruhe!"

Wenn man uns Frauen nachsagte, dass wir launisch seien, was war dann er?

Wir betraten gemeinsam sein Büro. Er schloss die Türe, setzte sich auf seinen Stuhl und legte seine Füße wieder auf den Tisch. Ich setzte mich ihm gegenüber und zündete mir eine Zigarette an, während er sich selbst eine aus der Packung klopfte, ganz ruhig. Und ohne Vorwarnung sagte er schließlich: „Du hast den

Job.“ Die dazugehörige Beförderungsurkunde schob er mir herüber, als wäre es ein Stück ekelhaftes, dreckiges Papier.

Der Job: *Sonderermittlungen für Fälle mit öffentlichem Interesse*. Darum hatte ich mich beworben, aber ich hatte keine große Hoffnung mehr gehabt, dass ich diese Stelle auch kriegen könnte. Schon gar nicht nach unserem Gespräch gestern, wo er mir noch einmal zu verstehen gegeben hatte, was er von mir hielt: Nichts!

Ich wusste nicht recht, ob ich mich darüber freuen sollte, und schon gar nicht wusste ich, was ich darauf sagen sollte. Musste ich „Danke, Boss!“ sagen, wie meine Mutter mir raten würde? Erwartete er gar, dass ich ihn dafür umarmte, ihn ganz fest an mich drückte? Oder sollte ich ihm den Tisch machen?

„Es gab welche, die waren qualifizierter als du“, übernahm er das Reden. „Aber du bist nun mal eine Frau, und die ganz oben wollen neuerdings Frauen, Ausländer und andere Minderheiten wie Schwule in führenden Positionen. Das ist eine politische Sache und hat nichts mit der Kunst polizeilicher Ermittlungsarbeit zu tun. Seit diese verdammten Grünen in dieser Stadt mitregieren, dreht sich alles nur noch um scheiß Minderheiten und scheiß Gleichberechtigung.“

Ich sagte: „Das ist nicht einfach zu verstehen, nicht wahr?“

Tatsächlich schaute er mich so an, als ginge das nicht in seinen Kopf hinein, als würde er sich in diesen modernen Zeiten, in denen Frauen arbeiten wollten und man Schwarze nicht mehr als Sklaven halten durfte, nicht zurechtfinden. In seinen Augen las ich die verzweifelte Frage: Wofür habe ich denn überhaupt das Feuer erfunden, wenn nun sogar schon Frauen ein Feuerzeug bedienen können?

Aber Bonner wäre nicht mein Boss gewesen, wenn er nicht doch wieder das letzte Wort gehabt hätte. Eines, das mir die Freude an meiner Beförderung nahm, die ohnehin nicht so recht aufkommen wollte. Er sagte: „Wir haben unten ein Büro für euch gefunden und nett eingerichtet."

Ich war mir nicht sicher, ob ich ihn richtig verstanden hatte, also fragte ich sicherheitshalber nach: „Für uns?"

„Ja, für euch zwei Süßen!", bestätigte er. Und dann sagte er, worauf er sich schon gefreut hatte, dass er es sagen konnte: „Ich habe mir nämlich erlaubt, diese Planstelle zu teilen. Vier Ohren hören schließlich besser als zwei, und vier Augen ..."

„Jaja, ich hab's verstanden!", sagte ich. „Und vier Beine gehen vermutlich besser als zwei, ist es das, was Sie mir sagen wollen? Aber was heißt das nun genau?"

„Du hast ab heute nicht nur einen neuen Job mit neuem Büro, sondern teilst dir Job und Büro mit deinem neuen Partner."

War doch klar, dass die Sache einen Haken haben würde!

6

Bonner klemmte sich zwei Aktenstapel unter den Arm und führte mich zum Lift, der nun plötzlich problemlos funktionierte, als er den Knopf drückte. Die machten sich also ihren Spaß mit mir, und sogar der Halbaffe da unten mit seinen blonden Haaren war in dieses dumme Spiel eingeweiht.

Ich stieg als Erste ein, und dann versperrte ich ihm den Zutritt: „Wenn Sie mir zu nahe kommen, lege ich Sie mit einem Schulterwurf hier auf den Boden und springe auf Sie drauf, und wir reden dann sicher nicht mehr von Bandscheiben*problemen*, wir reden dann von etwas Ernstem, haben Sie mich verstanden?“

Er hatte, und wich zurück.

Ich drückte den Knopf und fuhr alleine hinunter, und unten angekommen, hatte ich dann genug Zeit, dem polierten Blondie meine Meinung zu geigen. Heute würde er gewiss schlecht schlafen, wenn er an all die Krankheiten denken musste, die ich ihm an den Hals und sonst wohin wünschte, wo er sie nicht haben wollte.

Als Bonner endlich herunterkam, hatte er richtig Mühe, mich zu beruhigen, ich schrie ihn an: „Weiß der Idiot da drinnen in seiner Koje überhaupt, dass ich Judo kann?“

Und der Idiot da drinnen in seiner Koje fragte: „Sie kann echt Judo? Nicht Yoga?“

Bonner führte mich über den betonierten Innenhof, der den Sommer über den ganzen Tag in der prallen Sonne lag. Der Asphalt glühte dann und die heiße Luft stand zwischen den Mauern wie abgestellt. Wer eine Genehmigung hatte, der durfte hier seinen Wagen parken, aber ich hatte natürlich keine. Ich fragte ein wenig fassungslos: „Hier? Hier ist mein neues Büro? Ist das Ihr Ernst?“

„Euer neues Büro.“

Bonner öffnete lächelnd eine Tür und ließ mir galant den Vortritt. Das konnte nichts Gutes bedeuten, denn zuvorkommendes Benehmen stand nicht in seinem Führungszeugnis.

Neonlicht zuckte in einem kleinen Raum, der frisch gekalkt war. In der Mitte standen zwei Schreibtische aneinandergeschoben, und vor jedem stand ein Sessel. Es handelte sich um gebrauchte, abgenutzte Büromöbel, auf den Tischen stand je ein alter Rechner, auf einem separaten, kleineren Tisch links davon stand ein alter Drucker, daneben Festnetztelefon mit Fax. Nichts hier herinnen sorgte für eine heimelige Atmosphäre, und so sollte es wohl auch sein. Bonner sagte: „Man muss das Glück der anderen akzeptieren, aber man muss es nicht auch noch fördern, oder?“

Ich dachte: Die Tage vergehen in meinem Leben und es wird nichts besser. Im Gegenteil!

Mein neuer Arbeitsplatz ließ mich an schwedische Krimis denken, an Verliese, in denen Menschen jahrelang eingesperrt waren, ohne Aussicht auf Schokobananen oder eine tröstende Umarmung. Als Frau hatte man doch Erwartungen an sein Büro. Man wollte doch Atmosphäre! Ich sagte: „Hier müssen auf jeden Fall ein paar Aschenbecher rein!“

„Jaja“, sagte Bonner genervt. Und dann hörte ich jemanden sagen: „Keine Aschenbecher! Hier wird nicht geraucht!“

Die Stimme kam aus dem Mund von einem, der am linken der beiden Tische saß, und obwohl er eindeutig anwesend war, hatte ich ihn bisher gar nicht bemerkt, oder jedenfalls nicht so richtig. Er schien noch nicht ganz ausgebrütet zu sein, obwohl er einen dichten Bart über seinem frechen Mund trug, und zwar – Überraschung! – einen Schnauzbart. Auch die speckige Lederjacke um seine schmalen Schultern war die eines geschmacksunsicheren Türken, und die schlecht sitzende Jogginghose darunter ebenso. Irgendetwas musste schiefgelaufen sein, als er gezeugt wurde, oder es war die Nahrungsmittelsituation für werdende Mütter in seinem Land damals gerade nicht die beste, sodass man ihm nichts füttern konnte, was ihn hätte wachsen lassen. Eine Amnesty-Umhängetasche, in der er vielleicht seine Messer versteckt hatte, lag auf dem Tisch vor ihm. Oder – noch schlimmer! – er war Aktivist, setzte sich für Menschenrechte ein und redete dann auch pausenlos darüber. Ich sagte zu dem Zwerg so laut und gereizt, dass er es auch auf jeden Fall verstehen konnte: „Das hier ist auf jeden Fall ein Raucherbüro!"

Man musste nämlich sein neues Revier markieren, sobald man es betrat, sonst tat es ein anderer. Das immerhin hatte ich von den vielen Männern gelernt, mit denen ich es in meinem Job zu tun hatte. Endlich fragte ich Bonner verzweifelt: „Wer verdammtnochmal ist denn das überhaupt?"

„Den hat man uns von ganz oben ins Nest gelegt", erklärte er mir, und in seiner Stimme vernahm ich neben der Schadenfreude auch so etwas wie Mitleid. Mitleid für mich. „Und ob du es glaubst oder nicht", fuhr er fort. „Er ist Kriminalpsychologe mit einer Zusatzausbildung zum Sozialarbeiter."

Ich dachte: Na bumm!

Und sagte: „Aber hallo!"

„Das Ministerium will einen wie ihn in der Truppe haben", erklärte mir Bonner. „Wegen der Täter und vergiss bitte nicht: wegen der Täterinnen sowie der Migranten und vergiss bitte nicht: wegen der Migrantinnen. Dieser Multikultiwahnsinn geht nun schon so weit, dass wir einen Türken als Mordermittler haben, wo wir Türken doch bisher nur als Mörder kennen ..."

Bonner schüttelte fassungslos den Kopf, und zwar richtig fassungslos. Da war keine feine Ironie zu hören, nichts Augenzwinkerndes.

Aber der, über den er so abfällig redete, sprang nicht auf und ging ihm an die Gurgel, sondern sagte nur ganz ruhig: „Sum Beispiel töten wir gerne unsere Hammel und essen dann Fleisch von Hammel in Park, nicht wahr? Übrigens bin isch Kurde, kein Türkmann, isdasklar?"

„Was auch immer", sagte Bonner, der nun ein wenig von seiner Selbstgefälligkeit zu verlieren schien. „Am liebsten würde ich euch beide ja an eine unregulierte Kreuzung stellen und euch dort den Verkehr regeln lassen. Aber da sind mir leider die Hände gebunden."

„Darauf stehen Sie doch, wenn Sie gefesselt werden, nicht wahr?", sagte das kleine Wesen auf seinem Stuhl, und es blieb dabei noch immer ganz ruhig. Sogar das Türkische hatte es aus seinem Deutsch getilgt und redete nun einwandfrei wie einer dieser jungen Deutschen auf ihren Fahrrädern, die einen hier neuerdings immer öfter nach dem Weg fragten. „Halt nicht hier, sondern zu Hause, wenn es schön finster ist. Oder in irgendwelchen Clubs, wo man dafür bezahlen muss."

Das war hart, aber der Zwerg zuckte dabei noch nicht einmal mit dem Mund. Er wippte auch nicht nervös mit dem Fuß oder blies sich verlegen gegen die Fingernägel (so wie ich es früher immer getan hatte, wenn ich es mit Bonner zu tun bekam). Er blieb vollkommen cool, und Bonner mochte vollkommen cool überhaupt nicht.

„Jedenfalls ist das ab jetzt euer Büro“, fiel ihm schließlich ein müder Witz dazu ein, „Heizkosten gehen aufs Haus. Ihr werdet hier diese neu geschaffene Abteilung für Fälle mit öffentlichem Interesse übernehmen. Warum ihr? Fragt mich bitte nicht. Ach ja, Muhr: Er heißt Üzgür, nicht wahr? Oder Ümit? Sag ihr, wie du heißt. Irgendetwas mit Ü jedenfalls.“

„Ich heiße Ali Khan Kurtalan, Chef“, sagte der, um den es ging. „Da ist kein Ü drin. Und sagen Sie bitte nicht Du zu mir, sonst kommen meine Brüder und machen Kebab aus Ihnen, und ich gebe dann weiße Soße drauf!“

Und an mich gerichtet: „Sagt der immer zu allen Du, die er nicht kennt?“

„Ja“, sagte ich. „Das kommt noch aus der Zeit, als er in einer Höhle wohnte. Ist nicht so lange her.“

Ali Khan Kurtalan lachte, und ich musste nun auch ein bisschen kichern. Aber dann wurde mir plötzlich klar, dass ich die nächsten Jahre meines Berufslebens mit diesem kleinwüchsigen Türken, oder was auch immer er letztlich war, verbringen musste, der mir nicht einmal dann an die Wäsche gehen würde, wenn ich vollkommen betrunken, hilflos und nackt hier herumliegen würde, weil er einfach zu klein dafür war!

Dieser Ali Khan Kurtalan war genau das, was sich eine dreimal geschiedene, völlig vereinsamte und immer wieder im Frauenhaus aufhältige Frau zu Weihnachten wünscht: etwas zum Knuddeln und zum Spielen. Etwas, das man schütteln und auf die Couch legen kann, wenn man sich was im Fernsehen anschaut. Einen, der dir die Tür aufhält und den Sessel zurechtrückt, wenn du dich hinsetzen möchtest, und der dich niemals übers Knie legt.

Aber er war entschieden und eindeutig nichts für mich!

Ich war doch noch nicht einmal vierzig, und ich hatte die beste Zeit doch noch vor mir!

Bonner legte nun die zwei Aktenstapel nebeneinander auf den Tisch und tippte einige Male langsam und mit verschlagenem Blick auf den einen, auf dem „Yaya Kioté“ stand, der andere war mit „Unbekannter Toter“ beschriftet. Dann zündete er sich eine Zigarette an und ich tat es ihm gleich. Zumindest was das Rauchen anging, musste ich mich auf die Seite meines Bosses schlagen, um hier klare Verhältnisse zu schaffen, denn Rauchen würde hier auf absehbare Zeit das Einzige sein, was mir Spaß machte. So sah ich meine Zukunft.

„Yaya Kioté“, sagte Bonner, und ich ahnte bereits, dass es der Fall des toten Schwarzen an der Slackline sein würde, wegen dem er neulich rausgegangen war. Ich hätte mir denken können, dass er keine Lust mehr hatte, über den Mord an zwei Jugendlichen selbst Nachforschungen anzustellen – nicht, wenn es sich dabei um zwei schwarze Jugendliche handelte. Nun schien es ihm sogar Spaß zu machen, uns diese Fälle als Futter hinzuwerfen, an dem wir uns die Zähne ausbeißen sollten.

Er setzte sich an den Rand meines Schreibtischs, der rechts stand und für den ich mich entschieden hatte, nachdem Ali schon auf dem anderen saß, und machte den Eindruck, als würde er uns eine etwas längere Geschichte erzählen wollen. Er hörte sich nämlich gerne selbst reden und streute dabei immer wieder ein paar bemühte Witzchen ein, begann aber mit den harten Facts: „Yaya Kioté also. Geboren vermutlich 1999 in einem kleinen Dorf an der Elfenbeinküste, geflohen in Richtung voller Futtertröge im gesegneten Europa Anfang 2015 über Griechenland. Erstaufnahme hier, Fingerabdrücke ebenfalls hier. Griechenland hat ihm nämlich nicht besonders gut gefallen, dürfen wir mal annehmen, Serbien auch nicht, Ungarn auch nicht. Am 6. April dieses Jahres tauchte er also schließlich in unserem schönen Land auf, in einer Erstaufnahmestelle in Niederösterreich. Und irgendwann letzte Woche endete sein allzu kurzes Leben an dieser Leine da draußen in diesem Wald. Muhr, du weißt ungefähr, worum es geht, du bist ja schon annähernd vertraut mit dem Scheiß. Ihr beide werdet euch darum kümmern. Und um den anderen mit dem Mountainbike im Wasser auch."

7

Nachdem Bonner gegangen war, hörte ich eine Zeitlang nur noch den Lärm der zu- und abfahrenden Autos draußen im Hof. Und das Gerede der Männer, die an unseren Fenstern vorbeigingen und ungeniert über uns redeten. Über mich und diesen Ali Khan Kurtalan und darüber, was wir nun hier herinnen wohl so treiben würden. Was Männer halt reden, wenn sich die so verdammt aufregende Konstellation ergab, dass eine Frau mit einem Mann zusammenarbeiten musste, und das dann noch in einem gemeinsamen Büro. Das war schon verletzend, mir anhören zu müssen, was sie da redeten, aber auf eine andere Art fragte ich mich das selbst natürlich auch: Was sollte ich mit dem hier machen?

Ich hatte nichts gegen Hände, die am Rücken behaart waren und tief in einer Jogginghose steckten, und gegen gockelhaftes Verhalten hatte ich erst recht nichts, wenn der Gockel dabei einen ordentlichen Kamm aufzuweisen hatte, auf den er zurecht stolz sein konnte. So wie mein Johnny aus der Bingobongobar. Wenn ich ehrlich war, dann gefiel mir das sogar, jedenfalls waren mir diese stark behaarten Affen lieber als die mit den Vollbärten, die neuerdings überall herumliefen und kein Fleisch mehr aßen.

Aber kann denn nicht einmal einer nur ganz normal sein? Einfach mal die goldene Mitte?

Ich konnte mich so gar nicht mit meinem neuen Büro und meinem neuen Partner anfreunden, und grummelte stattdessen vor mich hin wie eine, die in einer WG das schlechtere Zimmer bekommen hat. Ich war beleidigt, haderte mit meinem Schicksal und träumte davon, wie alles wäre, wenn es doch mal perfekt sein könnte. Dabei konnte ich gar nicht mehr aufhören, mir diesen Ali anzuschauen und fassungslos den Kopf über ihn zu schütteln, und irgendwann überlegte ich dann sogar, ob es auch etwas gab, das für ihn sprach? Kam dabei aber schnell zu dem Schluss: Nein!

Da arbeitete ich endlich mal mit einem, der einen richtig dicken Schnauzbart trug, mit dem alleine er jede Frau glücklich machen könnte – wenn er die Technik beherrschte, mit der man eine Frau glücklich machen kann –, und dann das!

Erschwerend kam hinzu, dass wir die Morde an diesen beiden Schwarzen aufzuklären hatten. Ich sah rechtsextreme Schlägertypen vor mir, jedenfalls gemeine, hinterhältige Kerle, die aus niedrigen Motiven gemordet hatten und die wussten, wie man sich seine Opfer gefügig macht. Was würde Ali tun, wenn wir solchen Kerlen gegenüberstanden? Er konnte ganz sicher nicht einmal Judo! Und dass er Boxen konnte, das hielt ich für ausgeschlossen.

Ali Khan Kurtalan merkte natürlich die Krise, in die seine Anwesenheit mich gerade stürzte. Als könnte er damit auch nur eines der Probleme, die er mir bereitete, zudecken, zeigte er mir mit breitestem Lächeln seine weißen Beißerchen. Die Botschaft, die er damit an mich senden wollte, war klar: Schau her! Ich bin erstens eine Frohnatur, und da ist zweitens kein Kebab drin, kein Zwiebel, keine weiße Soße – es ist also alles okay mit mir, Entwarnung! Ich bin ein richtig super Typ!

Aber als er aufstand und in meine Richtung gewackelt kam, mit lächerlich breitem Gang, als wäre er John Wayne, waren mir seine schönen Zähne schon wieder egal. Denn aufrecht gehend schien er sogar noch kleiner zu sein, als ich vermutet hatte. Als er vor mir stand, reichte mir sein Schnauzbart nicht einmal bis zu den Nippeln, und das hieß, dass er nicht größer als eins fünfzig sein konnte. Er glich irgendwie mehr einem Beistelltischchen als einem richtigen Bullen. Freundlich und beinahe gentlemanlike streckte er seine Hand aus und strahlte, aber ich nahm sie nicht, sondern sagte nur: „Muhr. Kitty Muhr. Und keine Hand, bitte. Wir müssen es ja nicht gleich übertreiben."

Ali Khan zog seine Hand wieder zurück, aber er war mir deswegen nicht böse. Böse sein hatte man ihm irgendwann abgewöhnt auf seinem langen Weg von dort, wo er herkam, nach hierher, wo er jetzt war. Er blieb einfach streng auf Kurs und sagte: „Hello Kitty."

Ich sagte: „Sehr witzig."

„Ich bin der Ali und gebürtiger Kurde. Soll ich normal mit dir reden, oder lieber Türksprech?"

Ich sagte: „Mach's wie im Internet – sei einfach du selbst."

Während ich eine nach der anderen rauchte und damit unser Büro zu einem Raucherbüro machte, ohne das mit Ali Khan besprochen zu haben, während er sich nicht darüber aufregte und also akzeptierte, dass ich die erste Kraftprobe gewonnen hatte, saß er schon über den Akt „Yaya Kioté" gebeugt und hustete nur demonstrativ jedes Mal, wenn ich den Rauch ausblies, was ich dann schon irgendwie kindisch fand. Aber okay, bei dieser Körpergröße durfte man auch mal kindisch sein!

Sein Größendefizit versuchte er einfach durch übertriebenen Ehrgeiz wettzumachen, so einer war das, ich hatte ihn schon durchschaut. Er studierte den Akt, als ginge es um alles. Als müsste das Rätsel, wer diese beiden Jugendlichen umgebracht hat, bis heute Mittag gelöst sein, sonst nehmen sie uns das Büro wieder weg.

Ich aber konnte mich nicht konzentrieren, sondern musste daran denken, dass irgendwo da draußen ein kurdischer Bulle herumlief, der richtig groß gewachsen war und aussah wie der Typ im Fernsehen, der dort immer den türkischen Bullen spielte. Das Los jedoch hatte uns beide getrennt, das Schicksal war wieder einmal gegen mich gewesen. Und eine böse Laune der Natur hatte statt dem anderen da draußen den hier zu mir gespült.

Ach, mein Ali!

Ich ließ ihn weiter den Akt studieren und begann selbst, ein paar Sachen herumzuschieben und dorthin zu stellen, wo ich sie haben wollte. Der Papierkorb gehörte hier rüber, die Schachtel mit den Reißzwecken da hin. Das war's. Mehr war nicht hier, das man hätte verschieben können, und gemütlicher wurde es dadurch natürlich auch nicht. Brauchten wir einen Kühlschrank? Ja, unbedingt! Aber ein Kühlschrank war immer auch eine Falle für das Zusammenleben, wenn sich zwei nicht verstanden. Der eine ließ Zeug darin verfaulen, der andere griff gerne beim anderen nach dem Zeug, das er reinstellte. Beides konnte ich nicht leiden. Also würde ich darin nur Flüssigkeiten lagern, nach denen der Türke kein Verlangen hatte, da er ja vermutlich Moslem war.

„Dieser Yaya war zuletzt in einer NGO namens *African Sunshine* im Fünften Bezirk aufhältig, in der Schönbrunnerstraße nahe dem Hundsturm", sagte Ali plötzlich, als würde er von meiner Krise gar nichts bemerken. Ich wollte ihm nicht das Gefühl geben, dass er mir völlig egal war, also fragte ich: „Was ist denn eine NGO?"

„Eine NGO ist eine Nicht-Regierungs-Organisation, eine Hilfsorganisation also, die nicht vom Staat geleitet wird, sondern von Privaten, und in diesem speziellen Fall eine, die sich um unbegleitete Jugendliche aus Afrika kümmert. Die haben ihren Firmensitz in Frankfurt an der Oder, was im Deutschen Osten liegt, und agieren sowohl in Deutschland als auch in Österreich. Sie unterhalten insgesamt sieben Niederlassungen, eine davon in Wien."

Ich fragte: „Und was sind unbegleitete Jugendliche?"

„Flüchtlinge im Alter bis achtzehn Jahre, die ohne familiären Anhang aus ihren Herkunftsländern zu uns in den reichen industrialisierten Westen kommen. Weißt du übrigens, was das Wichtigste ist, wenn du selbst helfen möchtest? Dass du einen Verein gründest. Das hat ganz klare steuerliche Vorteile. Und die Unterbringung von Flüchtlingen ist mittlerweile eine der profitabelsten Erwerbsquellen in ganz Europa, sogar die Mafia steigt schon groß ein."

Ich fragte: „Und was ist die Mafia?"

„Die Mafia ist eine hierarchisch organisierte Verbrecherorga..."

„Ist ja schon gut, Ali!"

Männer waren mir bisher nicht als besonders redselig aufgefallen, und wenn schon mal Redefluss, dann immer nur betrunken, mit ganz viel Spucke im Mundwinkel und der Silbe „... Baby!" hinten an jeden Satz drangehängt, zu dem sie in ihrem Dusel noch fähig waren. Der hier aber redete und redete, und er redete sogar nüchtern. Und es hatte nicht den Anschein, als würde er mit seinem Wissen in Zukunft sparsam umgehen wollen.

„Glaubst du wirklich, ich weiß all das nicht? Willst du mir ein schlechtes Gewissen machen, indem du mir zeigst, was du alles weißt? Hör zu: Ich bin nicht der Typ, der in der Früh so schnell auf Touren kommt, merk dir das. Bei mir musst du es langsam angehen lassen, und ein bisschen Charme würde dabei auch nicht schaden. Scheiße! Es ist erst zehn Uhr, und dein Migrantenmotor schnurrt schon wie frisch geölt. Ich aber habe ein paar harte Nächte hinter mir. Wo ist hier überhaupt das Klo? Ich meine: mein Damenklo?"

Ali deutete nach hinten, wo eine weiße Türe war, aber kein Schild daran, das zeigte, ob diese Anlage für Buben oder für Mädchen gedacht war. Ich sagte: „Ist das etwa für uns beide? Nein, sorry, aber das geht überhaupt nicht. Das ist mein Klo, okay? Und du gehst schön brav raus in den Hof, und zwar sowohl, wenn du selber musst, als auch dann, wenn ich muss. Ich habe echt keine Lust darauf mir vorzustellen, wie du fünf Meter weiter sitzt und mir zuhörst, wie es bei mir läuft oder ... na ja, egal. Die Details wollen wir uns sparen. Wie sieht's eigentlich mit Kaffee hier aus?"

Er schüttelte den Kopf und hob entschuldigend die Hände. Was die Vermittlung schlechter Nachrichten anging, war auch er mundfaul. Ich sagte: „Nicht einmal Kaffee gibt es hier? Verdammt! Das ist alles so traurig!"

Er kehrte seine einfühlsame Seite heraus, die von allen seinen Seiten am dominantesten war, und versicherte mir, dass er gleich morgen früh alles mitbringen würde, um mir den starken Kaffee seiner kurdischen Heimat servieren zu können, der wenig überraschend der beste Kaffee der Welt war. Ich wusste aber nicht, ob ich mich darüber freuen sollte oder ob ich ihn nicht lieber für seine zuvorkommende und verständnisvolle Art einfach ab jetzt und für immer verachten sollte. Ich hasste die zuvorkommende und verständnisvolle Seite an Männern! Jedenfalls redete ich mir das ein.

Er sagte: „Kitty. Deine offenbar insgesamt sehr defensive Herangehensweise an das Thema Arbeit ist total okay für mich, aber ich muss jetzt etwas tun. Ich bin es nämlich gewohnt, hart zu arbeiten. Es war ein langer Weg für mich, aber jetzt bin ich hier. Ich bin angekommen."

Ich sagte: „Du bist im Erdgeschoß! Und nichts spricht dafür, dass du von hier irgendwohin nach oben kommst. Und für mich gilt das Gleiche! Also wovon redest du? Siehst du nicht, dass die uns hier haben wollen, genau hier? Hier herunten?"

Das „Du Idiot!" sparte ich mir.

Ich konnte ja nicht gleich am ersten Tag unserer Zusammenarbeit, in den ersten Minuten, alles Porzellan zerschlagen. Bonner würde Ergebnisse von uns erwarten, und dafür würde ich ihn brauchen. Ebenso wie ein angenehmes Büroklima. Ich wählte die Nummer vom Boss und sagte: „Wenn Sie wollen, dass wir hier zusammenarbeiten, dann brauchen wir bis morgen früh einen Kühlschrank! Und ein Klo, in das nur ich reinkann! Also baut dem Ali irgendwo ein eigenes, sonst wird hier gestreikt!"

8

Als wir hinausgingen aus unserem neuen Büro, fasste Ali für uns zusammen: „Beide Tote waren etwa im selben Alter, hatten vermutlich dieselbe Herkunft ..."

Ich unterbrach ihn: „Afrika?"

Er sagte: „Ja, vermutlich. Und beide waren, wenn man das so sagen kann, bei der Ausübung einer Sportart ums Leben gekommen, die sie im Moment ihres Todes nicht freiwillig ausgeführt haben dürften. Das lässt den Schluss zu, dass möglicherweise der Mörder – oder die Mörder, oder die Mörderin ..."

Ich unterbrach ihn abermals: „Sag einfach der Mörder, okay? Der scheiß Mörder. Einzahl, männlich genügt. Ich weiß auch so, was du meinst, auch wenn du nicht Mehrzahl und andere Geschlechtsformen auch noch verwendest. Es heißt: der Mörder!"

Er sagte: „Okay. Dass also der Mörder etwas mit diesen beiden Sportarten zu tun hatte. Es ist nämlich nicht anzunehmen, dass der Mörder sich extra, um die beiden Jugendlichen auf diese Art zu ermorden, ein Mountainbike zugelegt hat oder eine Slackline. Wie aber kamen der Mörder und die Opfer miteinander in Kontakt?"

„Sag's du mir."

„Wie konnten die Jugendlichen dazu gebracht werden, mit dem Mörder dorthin in den Wald zu gehen oder zu fahren?"

„Keine Ahnung."

„Waren die Morde geplant? Waren sie inszeniert? Dann wären sie jedenfalls nicht im Affekt passiert. Was wiederum den Schluss zuließe, dass Mörder und Opfer sich kannten, wenn nicht überhaupt so etwas wie ein Vertrauensverhältnis zwischen ihnen bestand. Wenn das der Fall ist, dann waren sie entweder im gleichen Alter und so etwas wie Freunde, oder sie standen in einem Autoritätsverhältnis zueinander, in dem der Stärkere Macht über den Schwächeren ausüben kann."

„So wie du und ich?", fragte ich, als er mir beim Hinausgehen den Arm um die Hüfte legte. Und zwar nicht wie ein Triebtäter, sondern wie ein Gentleman. Was war mit dem los?, fragte ich mich. Lachte er einem ins Gesicht, und schon war man seine Geldbörse los? Ich war nicht ganz frei von Vorurteilen, das gebe ich gerne zu. Also drückte ich meine Handtasche lieber fest an mich. Aber nachdem Ali die Türe abgeschlossen hatte, war noch alles da, was mir wichtig war, und er gab mir die Schlüssel mit den sehr schönen Worten: „Bei euch Frauen sind die besser aufgehoben."

Ich sagte: „Du hast wohl echt keine Ahnung von Frauen, was? Weißt du eigentlich, wie oft Frauen ihre Schlüssel verlieren? Und überhaupt alles, was sie so mit sich herumtragen? Und weißt du, was sie so mit sich herumtragen? Ha?"

Er antwortete nicht. Frauenangelegenheiten waren nicht sein bevorzugtes Gesprächsfeld, da bewegte er sich wie einer ohne Schuhe auf heißen Kohlen. Sein Thema war Psychologie: „Apropos Autoritätsverhältnis: Weißt du eigentlich, wie viele Eltern mittlerweile in eurer westlichen Welt von ihren Kindern geschlagen und terrorisiert werden? So richtig geschlagen und terrorisiert?"

Ich sagte: „Wenn du Probleme hast mit unserer westlichen Welt, warum gehst du nicht wieder in deine zurück? Und was Terror angeht, habt doch eindeutig ihr die Nase vorn, oder? Also halt mal die Luft an."

Ich steckte die Schlüssel in meine Handtasche zu all dem anderen Kram, den ich immer mit dabei hatte.

Dann warf ich meine brennende Zigarette in den Hof, wofür ich Pfiffe der beiden Putzfrauen, die aus Moldawien stammten, kassierte. Auf diesem Niveau gab es keine Frauensolidarität mehr, da gab es nur Pfiffe für die, die den Dreck machten, und Mitleid für die anderen, die ihn wegräumen mussten.

Ich wollte mich gerade bücken, um die Zigarette aufzuheben, da kam mir schon wieder mein Ali zuvor und tat es für mich. Dann hielt er sie zwischen zwei seiner behaarten Finger und trug sie brav zum Mistkübel, dort dämpfte er sie aus und warf sie hinein. Dabei wirkte er nicht einmal angewidert.

Wenigstens die beiden Frauen hatten jetzt etwas zu lachen, denn so etwas hatten sie noch nie gesehen, jedenfalls nicht dort, wo sie herkamen: einen Mann, der freiwillig Dreck wegräumte. Sie fragten sich womöglich, wie ich mir meinen Ali so abgerichtet haben konnte, dass er das alles für mich tat. Mit Gewalt? Mit Zuckerbrot und Peitsche? Mit sexuellen Praktiken?

Ich sagte zu Ali: „Das soll jetzt nicht abwertend klingen, aber du bist wirklich gut erzogen, oder?"

Er sagte: „Das bin ich allerdings. Denn als wir hierherkamen, gab es bei euch noch so was wie Benehmen und Anstand. Heute sehe ich das leider nicht mehr."

„Meinst du mich? Nur weil ich eine Zigarette wegwerfe? Ach, jetzt komm aber mal runter von deinem hohen Ross!"

„Damit du kein falsches Bild von mir kriegst: Ich bin nicht nur nett. Ich kann dich auch beschützen, wenn du Schutz brauchst."

„Kannst du Judo?"

„Nein."

„Was dann?"

„Ich rede nicht von Gewalt."

„Judo hat nichts mit Gewalt zu tun, du Idiot."

„Ich rede auch nicht von verbaler Gewalt. Ich mache das mit angewandter Psychologie, mit Menschenkenntnis, Einfühlungsvermögen. Ich deeskaliere sehr gut."

„Dann machst du also Yoga?"

„Ich höre deinen sarkastischen Unterton. Und mir ist auch schon aufgefallen, dass ich nicht dein Typ bin im Sinne von: Was erwartet Frau sich von einem Mann sexuell. Aber vielleicht ist auch einfach dein Männerbild völlig überholt? Out? Von gestern?"

„Das kann ich mir ehrlich gesagt nicht vorstellen."

„Willst du behaupten, dieser Halbaffe Bonner hat auch nur annähernd meine Klasse, meinen Sex, meinen Style? Und meinen kurdischen Schafskäseduft? Ha?"

Nun bemerkte ich zum ersten Mal seine schönen, dunklen Augen, mit denen er mich von unten herauf anschaute, ein bisschen melancholisch, ein bisschen dämlich, aber schon auch ein bisschen schön. Und dass er zur Selbstironie fähig war, trug ich auch als Plus auf meiner persönlichen Liste der Vor- und Nachteile des Ali Khan Kurtalan ein, die ich mir insgeheim bereits angefertigt hatte. Kam noch sein Name hinzu, der mir auch gefiel und einem wirklich gut über die Lippen kam. Ich hatte sogar schon überlegt: Wenn ich ihn heiraten müsste, würde ich Kitty Khan Kurtalan heißen. War er also doch ausbaufähig? Gab es Hoffnung? Ich wollte nichts verschreien, aber immerhin hatte er nun drei Plus auf meiner persönlichen Liste stehen. Das war mehr als nichts. Ich fragte: „Nehmen wir deinen Wagen?"

Ich dachte nämlich, so ein Kurde mit Schnauzbart würde standesgemäß eine alte Türkenkutsche reiten, einen

BMW oder Benz mit röhrendem Benzinmotor. Also etwas, womit er ganz auf meiner Linie gelegen wäre und sich ein dickes, fettes viertes Plus verdient hätte. Aber das wollte er sich scheinbar nicht verdienen, denn er sagte: „Ich habe kein Auto, Kitty."

Das war jetzt allerdings ein dickes Minus!

„Der Kult ums Auto hat uns meiner Meinung nach überhaupt nirgendwohin gebracht", sagte er. „Außer an den Rand einer Katastrophe, Stichwort Klimaerwärmung ..."

Es war hoch an der Zeit, ihm mal eine sehr ernste Frage zu stellen: „Bist du sicher, dass du Türke bist?"

„Ich bin Kurde!"

„Wo ist der Unterschied?"

„Also ..."

„Denk nicht mal daran, mich auch noch damit zu langweilen!"

„Bei Sozialarbeiterinnen komme ich mit meiner Kurdenproblematik immer sehr gut an."

„Stell dich besser schnell darauf ein, dass ich vom Wesen her keine Sozialarbeiterin bin, die mit dem Fahrrad durch die Gegend fährt und Gutes tut. Wie bist du überhaupt hierhergekommen ohne Auto, verdammt?"

„Mit dem Fahrrad."

Er deutete auf ein völlig ungeiles Teil, das im Hof lehnte. Fehlte nur noch der Korb vorne dran, in dem er Tomatensetzlinge von Grünem Daumen zu Grünem Daumen brachte. Immerhin war es kein in Rosa gehaltenes Hello-Kitty-Kinderrad, sondern nur ein Damenfahrrad. Das war das Beste, was man darüber sagen konnte.

„Ich meine nach Österreich!"

„Zu Fuß und über Stock und Stein, auf Eseln und Pferden."

„Die Frage war ernst gemeint!“

„Meine Antwort auch, oder was denkst du? Lufthansa Erste Klasse?“

„Du kannst einen echt runterziehen!“

„Das sagst ausgerechnet du zu einem durch und durch positiven Immigranten, der nichts anderes sieht als die Chance, hier ein besseres Leben zu führen!“

Es würde dauern, bis ich mit diesem seltsamen Wesen eine gemeinsame Sprache fand, da durfte ich nicht zu viel von ihm erwarten. Was für mich eine geile Kutsche war, das war für ihn eine die Umwelt belastende Dreckschleuder. Denn als wir zu meinem Wagen kamen, war es genau das, was er über ihn sagte. Und das auch noch: „Ich hoffe nur, du rauchst nicht auch noch da drinnen. Mir ist nämlich aufgefallen, dass du ständig rauchst.“

Ich sagte: „Immerhin bist du ein guter Beobachter. Und jetzt halt endlich mal die Schnauze!“

9

Ich lenkte meinen Benz von der Stadtautobahn in Richtung Westausfahrt, dort fuhr ich ein paar Kilometer gemütlich dahin, bevor ich auf eine Bundesstraße abbog, auf der wir in dieses Naherholungsgebiet mit viel grünem Wald und frischer Luft hinter dem Lainzer Tiergarten kommen sollten. Ali hatte aber keinen Blick für die Schönheiten der Natur, er war nämlich ständig vernetzt und hatte ein Tablet auf seinem Schoß, sein Smartphone in der Hand und ein Headset im Ohr. Alte Flüchtlingskrankheit, dass sie das Smartphone nie wieder weglegten.

Vielleicht schaute er aber auch, welches seiner beiden Geräte ihm schneller verriet, wohin wir genau fahren mussten, jedenfalls gab er mir nun Tipps: „Die Nächste rechts!"

Wenn ich etwas noch weniger leiden konnte als Leute mit einem Headset im Ohr, dann waren das Leute, die mir Tipps gaben.

„Du nervst! Und zwar jetzt schon!"

Was ich an einem guten Beifahrer hingegen schätzte: Wenn er ruhig neben mir saß, sich zu mir herüberlehnte, mir das Ohr anknabberte und dabei seine Hände überall hatte, wo ich sie haben wollte. Hauptsache, Schnauze halten!

Endlich erreichten wir eine abgelegene Forststraße, die in einen Wald hineinführte und deren Schlaglöcher meinem Benz bald richtig zusetzten. Aber da es immer steiler bergauf ging, blieb mir keine andere Wahl, als ihn da hochzujagen, denn gehen wollte ich die Strecke auch nicht. Also fragte ich: „Sind wir bald da?"

Was Ali die Gelegenheit gab, die beleidigte Diva zu spielen: „Fragst du mich? Du fragst doch jetzt nicht mich, oder?"

Ich fuhr einfach weiter, denn wohin sonst sollte diese Straße uns bringen als an unser Ziel. Aber irgendwann drehte er den Ton seines Tablets auf und ließ mich die hysterische Stimme seines Navis hören: „Bitte wenden Sie Ihren Wagen! Fahren Sie zwei Kilometer zurück, dann rechts! Sie müssen Ihren Wagen jetzt wenden!"

Was ich allerdings am allerwenigsten leiden konnte, war die Stimme eines Computers, die mir sagte, was ich tun sollte.

Ich reversierte und jagte den Wagen die Straße zurück, bald so schnell, dass ich sehen konnte, wie Ali sich besorgt in seine Beifahrerecke zurückzog. Endlich mal etwas, was mir an dieser Autofahrt gefiel. Er sagte: „Du bist wie ein kleines Kind!"

Ich sagte: „Bin ich nicht! Und was hast du überhaupt für eine Ahnung von Kindern?"

„Sechsundzwanzig Nichten und Neffen!"

In einer unübersichtlichen Kurve driftete der Wagen plötzlich auf dem Schotter und ich touchierte auf der Beifahrerseite beinahe einen Baum. Ich wäre natürlich durchgedreht, wenn ich meinen Benz beschädigt hätte, aber da nichts passiert war, gab es keinen Grund, sich aufzuregen. Jedenfalls nicht für mich. Nur Ali warf die Nerven weg: „Jetzt pass doch auf! Du bist doch verrückt! Ich will hier raus!"

„Mach dir nicht ins Hemd, Kleiner!"

„Mir scheint, du bist nicht nur physisch, sondern auch psychisch nicht auf der Höhe!"

„Was soll das heißen, Arschloch?"

„Nichts."

„Sag!“

„Wenn ich schon mit dir zusammenarbeiten muss, dann will ich diese Einsätze wenigstens überleben, sonst gehe ich lieber Krautköpfe verkaufen auf dem Wochenmarkt oder mache etwas ganz anderes ...“

„Du redest wie eine scheiß Lehrerin!“

„Ah, jetzt bist du auch noch frauenfeindlich! So etwas wie dich habe ich noch nie erlebt.“

„Danke, gleichfalls!“

„In Wahrheit hältst du mich doch auch für einen beschissenen Türken, der ein Kurde ist! Für einen Zwerg, der unverdient viele Haare hat! Und für einen Günstling, der nur wegen der rot-grünen Politik in dieser Stadt auf der Seite der Polizei steht und nicht auf der anderen, die ständig von der Polizei geschlagen wird. Du bist oberflächlich, vorurteilsbeladen und minderheitenfeindlich! Und deswegen willst du mich töten!“

Ich sagte: „Weißt du was? Im Wesentlichen hast du Recht!“

Dann beschleunigte ich noch einmal ordentlich, bis sein Tablet endlich piepte und die Lady meinte: „Hier ist die Strecke zu Ende! Vorsicht! Hier ist die Strecke zu Ende!“

Ich bremste mit der Handbremse im Halbkreis, sodass die Steine flogen, und schrie: „Was denn? Müssen wir jetzt zu Fuß weiter?“

Leider hatte ich nicht das richtige Schuhwerk, um entspannt im Wald herumzuirren. Also musste ich schon bald barfuß laufen, was mich im besten Fall nur an den Sohlen kitzelte, im schlimmsten Fall aber tat das richtig weh: „Aua!“

Alis Erfahrungen während seiner langen Flucht hingegen halfen ihm, sich zurechtzufinden, und letztlich halfen sie uns beiden, den Tatort zu finden, als wir uns immer tiefer in diesen Wald hineinbewegten, wo er Ästen auswich, die mich im Gesicht trafen, und Stellen übersprang, an denen ich umknickte. Dazu kamen diese elenden Mücken und all das andere elende Kleinvieh, mit dem man so lange nicht rechnete, bis es einem das Leben zur Hölle machte. Am liebsten hätte ich jedes einzelne dieser Viecher erschossen! Vor allem die, die unter mein Kleid schlüpften.

Am meisten ärgerte mich während unserer Wanderung aber, dass Ali nicht mal schneller atmete und sich nicht ein Tropfen Schweiß auf seiner Stirn bildete. Auch sein Shirt blieb vollkommen trocken und roch – nach Käse! Während ich schon nach kurzer Zeit leicht verschwitzt war und einen recht zerstörten und verzweifelten Eindruck machte. Von weiter vorne hörte ich ihn reden: „Hier irgendwo müssen auch sie entlanggegangen sein. Und wenn sie die Strecke bis hierher mit dem Auto kamen, dann müssen sie es irgendwo dort stehen gelassen haben, wo deines jetzt steht. Die Frage ist: Kamen sie zufällig hier vorbei, oder kannten sie diesen Ort und wählten ihn bewusst aus?“

Ich blieb schwer atmend stehen und sagte: „Keine Ahnung.“

„Sieh dir dieses Grün an, die Vielfalt der Bäume, der Pflanzen.“

„Du bist wohl nicht nur einfühlsam, sondern auch romantisch, was?“

„Ob es Yaya hier gefallen hat? Ich meine: bevor er ermordet wurde? Ob er sich auf eine Zukunft hier gefreut hat? Ob er dafür seine Mutter zurückgelassen hat?“

„Ich würde so ziemlich überall hingehen, wo meine Mutter nicht ist!“

„Wahrscheinlich führte ihn seine Flucht durch die Sahara, um hierher zu kommen. Die Fluchtroute aus Westafrika führt durch Mali oder Niger, dort ist nichts, nur Wüste, Steine, Trockenheit. Und der Tod. Und dann hier dieses satte Grün, die verschwenderische Natur der gemäßigten Zone. Und doch lauerte der Tod nicht in der Sahara auf ihn, sondern inmitten dieser herrlichen Natur. Ist das Leben nicht schrecklich?"

Ich sagte: „Sag mal, hast du eigentlich auch die Einladung zu diesem Test bekommen? Zu diesem Gesundheitscheck, meine ich?"

Meine Lungen klangen, als würde ein Zug im Tunell pfeifen. Ali sah mich überrascht an und schüttelte den Kopf: „Na klar! Und weißt du was? Ich bin absolut fit. Und weißt du, wieso? Entbehrung ist der beste Zuchtmeister. Du bleibst wach, wenn du nichts zu essen hast. Ich esse noch immer nicht viel, obwohl wir jetzt alles haben und Mutti wirklich gut kocht, ehrlich. Aber ich habe praktisch nie Hunger. Manchmal ein bisschen Couscous, ein paar Tomaten, das genügt."

„Und Zwiebel!"

„Ja, und Zwiebel natürlich auch."

„Und Schafskäse!"

„Ja, klar."

„Und Döner!"

„Döner natürlich auch hin und wieder."

„Dann iss mehr Döner! Denn Döner macht schöner."

Kurz war er beleidigt, als ich das sagte, er beschleunigte und ließ mich zurück. Aber dann blieb er wieder stehen, und ich schien ihm beinahe leidzutun, so unterlegen war ich ihm. Er sagte: „Du bist satt so wie der gesamte industrialisierte Westen, weißt du das? Total unfit!"

Ich sagte: „Jaja."

„Es geht noch nicht einmal richtig bergauf und du machst schon schlapp?"

„Sag's bitte nicht weiter! Und lass den industrialisierten Westen lieber aus dem Spiel! Wenn der so schlecht wäre – warum kommt ihr dann alle zu uns?"

Ich setzte mich auf einen umgestürzten Baum und zündete mir eine Zigarette an, von der ich mir irgendetwas erhoffte, was aber nicht eintrat. Mir wurde im Gegenteil sogar ein bisschen schwindelig, was vielleicht am plötzlichen Kontrast zur gesunden Waldluft lag. Als mich Ali nicht mehr in seinem Rücken spürte, drehte er sich um und rief entsetzt: „Du rauchst sogar hier im Wald? Spinnst du? Wir könnten alle sterben!"

Ich sagte: „Wenn du nicht auf mich wartest, sterbe ich sofort!"

Das machte ihm Angst. Die Vorstellung, mich als Leiche aus dem Wald schleppen zu müssen, gefiel ihm gar nicht. Er kam zu mir und schaute mich besorgt an, richtig besorgt, als wäre ich der industrialisierte Westen, mit dem es zu Ende ging. Seine Sorge gefiel wiederum mir. Ich stand auf und lehnte mich einfach gegen ihn, und dann – umarmte ich ihn. Ich drückte ihn mit meinem Gewicht gegen einen Baum, vor dem er stand. Er war in die Zange geraten, zwischen mich und diesen Baum, und nun wusste er nicht, wie er aus dieser Falle wieder herauskommen sollte. Ich gab nicht nach, im Gegenteil: Plötzlich wollte ich sogar, dass er mich auf seinen Schoß setzte und hoppa nahm, heute war einfach so ein Tag. Sich einen aussuchen und sich dann von ihm knuddeln lassen. Nichts Abartiges, nur das Kinderprogramm. Mir war das heute schon alles zu viel geworden: Bonner, das Büro, dieser Ali, die zwei ermordeten Jugendlichen, der Wald, die gesunde Luft, alles zu viel. Ich sagte: „Oooooch, Ali. Was machen wir denn hier?“

Das brachte ihn völlig aus dem Konzept, denn für ihn war klar, was er hier machen sollte: diesen Fall lösen, um seine Karriere voranzutreiben, damit seine Familie stolz auf ihn sein konnte, auch der Teil, der noch in Kurdistan geblieben war. Er war gewiss nicht hier im Wald, um mit mir persönliche Befindlichkeiten zu besprechen oder gar zu teilen. Seine starre Haltung gab mir zu verstehen, dass er keine Ahnung von den „Oooooch-Momenten“ des Lebens hatte, wo einem alles zu viel wurde, und das mitten im Wald. Darum sagte er nur: „Was soll ich jetzt darauf sagen, Kitty?“

Als hätte ich ihm in einer Gesprächsrunde den Ball zugeworfen und ihn damit komplett überfordert. Ich sagte: „Halt mich ... bitte ... einfach ... ganz fest ... lieber ... Ali.“ Und er fragte: „Du bist wohl nicht gerne in der Natur?“

„Nein. Gar nicht.“

Nachdem er sich aus der Zange befreit und sich endlich an mein Tempo gewöhnt hatte, erreichten wir irgendwann doch noch diese Lichtung, an der man Yaya Kioté gefunden hatte. Hier war es plötzlich ganz still, und das fand ich dann gar nicht mal so übel. Ich hockte mich auf den weichen Boden, während Ali sofort um diese Senke herumging, über die die Slackline gespannt war. Genau hier also war Yaya gestorben. Hier hatte sein kurzes Leben ein Ende gefunden. Und wir sollten herausfinden, warum.

Einen Kilometer von hier entfernt war das Kraftwerk, wo man den anderen toten Jugendlichen gefunden hat, vor einer Woche. Die gleiche Gegend, die Sache mit dem Schweinchen ... Es musste einen Zusammenhang zwischen diesen beiden Morden geben. Und es mussten mehrere Täter sein, denn alleine kann man niemanden, der sich wahrscheinlich gewehrt hat, an einem Fahrrad festbinden.

„Oder was meinst du, Ali?"

„Meine ich auch."

Ich zündete mir eine Zigarette an, während Ali bedeutungsschwer die Augen schloss, tief die Luft einsog und plötzlich sagte: „Ich hab einen Traum."

Ich war gespannt: „Lass hören!"

„Ich bin Yaya ..."

„... Bist du nicht!"

„... Ich komme aus Afrika hierher ... ich spaziere durch diesen Wald. Der Wald, so wie ich ihn kenne von dort, wo ich herkomme ..."

Darauf lief das also hinaus: Mein Ali „vertiefte" sich in das Opfer, „vertiefte" sich in die Situation, in der das Opfer mutmaßlich gestorben war. Tat so, als wäre er indischer Guru oder sonst irgendwas, dazu noch Kriminalpsychologe und Sozialarbeiter. Ich hatte es ja befürchtet, dass er genau so einer sein würde, aber ich hatte natürlich keine Ahnung, wie bescheuert es tatsächlich war. Hatte der echt einen Traum? Fehlte nur noch, dass er beim Träumen Räucherstäbchen anzündete und ich mich mit ihm im Yogasitz irgendwo hinsetzen musste, dabei seine Hände halten und dann „etwas spüren" sollte.

Ich sagte: „Dort gibt es vielleicht gar keinen Wald!"

Er blieb dabei: „Ich bin auf der Suche nach einem schönen Platz, wo ich picknicken kann ... ich sehe diese Leine ..."

„Ali! Das ist ein verdammt schlechter Traum!"

Das sah er auch selbst ein. Aber er versuchte noch einen, träumte weiter: „Okay, dann diesen Traum: Ich bin Yaya. Ich bin hier in diesem fremden Land. Ich habe nichts, ich bin ganz alleine. Ich habe Hoffnung auf eine bessere Zukunft. Ich lerne Leute kennen ..."

„Wie?"

„Sag ich dir später."

„Wo?"

„Sag ich dir auch später."

„Welche Leute? Scheiß Nazis? Scheiß Skinheads? Und die haben dich dann hierhergeschleppt, die ganze Strecke herauf, und keiner hat es gesehen, weil du dich nicht gewehrt hast? Und dann ..."

Er unterbrach mich: „Dein Bild von rechtsextremen Straftätern ist ein bisschen sehr eingeschränkt, findest du nicht? Der Hass auf Ausländer ist längst mitten in der Gesellschaft angekommen, Kitty. Zu solchen Taten sind mehr Leute fähig als nur bierbäuchige Skinheads mit Pickeln am Popo, ich bitte dich! Und jetzt hör endlich auf, mich zu unterbrechen, wie soll ich mir sonst vorstellen, was hier passiert ist?"

Ich sagte: „Du sollst dir nichts vorstellen, du sollst einfach mal nachdenken!"

Ich führte Ali zu dem Baum, an dem das eine Ende der Slackline befestigt gewesen sein musste. Dann gingen wir um die Senke herum und kamen zu dem anderen Baum. Dann betrachteten wir auf seinem Tablet die Fotos von der Leiche, die in der Mitte dieser Senke kopfüber zwischen den Bäumen hing, ein Bein in der Sicherungsleine, das andere hing beinahe senkrecht herab bis zu seinem blutigen Gesicht. „Diese Leine", sagte ich. „Die hat Yaya höchstwahrscheinlich nicht selber gespannt, denn wie käme er dazu? Und diese Leine engt den möglichen Täterkreis ein."

„Nämlich?"

„Du kennst doch diese sehnigen, langhaarigen Vierzigjährigen, die nie vom Haschisch weggekommen sind und in Kletterhallen herumturnen, wenn sie nicht gerade den Kick suchen und sich mit Wingsuits irgendwelche Berge hinunterstürzen, und die dabei Werbung für irgendwelche Energiegetränke machen?“

„Nicht persönlich.“

„Ich auch nicht persönlich, denn sie sind nicht mein Fall. Aber entweder so welche, oder, was meiner Meinung nach wahrscheinlicher ist, sie waren jünger. Burschen im Alter von Yaya, wie man sie immer wieder mal in Parks sieht, Schüler vielleicht.“

„Fit und gut aussehend und ausreichend gepolstert mit dem Vermögen der Alten. Ich weiß, wen du meinst. Slacklinen ist so was wie ein Trend bei denen. So wie früher Skateboarden.“

Ich sagte: „Oder wie immer noch Skateboarden?“

„Oder vielleicht immer noch Skateboarden! Jedenfalls hab ich noch nie Jugendliche aus so genannten prekären Verhältnissen auf einer Slackline gesehen. Das ist dort einfach nicht die Mode.“

„Bei denen ist lange Schlafen die Mode. Und Messerwerfen.“

„Okay. Irgendwo muss diese Leine jetzt fehlen, denn sie haben sie nicht weggeräumt. Sie ließen Yaya daran hängen. Warum?“

Ich sagte: „Sie wollten, dass er gefunden wird, mitsamt dem Schweinchen.“

„Sehe ich auch so. Und ich schätze mal, dass diese Leine nun irgendwo in einer Garage fehlt, wo man genug Geld hat, um sich ein dickes Auto hineinzustellen.“

„Oder zwei.“

Nun schaute er richtig böse. Wahrscheinlich wegen der Autos, die er sich in dieser Garage vorstellte. Autos hasste er noch mehr als weggeworfene Zigaretten. Und noch mehr als die Autos hasste er die Reichen, die diese Autos besaßen.

Er war ein wenig anstrengend, mein Ali, aber nicht ganz unsympathisch.

Wir betrachteten die Fotos, auf denen das Geld zu sehen war, das man mit Tixo an die Leine geklebt hatte. Und dann das kleine Schweinchen, das am anderen Ende ebenfalls mit Tixo befestigt war. Ali sagte: „Die fünfzig Euro könnten so etwas wie ein Preis gewesen sein, für ein Spiel vielleicht. Wenn du es schaffst, hier rüberzubalancieren, dann gehört das Geld dir. So in der Art."

„Vielleicht. Und wenn es ein Spiel war, das er gar nicht gewinnen konnte, weil er das Spielzeug war?"

„Das wäre dann ziemlich abartig, sogar ziemlich krank. Findest du nicht?"

„Ja, aber findest du etwa nicht auch, dass das hier ziemlich krank aussieht?"

„Doch. Und wofür das Schweinchen?"

„Solltest du nicht schrecklich finden, dass es aus Plastik ist?"

„Sehr witzig."

„Es verbindet die beiden Morde. Deswegen sollte es gefunden werden. Und vergiss nicht: Es ist ein Schwein. Warum ein Schwein? Warum kein Totenkopf, warum keine Rose? Warum ein Schwein?"

„Warum?"

„Wer solche Morde begeht, ist selbst ein Schwein, findest du nicht?"

Ich zeigte ihm ein weiteres Foto, auf dem noch etwas zu sehen war, das die Täter als Schweine auswies. Sie hatten Yaya eine zusätzliche Hürde eingebaut, die es ihm unmöglich machen sollte, sich an der gespannten Leine festzuhalten: „Sieh mal. Sie haben die Stelle in der Mitte der Slackline, wo er gehangen ist, mit irgendetwas eingeölt, sodass er keinen Halt mehr finden konnte."

„Wenn er hochgriff, dann rutschte er wieder ab?"

„Ja. Vielleicht hat er es immer wieder versucht, bis ihm die Kraft ausging. Und als ihm die Kraft ausging, haben sie ihm noch den Kopf blutig geschlagen."

„Und dann sind sie einfach weg und ließen ihn hier alleine?"

„Sie wollten nichts riskieren. Wir sind zu tief im Wald, hier ist weit und breit nichts, außer dadrüben das Wasserkraftwerk, wo man den anderen Toten gefunden hat."

„Wieso weißt du, wo das Kraftwerk ist?"

„Ich habe das Hinweisschild gesehen, als wir hergefahren sind. Mach die Augen auf, Kitty. Es gibt so viel auf der Welt, was es zu entdecken gilt! Siehst du zum Beispiel seine Schuhe hier auf dem Foto? Wenn sie keine billige Kopie aus China sind, dann handelt es sich dabei um echte Mercurial Vapor X, das sind die Schuhe von Zlatan Ibrahimović. Warum trägt er Fußballschuhe, wenn hier nirgends ein Fußballplatz ist?"

„Weil er stolz darauf war?"

„Möglich."

„Weil er sie gestohlen hat?"

„Möglich."

„Weil er sie geschenkt bekam?"

„Auch möglich. Kennst du Zlatan?"

„Den Golfspieler?"

„Schwedischer Fußballnationalspieler und Superstar bei Paris St. Germain mit serbischen Wurzeln!

Vielleicht wollte Yaya mal so werden wie er? Ein Einwanderer, der es geschafft hat und einer der bestverdienenden Spieler der Welt ist mit einem geschätzten Jahreseinkommen von über zwölf Millionen Euro netto nur durch Fußballspielen, also pro Monat eine schlanke Million cash."

„Das denkst du dir alles aus, oder?"

„Nein, das weiß ich alles."

„Hat dir noch niemand gesagt, wie unsympathisch es ist, wenn jemand alles weiß?"

„Es ist im Gegenteil lebensbedrohlich, nichts zu wissen! Wissen ist die einzige Chance zu überleben. Ich bin ein großer Freund von Bildung und Wissen, und ich werde mich dafür sicher nicht entschuldigen."

„Du musst dich ja nicht entschuldigen, es genügt, wenn du einfach hin und wieder den Mund hältst. Teuerster Spieler der Welt als Information genügt, mehr brauche ich nicht. Niemand kann sich vorstellen, wie viel zwölf Millionen Euro sind."

„Übereinandergestapelt ergäbe das in Fünfzig-Euro-Noten eine Höhe von ..."

„Halt die Schnauze!"

Das tat er aber nicht, im Gegenteil. Jetzt wurde er grundsätzlich: „Ich habe zu oft gehört: Du kannst nichts, du hast nichts, du bist nichts. Darum habe ich sogar Latein gelernt und mir alle Bee-Gees-Platten angehört, auch Johnny Cash gefällt mir gut. Aber ich spiele natürlich auch die anatolische Ney."

„Die was?"

„Die anatolische Ney. Ein Flöteninstrument, bestehend aus Schilfrohr mit sieben Grifflöchern."

Ich fragte: „Hältst du dann den Mund, wenn du die spielst?"

Die Fahrt zurück in die Stadt verlief ruhig, ohne besondere Vorkommnisse. Wir hörten Radio, was uns beide nicht sonderlich aufregte, und Ali skizzierte das mögliche Täterprofil, fasste zusammen und schrieb alles in sein Tablet, was uns auf- oder eingefallen war. Hin und wieder pfiff er dabei versonnen vor sich hin, dachte wohl, er wäre zu Hause und es wäre seine Ney oder wie das Teil hieß, in das er so gerne hineinblies. Bis ich ihn anstieß und „He, jetzt ist aber wieder gut!" sagte.

Wir hatten da draußen im Wald nichts mehr gefunden, was uns wirklich weiterbringen konnte. Insekten- und Dornenstiche waren das Einzige, was ich von dort mitgebracht hatte. Am Ende tauschten wir unsere privaten Handynummern aus, für den Fall, dass wir beruflich mal dringend etwas voneinander brauchten. So mitten in der Nacht.

Die paar leeren Energydrink-Dosen (die voller Ameisen waren!) sowie drei kleine, leere Flaschen Wodka (die voller Ameisen waren und offenbar damit gemischt worden waren!). Und aufgerissene Folien, in denen wohl die kleinen bunten Tabletten drin gewesen waren, mit denen sich Jugendliche gerne wegschossen. Wir hatten sie auf dem Rückweg gefunden, nicht in unmittelbarer Nähe vom Tatort, aber auch nicht wirklich weit weg. Ob es die Reste eines Picknicks waren? Eines Mörderpicknicks sogar vielleicht? Und ob man sie auf verwertbare Spuren hin würde untersuchen können, nach den vielen Tagen und Nächten, wo es draufgeregnet oder die Sonne draufgebrannt hatte und sich alle möglichen Tiere darüber hergemacht hatten?

Schwer zu sagen.

10

Ich war echt froh, wieder in der Stadt zu sein. Das Gebäude dieser NGO war im Fünften Bezirk in einer heruntergekommenen Gegend nahe dem Gürtel gelegen. Routiniert parkte ich meinen Wagen hinter einem riesigen schwarzen Audi ein, vor einer kleinen Grünfläche. Der Ausflug in den Wald hatte meinem Benz zugesetzt, er war voller Dreck, und das ärgerte mich. Dass einem diese schwarzen Geländewägen aber so viel Platz wegnahmen, ärgerte mich noch mehr.

Als wir ausstiegen, sah ich viel Türkis, Pink und Gelb. In diesen Farben waren nämlich die Jogginghosen der Mädchen gehalten, die hier spazieren gingen, und die entweder extrem dünn waren oder extrem fett. Jedenfalls bildeten sie einen willkommenen Kontrast zum ansonst tristen Grau. Hier wohnten all jene, die längst abgehängt worden waren von allem, was Bildung und Wissen und möglicherweise Reichtum verhieß. Ja nicht einmal das Mindesteinkommen war hier eine erreichbare Größe.

An der Adresse, an der diese NGO untergebracht war, befand sich eine Art Jugendheim, ein Siebzigerjahre-Bau mit flachem Dach und in beige-braun-orange gehalten. Er war am anderen Ende der kleinen Grünfläche inmitten gesichtsloser Gemeindebauten errichtet worden.

„Als Kind spielte ich in so etwas Tischtennis, wenn meine Mutter am Nachmittag im Kaffeehaus saß“, erzählte ich Ali beinahe ein wenig wehmütig, aber er hatte nichts übrig für Wehmut, er hatte nur was übrig für verletzende Kommentare: „Deine Mutter hat sich also nicht um dich gekümmert?“

„Was? Nein! Doch ... Das geht dich einen Scheißdreck an!“

„Aber du hast doch gerade damit angefangen!“

„Habe ich nicht! Ich habe nur erzählt, dass ich in so einer Einrichtung Tischtennis spielte!“

„Nein, du hast erzählt, dass deine Mutter im Kaffeehaus saß, während du Tischtennis spieltest.“

Dann hatte ich es wohl gesagt. Es musste vielleicht aus mir raus und ich klang dabei wahrscheinlich bitter. Das war ich auch. Meine Mutter war für mich niemand, an den ich gerne dachte, aber das wollte ich nicht zugeben, also schrie ich ihn an: „Musst du einem alles im Mund umdrehen?“

Neben der Jugendherberge lag eine dieser Billigpizzerias, die meistens von Türken betrieben wurden, die dann auch gleich Döner dazu verkauften. Ich hatte Lust auf Pizza, weil ich Döner nicht mochte, wollte mir aber nicht schon wieder eine Blöße geben. Am Ende würde Ali vielleicht noch denken, dass ich von meiner Mutter auch nichts zu essen bekommen hatte, womit er nicht so falsch liegen würde. Also fragte ich ihn lieber erst gar nicht, ob er vielleicht Lust auf Döner hätte und mir bei der Gelegenheit eine Pizza mitnehmen könnte. Lieber nicht noch ein Fass aufmachen.

Ein paar Blocks weiter hinter der Pizzeria lag ein Tabakgeschäft, wo man auch noch die paar Zeitungen kaufen konnte, die man nicht geschenkt bekam, ansonsten war hier nicht viel los. Nicht einmal ein Wettbüro gab es hier. Und wenn sich nicht einmal Wettbüros Chancen auf ein wenig Umsatz mit verschuldeten Arbeitslosen ausrechneten, dann war eine Gegend so richtig hoffnungslos im Arsch.

Wir näherten uns dem Eingang des Gebäudes, der von einem Security-Mitarbeiter bewacht wurde. Er war groß wie ein Baum und trug schwarze Kampfmontur, auf seinen kurzen Hals war eine Schlange tätowiert, die ihn gerade in den Kehlkopf zu beißen schien, ein richtig schlimmes Tier. Mit Typen, die sich den Hals tätowierten, war normalerweise nicht gut Kirschen essen, das wusste ich, denn die hatten meistens nicht mehr viel zu verlieren, und genau das wollten sie einem mit so einer Tätowierung auch sagen: He, seht mal alle her! Mir ist wirklich schon alles scheißegal, ich lass mir sogar den Hals tätowieren!

Links und rechts des Eingangs hingen Banner, die einen Energydrink bewarben, das Zeug hieß *Energy Up!* und war in eine Dose gefüllt, die grüne Blätter auf weißem Hintergrund zeigte.

„Ist das Hanf?", fragte Ali.

„Das ist grüner Tee, du Spinner!"

„Ein Energydrink aus grünem Tee?

„Hier steht es doch."

„Und ohne Zucker?"

Ich sagte: „Ich bin gemacht für Energydrinks, darauf spreche ich echt total an. Aber Zucker muss auf jeden Fall drin sein. Und dann schreit mein Körper auch immer: Bitte Wodka dazugeben!"

„Findest du es nicht seltsam, dass hier in einer Flüchtlingsunterkunft für einen Energydrink geworben wird?"

„Was ist schon seltsam in diesen verrückten Zeiten?"

Fehlten eigentlich nur noch die Mädchen in kurzen Röckchen, die einem diesen Drink zur Probe anboten. – „Hiiiii! Energy up!"

„Das würde dir gefallen, nicht wahr?", sagte ich zu Ali. Und dann: „Hast du eigentlich eine Freundin?"

„Was geht's dich an?"
„Läuft irgendwas Unverbindliches?"
„Hältst du eigentlich mal den Mund?"

Und apropos „was Unverbindliches": Der Riese am Eingang stellte sich mir in den Weg, als wir bei ihm ankamen, und dabei hielt er seine gewaltigen Hände vor sein Gemächt, als wollte er mir zeigen, wo genau bei ihm die Glocken hingen. Wäre also interessant zu erfahren, ob er heute Abend schon was vorhatte.

Ich wollte Ali gerade zurück zum Wagen schicken, um mir von dort eine Packung Zigaretten zu holen, damit ich ein paar ungestörte Minuten mit Tarzan hier verbringen könnte, da tippte er dem Riesen gegen die Brust und sagte zu mir: „Wetten, dass der gar nicht so hart ist, wie er aussieht. Der tut nur so!"

Nun konnte ich nicht mehr abstreiten, dass der Kleinwüchsige zu mir gehörte, aber ich konnte mich immer noch auf die Seite des Angegriffenen schlagen, um ihn für mich einzunehmen: „Oh doch, Ali. Der ist richtig hart, glaube mir. Richtig, richtig hart."

Dabei drückte ich den Rücken durch und schob meine Brüste nach vor, sodass sie ein wenig rausquollen aus dem, was sie am Rausquellen hinderte. Er sollte sich an mich erinnern, wenn ich das Haus wieder verließ. Am wichtigsten aber war jetzt: Bloß nichts Falsches mehr sagen! Ali jedoch hatte genau das Gegenteil im Sinn: „Schieb mal das ganze Testosteron da weg, Alter. Die hier kann nämlich Judo, versteht du? Judo, nicht Yoga."

Dabei deutete er auf mich, und dann konnte jeder sehen, wie ich im Erdboden verschwand, weil ich mich so für ihn schämte.

Als wir dann endlich drinnen waren im Heim, nahm ich mir meinen Ali zur Brust: „Kleiner, jetzt pass mal genau auf. Wenn wir in Zukunft einen sehen, der größer ist als ich und jünger als sechzig, dann bewegst du dich ganz langsam von mir weg und lässt mich alleine mit ihm reden, okay? Immer! Ich will dann nicht mit dir gesehen werden. Und ich will schon gar nicht, dass du mit so einem irgendwas anfängst zu reden, ist das klar?"

Er fragte: „Stehst du etwa auf harte Typen?"

„Jetzt ist es wohl heraußen!"

„Den kannst du doch unmöglich geil finden!"

„Hast du gesehen, wie er aussieht? Und hast du mal gesehen, wie du aussiehst? Hast du einen Spiegel zu Hause? Es kann natürlich sein, dass mal eine zu dir gesagt hat: Ich bin ganz zufrieden mit deiner Größe, und dein Schwanz ist auch okay für mich, das geht absolut in Ordnung. Aber dann schau bitte nicht in ihrem Nachtkästchen nach, okay?"

„Was soll dort sein, in ihrem Nachtkästchen?"

„Dort liegt der große, böse Bruder von Ghetto Boy. Und glaube mir: Alle aus der Familie von Ghetto Boy sehen anders aus als das, was du so in der Hose mit dir herumträgst."

Er fragte: „Geht's jetzt echt um Schwanzgröße, oder was? Wie oberflächlich bist du eigentlich?"

In der Lobby der alten Jugendherberge hingen ein paar junge, halbstarke Afrikaner in ihren Sitzmöbeln herum, alle waren sie sehr gut gebaut, und alle sahen dabei auch sehr gut aus. Die Hosen saßen ihnen tief am Arsch, und ihre weiten, weißen Shirts schlabberten an ihren muskulösen Oberkörpern. Ich fragte mich: Trugen hier alle das Gleiche? Es sah beinahe so aus.

Zusätzlich hatten alle wie vorschriftsmäßig eine Baseball-Kappe auf ihrem Kopf und starrten auf ihre Smartphones, schauten ein bisschen *YouPorn* vielleicht, und ein bisschen Fußball vielleicht. Und vielleicht sogar den Chronikteil einer nigerianischen Zeitung. Oder Elfenbeinküste. Was sollten sie auch anderes tun, wenn sie schon hier waren? Wenn man sie so ansah, dann konnte man sich jedenfalls schwer vorstellen, wie sie alle bald Ingenieurswissenschaften oder so was in der Art studieren würden, wie es der Plan der Regierung war. Einfache Arbeiten gab es aber auch nicht genug für sie, und die Tauben fielen einem erst recht nicht einfach vom Dach in den Mund, wie sie sich das vielleicht vorgestellt hatten, oder wie es ihnen vielleicht die Schlepper erklärt hatten. Manche waren womöglich schon ein wenig enttäuscht von dem, was wir ihnen hier zu bieten hatten, und sie überlegten vielleicht: Warum bin ich eigentlich nicht bei Mutti geblieben?

Und irgendwo unter ihnen musste mal Yaya gesessen sein, mit seinen orangenen Fußballschuhen von Zlatan, dem Fußballstar.

Nun aber vergaßen sie alle für ein paar Augenblicke ihre kleinen Telefone und den Traum von einem festen Arbeitsplatz, sie freuten sich einfach, dass sie mich sahen, mein Arsch und meine Titten bedeuteten ein bisschen reale Abwechslung in ihrem ansonsten wohl eintönigen Leben im Internet. Sofort grüßten einige in meine Richtung: „Yo!" Und ich grüßte freundlich zurück: „Hallo, Jungs. Schön, euch zu sehen!"

In ihren Augen las ich, wie sie wieder Hoffnung schöpften, was ihre neue Heimat anging. Und ich genoss es, diese Hoffnung zu nähren, sie wissen zu lassen, dass hier nicht alles schlecht war. Nur Ali verdarb mir wieder die gute Laune: „Du weißt ja, was man über Flüchtlinge sagt: Es wird ihnen alles hinten hineingeschoben, und jeder bekommt ein teures Handy. Sie kommen auch immer nur im Rudel, und sie bleiben nie zu Hause, um ihr Land aufzubauen. Und dass sie uns das Weiße aus den Augen fressen. Als ich geflohen bin, da gab es noch kein Smartphone mit GPS."

Ich sagte: „Wen interessiert's?"

Er wirkte beinahe eifersüchtig, ein wenig neidisch, weil er damals kein weißes Shirt gekriegt hatte und nicht in ein Smartphone starren konnte, ich fragte: „Habt ihr euch an den Sternen orientiert und euch von Beeren und Wurzeln ernährt, die ihr am Wegesrand gefunden habt?"

„Kitty, was denkst du, wie alt ich bin?"

„Ich wiederhole mich ungern, aber: Wen interessiert's?"

„Ich bin zweiunddreißig! Natürlich gab es Handys, als ich geflohen bin. Aber wir konnten uns keines leisten, weil wir zu arm dafür waren!"

Ich fragte: „Soll ich jetzt weinen?"

Meine gute Laune war weg. Und dann roch es plötzlich auch noch nach Gemüsesuppe, als in einer Ecke der Lobby eine Türe aufging, die zur Küche führen musste. Es war kurz vor Mittag, und das Essen würde hier wohl bald serviert werden, und dann gab es Mittagsschlaf. Oder die Jungs starrten einfach wieder auf ihre Phones.

Ich hasste Gemüsesuppe. Sie ließ mich an die stets schlechte Stimmung in unserer Familie denken, wenn gemeinsam gegessen wurde. Was für eine dumme Idee, wenn die beiden Ältesten sich nicht vertrugen. Meine Mutter liebte den kleinen Garten, den sie von ihrer Mutter übernommen hatte, und mein Vater hasste ihn, weil er ihre Mutter hasste. Meine Mutter liebte es, dort Gemüse zu ziehen, und mein Vater hasste Gemüse. Also liebte meine Mutter es, uns Gemüsesuppe zu machen, und mein Vater fragte: „Was soll ich mit der Gemüsesuppe?“ Heute lebt sie alleine in diesem Garten mit ihrem Gemüse und sieht dort ungefähr so unglücklich aus wie die Frau, die nun aus der Küche kam. Sie war um die vierzig Jahre alt, und ich taxierte sie sofort als reiche, gelangweilte Frau, die ihr Leben mit Inhalt füllen wollte. Das war nie eine gute Idee. Ihre Haare trug sie rötlich gefärbt und aufwendig hochgesteckt. So eine Frisur machte man sich nicht einfach mal frühmorgens selber, da musste man auf jeden Fall zu Serge oder Jacques oder wie diese Innenstadtfrisöre hießen, und das ging nur nach Terminvereinbarung. Die Lady war ein- oder zweimal schwanger gewesen und hatte die überschüssigen Pfunde, wie man so sagt, weitgehend wieder runtergehungert, aber nicht um ihre Hüften und Oberschenkel herum, und dass sie diese Reiterhosen mit sich herumschleppen musste, ärgerte sie jeden Tag. Eine Gesichts-OP musste vor kurzem schiefgelaufen sein, oder sie wurde zu Hause geschlagen. Irgendetwas stimmte jedenfalls nicht mit ihrem Gesicht. Das Lächeln darin wirkte wie eingefroren, und wo Falten sein sollten, die von ihrem Leben hätten erzählen können, waren nur glatte Flächen. Was die dicken Klunker an ihren dürren Fingern anging: Auf die sollte sie hier meiner Meinung nach besser aufpassen.

Ali spürte oder fühlte oder sah, was in meinem Kopf vorging, jedenfalls wies er mich streng zurecht: „Du denkst sicher, sie sollte hier besser auf ihren Schmuck aufpassen, nicht wahr?“

Ich sagte: „Ist das schon rassistisch?“

„Ja!“

Bis die Dame endlich den Sinn für ihr Dasein gefunden hatte, würde sie hier behilflich sein und sich unentbehrlich machen, so sah es aus. Auf einem selbst gemalten Zettel, den man sich ans T-Shirt kleben konnte, stand ihr Name: Ruth. Das Shirt, das sie über ihr weißes Sommerkleid gestreift hatte, war knallrot und hatte eine orangene Sonne hintendrauf, darunter sah man die Umrisse des afrikanischen Kontinents, und darüber stand: AFRICAN SUNSHINE.

Sie stellte sich hinter einen Tisch, auf dem Plastikteller und Plastikgeschirr gestapelt waren, ich ging zu ihr hin und fragte: „Helfen Sie hier schon länger?"

Sie sagte: „Ich helfe, sooft ich kann."

„So ist's gut."

Bei den jungen Männern kam Ruth recht gut an. Aber nicht, weil sie eine heiße MILF war, die Mutter eines besten Schulfreundes, von der man mehr und Interessanteres lernen konnte als in der Schule, sondern, weil man von ihr vermutlich alles haben konnte, was den eigenen Lebensstandard ein wenig hob. „Noch ein Löffel Suppe, Ruth!" „Gib mir mal zwei Euro, Ruth!" „Hast du Kaugummi, Ruth?" „Dann schieb mal rüber, Ruth! Give it to me!"

So eine war sie. Man musste ihr nur ein nettes Lächeln schenken und schon öffnete sich Ruth für alle Anliegen, die man vorbrachte. War nur die Frage, wie weit sie sich öffnete.

Ruth stellte den Stapel geschnittenes Brot neben die Teller, dann nahm sie die Schöpfkelle in die Hand und war bereit für ihre heutige gute Tat. Fehlte nur noch die Suppe.

Ich sagte: „Sie sehen ein bisschen erledigt aus."

„Bin ich auch. Aber es ist trotzdem erhebend, wenn man hier helfen kann."

„Macht einen selbst glücklich, nicht wahr?"

Ruth nickte, sah dabei aber gar nicht glücklich aus, sondern – wie schon erwähnt – erledigt. Sie rettete sich in grundsätzliche Betrachtungen: „Wir hier im reichen Europa haben alle alles, und diese armen Kinder kommen hierher und haben alle nichts. Nicht einmal eine Familie haben sie. Soll man das einfach hinnehmen?"

Ich deutete auf den dicken Ring an Ruths Finger: „Na ja, sie haben vielleicht ein wenig mehr als alle anderen hier, oder wie sehen Sie das?"

Ruth steckte ihre Hand verschämt in die Tasche ihres weißen, schicken Kleides, und ich fragte: „Designerware?"

Ruth zierte sich ein wenig, sagte dann verschämt: „Von einer befreundeten aufstrebenden Designerin, sagen wir so." Und fuhr dann fort mit allgemeinen Betrachtungen: „Es ist wirklich schrecklich im Moment, wir wissen gar nicht, wohin mit ihnen. Es kommen täglich mehr, und was sie erlebt haben, das ist so ..."

„Na? Auch schrecklich?"

Sie nickte und deutete auf Ali, bevor sie mich fragte: „Betreuen Sie ihn?"

Das kam unerwartet, und ich wusste zunächst gar nicht, was ich darauf antworten sollte: „Wen? Ihn? Betreuen?"

Scheinbar war Ruth irgendwie fixiert auf Flüchtlinge, sie konnte sich gar nichts anderes mehr vorstellen, als dass man als Frau einen Flüchtling betreute, wenn man mit einem an der Seite herumlief, der nicht ganz weiß im Gesicht war und einen Schnauzer trug. Ich sagte: „Schalten Sie mal einen Gang runter, Ruth. Der ist doch kein Flüchtling, das ist doch nur mein Ali!"

Sie wirkte noch angespannter, als einer aus der Küche kam, der den Suppentopf schleppte. Er war vielleicht sechzehn, vielleicht achtzehn, ein junges, zähes Bürschchen, das noch unglücklicher aussah als Ruth, aber auch wütender. Er hatte so ein Zittern um seinen schmalen, gepressten Mund. Sein eng geschnittenes Poloshirt war dunkelgrün, sah edel und teuer aus, und vorne auf der Brust war so eine Art Adler drauf, der gerade abheben wollte. Darüber stand groß WAPS, und unter dem Adler etwas kleiner: *Wiener Alternative Privatschule*.

Alternativ also. In jeder anderen Schule hätte der schmale Bursche vermutlich jede Menge Dresche gekriegt, darum haben ihn seine Eltern in eine Alternative Schule gesteckt, wo mit dem monatlichen Schulgeld auch die Garantie erkauft wurde, dass der eigene Nachwuchs keine Dresche kriegte. Und dass man unter seinesgleichen blieb. Auch er trug einen Namenszettel, darauf stand: Matthias.

Matthias hatte die Haare streng gescheitelt und seine schwarzen, kurzen Hosen waren gebügelt. Er wäre wohl lieber zu Hause geblieben und hätte Computer gespielt, oder stundenlang gewichst. Oder weiterhin Drogen geschluckt, so sah er nämlich aus: bis obenhin voll. Davon kriegte man aber keine Muskeln, und darum war ihm der Suppentopf viel zu schwer. Noch zwei Meter weiter und er wäre ihm aus der Hand gefallen. Ali flüsterte mir ins Ohr: „Wohlstandsverwahrlost."

Ich flüsterte zurück: „Drogen."

Er war bis obenhin voll mit irgendwelchem Zeug, das ihn gerade im Schwebezustand zwischen Einschlafen und Massenmord hielt.

„Diese jungen Leute haben einfach nichts erlebt, das ist das Problem mit ihnen. Ihre Väter installieren überall Rauchmelder, und wenn es brennt, kommt die Feuerwehr, bravo. Aber sonst?"

„Was redest du für einen Scheiß daher? Was willst du damit sagen?"

„Ihr erstickt an eurem Sicherheitsdenken, eure Gesellschaft ist am Ende. Ihr habt keinen Mut, keinen Ehrgeiz, es kommt nichts Neues mehr raus bei euch. Aus, Schluss, vorbei."

Ich sagte: „Soll mir recht sein!"

„Wann hast du zum Beispiel das letzte Buch gelesen, das dir etwas Neues gesagt hat?"

„Geht dich nichts an!"

Der junge Mann stellte den Suppentopf ab, wobei ein paar Karottenstückchen überschwappten, Karfiol war auch dabei. Die schwarzen Burschen lachten den Spargeltarzan aus, und das verletzte und kränkte ihn. Seine Mundwinkel bebten noch stärker, sein Gesicht wurde rot. Aber Ruth legte ihren Arm nicht um ihn, von Helferin zu Helfer, sondern schaute ihn nur tadelnd und vorwurfsvoll an. Sie war unzufrieden mit ihm, und ihre Blicke sagten: Siehst du, wie schwach du bist! Zusatzblick: Und siehst du, wie stark die anderen hier sind! Ts! Ts! Ts!

Dabei sah die Suppe richtig nahrhaft aus. Ich fragte: „Selbst gemacht?"

Ruth nickte stolz: „Mit ganz viel frischem Gemüse."

„Etwa aus dem eigenen Garten?"

„Ja."

„Ui!"

Nun war sie mir noch unsympathischer.

Sie erzählte, dass sie gerade ihre erste eigene Suppenküche aufgemacht habe, die auch *Suppenküche* hieß und ein *Start-up* war. Klang aber wie *Sinnspender* für mich. Ich stellte es mir so vor, dass Ruth morgens in ihrer Küche stand und Karotten putzte, und abends musste sie die Suppe dann wegwerfen, weil sie niemand kaufte. Oder brachte sie die vom Vortag hierher und wärmte sie für die Flüchtlinge auf?

Da sie Suppe auch lieferte, gab sie uns ihre Karte: „Wenn Sie mal möchten ..."

Ich sagte: „Wir überlegen's uns."

„Es ist noch nichts Großes, erst ein Anfang, aber wer weiß ... McDonald's hat auch klein angefangen. Wobei das jetzt natürlich kein wirklich passender Vergleich ist ..."

Matthias verdrehte die Augen, als sie dann auch noch erzählte, dass Kochen schon immer ihre Leidenschaft gewesen sei und dass sie sich nun endlich getraut habe, ihre Leidenschaft zum Beruf zu machen. Endlich! Dabei schwang mit: nachdem sie bisher auf die große Suppen-Karriere verzichten und stattdessen die Bälger großziehen hatte müssen. Mit Gemüsesuppe!

Er sagte: „Wenn ich mal etwas zum Beruf mache, dann werde ich damit auch Geld verdienen!"

Das saß.

„Gehört ihr beide zusammen?", fragte Ali, und Ruth sagte: „Ich bin seine Mutter."

So war das also: Ruth nahm ihren pubertierenden Sohnemann mit hierher, wo er mal den Dreck des richtigen Lebens schnuppern sollte, aber das richtige Leben interessierte ihn nicht, jedenfalls nicht das hier, es stieß ihn ab, es widerte ihn an. Er weinte nun beinahe vor Wut, denn das war eine echt schwierige Situation für ihn. Es klang hilflos, als er sie alle anrotzte: „Was ist?! Fuck, du bist so peinlich!" Was ihm ein „Du bleibst heute auf deinem Zimmer!" einbrachte. Die Schwarzen verstanden nicht, was hier geredet wurde, aber sie verstanden, was hier vor sich ging. Sie lachten das vermeintliche Muttersöhnchen aus, das wütend nach hinten verschwand. Dann drehte sich Ruth zu mir und fragte streng: „Warum schauen Sie mich so an? Haben Sie selbst Kinder?"

„Nein."

„Also haben Sie auch keine Ahnung, was es bedeutet ..."

Bevor sie aus Verzweiflung über ihr eigenes Kind zu weinen anfangen konnte, rief sie mit heller, brüchiger Stimme in die Lobby: „Suppe!" Und dann etwas leiser: „Soup!"

„Für unsere ausländischen Gäste heißt es Soup, nicht wahr?", sagte Ali.

Die Jugendlichen latschten alle gemütlich daher zum Futternapf, sagten „Yo, man!" und was ihnen sonst noch Cooles einfiel. Dann fassten sie einen Teller Suppe mit Brot aus und latschten gemütlich wieder zurück zu ihren tiefen Fauteuils. Es scherte sie nicht, wenn sie dabei etwas ausschütteten, denn sie hatten gelernt, dass Ruth alles wegräumen würde. Sofort war sie mit einem Tuch da und wischte den Boden, dabei tauschte sie Blicke mit einigen der besonders kräftigen Burschen aus, und ich bemerkte das eine oder andere vertraute Lächeln. Es war, als würden sie die Suppe ausschütten, nur um Ruth den Boden wischen zu sehen. „Thanks, Ruthie", sagte einer, und sie schmachtete ihn an und brachte ihm noch ein Stück Brot extra. Es hätte mich nicht gewundert, wenn sie sich Suppe von ihm aus dem Bauchnabel hätte schlürfen lassen, und wer weiß, ob sie es nicht sogar tat.

Nun hatte ich nämlich den Eindruck, dass sie gar nicht wegen der guten Tat hier war, sondern wegen etwas ganz anderem. Sie wirkte gleichermaßen erregt wie unsicher. So wie ein junges Mädchen, das in der Disco einen Kerl ansprechen wollte, aber sich nicht traute, weil so viele ihr dabei zuschauen würden. Sie fühlte sich von uns beobachtet, und das gefiel ihr nicht.

Während die Suppe gelöffelt wurde, texteten die Jugendlichen vielleicht an ihre Kumpels zu Hause, dass die Suppe hier ganz gut war, mit ganz viel richtig frischem Gemüse drin, aber leider ohne Hühnchen oder sonst irgendwas mit Fleisch, und bald schon schoben sie die Suppe beiseite. Ich fragte Ruth: „Warum sagt eigentlich keiner Danke von denen? Sollte man ihnen das nicht beibringen, dass sie Danke sagen sollen?"

Aber Ruth war da anderer Meinung: „Man muss ihnen Zeit lassen, sie sind doch alle total traumatisiert."

Das war vielleicht das große Problem ihres eigenen Sohnes: dass er nicht total traumatisiert war. Oder nicht so wie die jungen Flüchtlinge. Und dass Ruth ihn deswegen viel schlechter behandelte als ihre neuen Lieblinge hier.

Durch die Fenster sah ich, wie Matthias mit seinem Skateboard unterm Arm weglief vom Haus, dann das Board auf die Straße stellte, draufsprang, und ein paar Mal kräftig in den Asphalt trat. So, als hätte er eine Rechnung mit jemandem offen.

„Also gut", sagte Ali endlich zur Kümmerlady, nachdem der letzte Flüchtling seine Suppe weggeschoben hatte und alles Wesentliche besprochen war. „Wir sind von der Polizei und schauen uns hier ein bisschen um. Es geht um einen Jugendlichen namens Yaya Kioté, siebzehn Jahre alt. Schon mal gehört von ihm, oder ihn mal gesehen in letzter Zeit?"

Ruth zuckte unmerklich, aber doch zusammen. Fing sich aber wieder, bevor sie sagte: „Ich merke mir Namen so schlecht."

Was sich nicht sehr glaubwürdig anhörte, denn: „Yaya ist aber nicht so schwer zu merken."

„Ja, also, nun", sagte sie. „Was ist denn mit ihm?"

„Er ist tot."

„Oh. Da fragen Sie am besten die Leiterin. Wollen Sie vielleicht Suppe? Es ist genug da?"

Ich sagte: „Ich nicht."

Und Ali: „Ich auch nicht."

Auf kleinen Stehtischchen in der Lobby standen überall Dosen mit diesem Energydrink aus grünem Tee herum, aber sie blieben auch unangetastet. Man kam nicht nach Europa, um grünen Tee ohne Zucker zu trinken, man kam hierher, weil man fettes Zeug vom Mäci haben wollte und viel Zucker in den Getränken. Schmalkost hatten die Flüchtlinge lange genug gehabt, nun sollte gefeiert und der lange Weg in Richtung Zivilisationskrankheiten in Angriff genommen werden: „Nicht wahr, Ali?"

„Ja klar. Fett ist wichtig, wenn man auf der Flucht ist."

Er ging zu einem der Schwarzen, stellte sich vor ihn und fragte: „Chef? Boss?"

Machte dabei den gleichen Fehler wie alle, die es mit Zuwanderern zu tun hatten: Keiner sprach in ganzen Sätzen mit ihnen! Man wollte einfach niemanden überfordern, der neu hierherkam. Lieber wie mit Babys sprechen!

Der junge Mann, der zuvor Ruth mit einem „Hi Ruthie!" glücklich gemacht hatte, schaute langsam hoch mit seinen blutunterlaufenen Augen, und dann stand er sogar langsam auf, sehr langsam. Als er endlich stand, schob er sich sein Telefon in die Arschtasche seiner Jogginghose, die er von irgendeiner Sammelstelle gekriegt haben musste, und ging zu einer Glastür, die links der Lobby den Eingang zu einer langen Zimmerflucht bildete. Er öffnete sie langsam und ging langsam vor, sehr langsam, sehr cool. Ihm gefiel es hier offensichtlich richtig gut, und er konnte sich mit so ziemlich allem anfreunden, was man ihm zu bieten hatte: WLAN und warme Mahlzeiten. Immer frische, weiße Shirts. Und wer weiß, was die neue Welt noch zu bieten hatte für ihn? Ruthie vielleicht? Oder eine wie Ruthie?

„What's your name?", fragte ich, weil wir wirklich genug Zeit hatten.

„Wilfried."

„Im Ernst?"

„What?"

„Du musst Deutsch lernen, wenn das hier was werden soll mit dir!"

Wir folgten Wilfried über beigen Siebzigerjahre-Spannteppich entlang von gelb und braun gestreiften Tapeten, vorbei an Zimmertüren bis nach ganz hinten, wo das Büro von *African Sunshine* untergebracht war. Auf dem Türschild stand: Marianne Wagenbrecht. Wilfried deutete darauf und sagte: „Boss."

Dann hielt er die Hand auf, denn so lief das wohl bei ihm zu Hause. Und er überlegte erst gar nicht, was er nun hier für uns tun könnte, sondern nur, was wir für ihn tun könnten. Ich sagte zu ihm: „Nicht mit mir, Sportsfreund!" Und Ali sagte es dann auch noch auf Englisch: „Not with her, sportsfriend! We are from Police!"

Police immerhin verstand er, und ein bisschen schneller, als er uns hierhergeführt hatte, verschwand er, sah dabei aber immer noch geschmeidig und cool aus. Ich fragte Ali: „Warum seid ihr alle aus der Türkei und Umgebung eigentlich so verdammt uncool im Vergleich zu denen?"

Das traf ihn: „Du findest mich uncool?"

„Ja, total. Schau dich mal in einem Schaufenster an, wenn du daran vorbeigehst. Und dann schau mal, wie du gehst! So. Total unlocker."

Ich zeigte ihm, wie er ging, aber das fand er nicht witzig. Behauptete steif und fest, er würde ganz anders gehen, viel lockerer. Aber als er mir zeigte, wie er ging, ging er genauso, wie ich ihm gezeigt hatte, dass er geht, total unlocker. Ich bat ihn: „Kannst du mal anklopfen?"

„Klopf doch selber an!"

Ich sagte: „Dass ihr ständig beleidigt seid, finde ich übrigens auch extrem uncool!"

Und er: „Geht's hier eigentlich darum, was du cool findest?"

11

Ich klopfte an und eine tiefe Frauenstimme sagte: „Herein!"

Marianne Wagenbrecht trug eine orangene Warnweste über ihrem roten *African Sunshine*-Shirt, auf dem „Marianne" stand. Warum hier eine Warnweste, im Büro? Ich wusste es nicht. Vielleicht hatte sie mal einen Container, der voll damit war, gespendet bekommen. Unten herum trug sie weiße, gebügelte Bermudas, die sie besser nicht tragen sollte. Hausfrauen bestiegen in solchen Hosen Kreuzfahrtschiffe und drängelten sich darin am Buffet. Die Beine von Frau Wagenbrecht waren ebenso weiß wie ihre Hose, außerdem waren sie dick und blaue Adern zeichneten sich darauf ab. Aber es war ihr egal. Sie bezog das Selbstbewusstsein, das sie ohne Zweifel hatte, nicht aus ihren Beinen, sondern aus etwas ganz anderem. Ihre kurzen, blondierten Haare trug sie streng zurückgekämmt, was ihr militärische Autorität verlieh. Sie grüßte nicht, sondern fragte nur: „Was kann ich für Sie tun?"

Wir sagten ihr, was uns hergeführt hatte, und sie bat uns ungerührt, Platz zu nehmen. Hinter ihrem Schreibtischsessel befand sich ein Aktenschrank, sie drehte sich mit einigem Gestöhne um – ihr Rücken machte ihr zu schaffen, wie sie sagte – und nahm einen Ordner heraus, der mit K beschriftet war. Darin suchte sie nach den entsprechenden Unterlagen von Yaya Kioté. Es dauerte, da ihr auch Arthrose in den Fingern zu schaffen machte, wie sie sagte. Dabei war sie nicht viel älter als ich, und wie sie uns ebenso versicherte, rauchte sie weder noch trank sie. Dann kicherte sie verschämt, und ich verdrängte alle Gedanken daran, wie das bei mir mal sein würde, wenn ich weiterhin so viel rauchte und trank und auch Fisch nur ganz selten aß!

„Ah ja, hier steht es: Yaya Kioté. Vor zwei Wochen schlief er das letzte Mal hier. Ich erinnere mich: Ein besonders sportlicher Junge, nicht wahr?"

Ich sagte: „Nicht mehr, als man ihn fand."

„Was ist passiert?"

„Ein Mord. Er hing an einer so genannten Slackline, die zwischen zwei Bäumen in einem Wald westlich von Wien über einer circa drei Meter tiefen Senke gespannt war, Kopf nach unten. Muss runtergefallen sein und blieb an seiner Sicherungsleine hängen, die er sich um das Fußgelenk befestigt hatte. Er war dort aber nicht alleine, und die, die bei ihm waren, haben ihm nicht geholfen, im Gegenteil. Sie haben auf seinen Schädel eingeschlagen, als er dort hing. Jetzt fragen wir uns natürlich, wie er dorthin gekommen ist, und mit wem? Denn wir haben Grund anzunehmen, dass er nicht einfach so in den Wald ging, um dort ein bisschen so herumzubalancieren."

Sie schüttelte fassungslos den Kopf. Nicht völlig überrascht, dass so etwas möglich war auf der Welt, aber auch noch nicht ganz abgestumpft. So, als müsste man irgendwie immer damit rechnen, wenn man auf der Flucht war.

„Gab es Drohungen?", fragte Ali. „Irgendwelche Nazis, Rechtsextreme, Skinheads?"

Sie zuckte die Schultern: „Das gehört heute dazu, wenn irgendwo eine solche Einrichtung aufmacht und man sich für Flüchtlinge engagiert, ohne Drohungen geht das nicht mehr. Ich führte so ein Haus mal im Deutschen Osten. Da waren überall Glatzen, und ständig musste man Angst haben, dass es irgendwo brennt. Da ist das hier ein Kinderspielplatz dagegen!"

Man wollte andere eben wissen lassen, worauf man im Leben stolz ist.

„Aber hier sind es die Nachbarn von nebenan, die beim Fenster stehen, zu uns herüberschauen, und uns dann ankündigen, dass sie das Heim abfackeln werden, wenn wir nicht sofort wieder verschwinden. Wir reden hier über die so genannte Mitte der Gesellschaft. Wenn ich an die Mitte der Gesellschaft denke, dann muss ich kotzen."

Sie packte eine Wurstsemmel aus und biss hinein. Ali fragte: „Was können Sie uns über Yaya erzählen?"

„Seine Geschichte ging, glaube ich, so", sagte Marianne. „Er hatte sich irgendwo reingesetzt in ein Boot, zusammen mit anderen, wofür er ungefähr tausend Euro bezahlen musste, nachdem er sich monatelang über Stock und Stein und durch die Wüste durchgeschlagen hatte. Die Elfenbeinküste ist eigentlich keines der Hauptherkunftsländer, mit denen wir es im Moment zu tun haben. Andererseits: Was soll das schon sein, ein Hauptherkunftsland? Es sind weltweit fünfundsechzig Millionen Menschen auf der Flucht. Yaya wollte Fußballer werden, da war er sich ganz sicher."

Mit Blick auf Ali sagte ich: „Das will doch jeder Junge, wenn er mal groß und stark ist."

Er zog mit einem Finger die Nase hoch, sodass er aussah wie ein Schwein, und grunzte in meine Richtung: „Oink! Oink!"

„Ah ja", fiel es mir ein. „Man fand ein kleines Schweinchen am Tatort. Und bei einem weiteren schwarzen Jugendlichen, der in der gleichen Gegend westlich von Wien ermordet wurde, fanden wir das auch. Ist Ihnen aufgefallen, dass noch einer verschwunden ist? Und haben Sie eine Ahnung, was es mit den Schweinchen auf sich haben könnte?"

Marianne schwieg nun, seufzte tief, und dann schwieg sie wieder. Vielleicht hatte sie schon zu viele dieser Geschichten gehört und es langweilte sie. Jugendliche, die hierherkamen und wieder irgendwohin verschwanden.

„Diese Jugendlichen sind zwischen sechzehn und achtzehn Jahre alt", sagte sie. „Sie sind unbegleitet, und sobald ihr Status anerkannt ist, können sie tun und lassen, was sie wollen. Wer will, kann hier bei uns bleiben, wir haben vierunddreißig Betten. Wir bieten Unterkunft, Mahlzeiten und eine Zustelladresse, das ist unser Angebot. Aber nicht alle wollen hier bleiben."

Ich fragte: „Gibt's dafür Ihrer Meinung nach Gründe? Andere als die Suppe?"

Sie lachte wie ein Mann, kehlig und mit ein paar Klapsen auf ihre weißen Schenkel, die sich an der Stelle, wo ihre Hand sie traf, sofort rot färbten. Dann redete sie über Verteilungsungerechtigkeit und Wohlstandsgefälle. Und über die Verführungen, die der reiche Norden für junge Menschen aus den Entwicklungsländern darstellte.

Und und und.

Ali nickte zu allem, was sie sagte, und bald warfen sich die beiden kleine Häppchen zu und spielten Flüchtlingspingpong: „Ein Prozent der Weltbevölkerung besitzt mehr als die restlichen neunundneunzig Prozent zusammen!"

„Zweiundsechzig Menschen besitzen mehr als die Hälfte der gesamten Bevölkerung der Erde!"

Da hatten sich zwei gefunden, und wenn ich mich nicht irrte – und ich irrte mich in diesen Dingen selten! –, dann gingen sogar gewisse Vibes von Ali aus in Richtung dieses Monsters der Nächstenliebe. Und sie schien ihn umgekehrt auch zu mögen.

„Flüchtlingshilfe ist ein Geschäft, ist Business“, fuhr sie fort, uns ihre Welt zu erklären. „Man muss das können wie jedes andere Geschäft auch. Es kommen jeden Tag fast tausend Neue ins Land, davon knapp hundert unbegleitete Jugendliche. Die Mehrheit ist traumatisiert, das kann man mit Sicherheit sagen, und sie leben dann hier mit anderen traumatisierten Unbegleiteten zusammen. Was sie dringend bräuchten, sind Familien, Alltag, Routine. Ein Nest. Aber wer soll ihnen das geben, wer kann ihnen das bieten?“

Sie hob fragend die Schultern, während sie ihre Unterlippe hängen ließ, und ich sagte: „Wenn Sie es nicht wissen, wer dann?“

„Sofort gründet jemand eine Facebook-Gruppe, wenn irgendwo Flüchtlinge einziehen. Und dann wird organisiert, was das Zeug hält. Da sind die Deutschen nicht anders als die Österreicher. Manche fangen sogar an, für die Flüchtlinge zu beten. Aber ich sage ihnen dann immer: Wenn Sie beten wollen, dann von mir aus, aber bitte nicht für die hier! Die brauchen Socken oder etwas zu essen, aber keine Gebete.“

Da kam der Deutsche Osten in ihr durch.

„Viele, die helfen wollen, tun es nur wegen ihres schlechten Gewissens“, kotzte sie nun weiter ihren Frust heraus. „Weil sie die Hosen zu voll haben und ‚etwas zurückgeben‘ wollen, wie sie das nennen. Aber ich finde, wir sollten ihnen vorher nicht so viel wegnehmen.“

Dabei sah sie mich an, als wäre ich schuld an dem ganzen Schlamassel. Bis ich merkte, dass sie mir keinen Vorwurf machte, sondern nur eine kleine Spende von mir haben wollte. Ich zeigte ihr meine leeren Handflächen und sagte sehr überzeugend: „Ich gehöre zu der einen Hälfte der Bevölkerung, die rein gar nichts hat.“

„Jaja, schon gut“, sagte sie. „Es ist extrem schwierig, für afrikanische Jugendliche Geld aufzutreiben oder sie in Familien unterzubringen. Die Gemeinden wollen, wie Sie wissen, keine jungen Männer, schon gar keine schwarzen. Sie grapschen in der Disco! Sie sprechen unsere Mädchen an! Sie verkaufen Drogen! Immer kommt es zu Schlägereien. Das sind ungefähr die Vorurteile, die man gegen sie hat, und es ist natürlich nicht alles daran falsch, leider. Sie bleiben also meist in staatlichen Einrichtungen, was natürlich alles andere als ideal ist. Oder sie folgen den Lockrufen des schnellen Geldes. Manche sehe ich, wenn ich morgens mit der U-Bahn hierherkomme, drüben im Park. Das bricht einem das Herz, wenn sie Drogen nehmen oder welche verkaufen und dann im Gefängnis landen. Ihre Gesichter sehen aus wie Fratzen, ihre Augen sind tot. Aber wenn sie noch vor zwei Monaten nur Maniokpaste zu essen kriegten, und nun plötzlich Chips und Hamburger und alles, was fett macht – wie würden Sie das nennen?“

„Kulturschock?“, sagte Ali.

„Gar nicht schlecht ausgedrückt“, sagte Frau Wagenbrecht. „Sie haben das ja alles selbst mitgemacht, nicht wahr?“

„Ja“, sagte Ali. „Früher habe ich nur Ziegenmilch getrunken, heute dafür nur Cola.“

„Dann wissen Sie ja, wie das ist.“

„Das war ein Witz!“

„Ach so.“

Das alles fing mich allmählich an zu langweilen. Für solche Gespräche war mein Arsch einfach eine Spur zu unruhig. Ich unterbrach die kleine Talkrunde und lenkte das Gespräch auf etwas anderes: „Was soll das eigentlich mit den ganzen Energydrinks, die hier herumstehen? Soll man die kaufen?"

Wieder gingen ihre Schultern hoch, wieder die Unterlippe runter: „Was glauben Sie? Wir brauchen hier jede Hilfe, und wenn es nur ein Topf Suppe ist oder ein paar Dosen Flüssigkeit, die uns jemand zur Verfügung stellt. Leider mag das Zeug hier niemand. Aber sie hat es sicher gut gemeint."

Ich fragte: „Ruth?"

Sie lachte: „Ach, Ruth! Die meint es auch gut, gewiss. Aber es gibt neben Ruth noch andere engagierte Mütter aus so genannten besseren Kreisen und ... na ja ... soll ich sagen: Unternehmerinnen? Der Begriff Start-up sagt Ihnen etwas? Gelangweilte Mütter sind dafür anfällig, wenn die Kinder aus dem Haus sind. Was tun? Sich einen Hund zulegen, oder mal das ganze Ersparte in die Hand nehmen und einen Energydrink auf den Markt bringen. Das sind die Möglichkeiten. Und wenn sie sich dann fragen, ob den überhaupt jemand braucht, ist es natürlich zu spät. Wie ich schon sagte: Business muss man können."

Ich sagte: „Oder eine Suppenküche eröffnen?"

„Genau! Ich hatte jedenfalls den Eindruck, dass diese Dame große Hoffnungen mit ihrem Energydrink verband. So wie die andere mit ihrer Modeschau. Modeschau unter Anführungszeichen. Diese Dame entwirft übrigens ausschließlich in Schwarz und Weiß, müssen Sie wissen. Aus-schließ-lich!" Dabei blickte sie auf ihre weißen Hosen, als würden zumindest diese dem derzeit gängigen Modediktat genügen.

Hier tummelten sich also drei Freundinnen, die sich irgendwann entschieden hatten, noch „etwas aus ihrem Leben machen" zu wollen. Und nach einem Schneiderkurs auf der Volkshochschule musste in der einen der Wunsch gewachsen sein, Designerin zu werden. Vor ein paar Monaten schließlich bat Marianne sie, bei ihr ihre erste Frühjahrskollektion vorführen zu dürfen, nachdem sie zuvor ihren eigenen Kleiderschrank leergeräumt und die Teile hierhergebracht hatte.

„Leider gab es hier aber nur männliche Jugendliche! Und dann dachte sie wohl, wenn sie denen ein paar weiße T-Shirts anzieht, was an den schwarzen Jugendlichen gut aussieht, und das ganze als Modeschau verpackt, dann gibt das *Aufmerksamkeit*. Na ja."

Ich fragte: „War wenigstens das Fernsehen hier, als sie ihre Modeschau machte?"

„Nein", lachte Marianne. „Nur eine von der Zeitung. Und meiner Meinung nach hat sie für Mode ebenso wenig Talent wie ihre Freundin für Energydrinks und die andere da draußen für Suppe. Sollte mich wundern, wenn aus den Dreien noch etwas werden würde. Ich meine: grüner Tee! Und ausschließlich in Schwarz und Weiß! Und Gemüse in der Suppe!"

„Finde ich auch. Wissen Sie denn, wie die beiden anderen Damen heißen?"

„Die Schneiderin? Irgendwie italienisch, glaube ich. Lacan? Ilvy Lacan? Aber nageln Sie mich nicht fest."

„Sind die T-Shirts, die da draußen alle tragen, von ihr?", fragte ich.

Marianne nickte.

„Dann war die Kollektion, die sie hier präsentiert hat, am Ende doch nicht so erfolgreich, wie sie sich das vielleicht vorgestellt hat?"

Sie zuckte die Schultern.

„Ilvy Lacan klingt französisch für mich, nicht italienisch", sagte Ali.

„Sehen Sie!“, sagte Marianne. „Und an die andere mit dem Energydrink erinnere ich mich schon gar nicht mehr. Moment! Es war sogar ihr Mann, glaube ich, der die Kisten hierhergebracht hat. Ich erinnere mich, dass er sehr unglücklich wirkte.“

„Na ja“, sagte ich. „Sind wir das auf die eine oder andere Art nicht irgendwie alle?“

12

Beim Rausgehen deckte sich Ali mit ein paar Dosen Energydrinks ein, die er sich in alle möglichen Taschen steckte. Es gab erstens genug davon, und man kriegte das zweitens einfach nie wieder aus diesen Flüchtlingen raus: dass sie alles mitnahmen, was sie gratis kriegen konnten.

Ich hingegen war eher der Typ, der gerne gab. Nachdem ich Ali zum Wagen vorgeschickt hatte („Ali, geh schon mal zum Wagen!"), blieb ich noch bei Tarzan stehen und gab ihm meine Visitenkarte. Mein Fotospeicher war nämlich leer, und ich musste dort dringend wieder mal etwas draufpacken. Also deutete ich ihm mit Säuselstimme an, dass ich heute Abend Nudeln kochen und dann ausgiebig Fitness machen würde. Und wenn er Zeit hätte, dann am liebsten Fitness mit ihm. Ich fragte: „Na?"

Als er nicht darauf reagierte, wusste ich schon wieder nicht so recht, was ich jetzt tun sollte. Ich zwinkerte ihm ein letztes Mal aufmunternd zu und dann zeigte ich ihm meine Rückansicht, während ich langsamer, cooler und aufreizender davonging als alle afrikanischen Flüchtlinge zusammen, wenn sie sich Suppe holen. Dabei drehte ich mich noch ein paar Mal um und warf meinen Kopf in den Nacken, so wie das meine Freundin Susi immer machte, wenn sie besonders sexy rüberkommen wollte. Meine Message an Tarzan war also die, dass es bei mir zu Hause heute Abend zu den Nudeln auch Fleisch geben würde, falls er der gesellige Fleisch-Typ war. Aber auch darauf reagierte er nicht, und so murmelte ich: „Wichser!" Und tröstete mich damit, dass es ja diese Gerüchte gab, wonach all das

Zeug, das sich Bodybuilder einwarfen, ihre Eier ganz klein werden ließ.

Du meine Güte! Wie verzweifelt war ich?

Als ich wütend zu meinem Benz zurückkam, schon wieder mehr wie ein Elefant denn wie ein Model, fragte mich Ali, warum ich denn gerade noch so unnatürlich gegangen wäre, er fand das „irgendwie peinlich". Ich sagte: „Leck mich doch bitte am Arsch, okay?"

Darauf hatte er endlich mal die richtige Antwort parat: „Sag mal, Kitty. Hast du Hunger?"

Ich hatte sogar großen Hunger, denn nach jedem Korb, den ich mir holte, hatte ich Hunger. Und je größer der Korb, desto größer der Hunger. Ich sagte: „Oh ja, Ali. Und pinkeln muss ich auch ganz dringend. Also so richtig, richtig dringend!"

Er wich vor mir zurück, denn er wusste noch nicht, was ich mit „so richtig, richtig dringend" meinte.

Im Heim hatte ich auch schon dringend gemusst, aber da wollte ich nicht fragen, ob sie dort auch ein Damenklo hätten. Und auf eine Klobrille, die voll war mit schwarzen, dicken Flüchtlingsschamhaaren wollte ich mich nicht draufsetzen.

Ali fragte: „Pizza?"

Und ich sagte: „Nein, Döner."

Damit wollte ich ihm eine kleine Freude machen. Mich irgendwie seiner Kultur anpassen. Und ihn mir warmhalten für die Zukunft, weil ich ihn nach spätestens zehn weiteren großen Körben vielleicht doch noch in die engere Wahl ziehen musste, was meine Familienplanung betraf. Ich sollte mich besser daran gewöhnen, richtig viel Zwiebel im Mund zu haben, was bisher nicht zu meinen Leidenschaften gehörte.

Anders weiße Soße. Mit der habe ich genug Erfahrung, nur halt bisher nicht mit kurdischer.

Anstatt sich über mein Interesse an seiner Kultur zu freuen, sagte Ali: „Na gut, dann nehme ich Pizza."

Ich schrie ihn an: „Musst du immer das Gegenteil von dem wollen, was ich will!"

Als ich ihn schlagen wollte, fiel mein Blick auf den schwarzen Geländewagen, der vor mir geparkt war. Auf die Motorhaube hatte jemand eingedroschen, während wir weg gewesen waren, und zwar richtig heftig. Die Form der Schäden – längliche Einschläge kombiniert mit solchen, die von Rädern stammen mussten – ließ uns beide sofort an eines denken: „Ein Skateboard!"

Der Wagen gehörte dann vielleicht seiner Mutter, und Matthias wollte sich an ihr rächen, nachdem sie ihm eine Woche Hausarrest aufgebrummt hatte.

„Diese jungen Leute heutzutage", sagte Ali kopfschüttelnd. „Sie wirken so verloren auf mich, so entwurzelt. Was meinst du? Ich hatte den Eindruck, er hat so eine richtige Wut auf sie."

„Diese Wut verstehe ich. Die verstehe ich gut."

„Es wäre in unserem Kulturkreis völlig undenkbar, gegen Mitglieder seiner eigenen Familie vorzugehen. Wir sind alle eingebunden in einen stabilen Familienverband ..."

Ich unterbrach ihn: „... Ihr sprengt ständig was in die Luft und bringt Leute um! Also lass mich bitte in Ruhe mit deinem scheiß Kulturkreis!"

13

Das Klo in der benachbarten Pizza-Döner-Bude war schlimmer, als ich erwartet hatte, und meine Hoffnung war nun, dass wenigstens der Döner im Vergleich dazu ein Genuss sein würde. Als ich zu Ali an unseren Tisch zurückkam, der so schmierig und verdreckt war, dass man am Plastiktischtuch mit den Unterarmen kleben blieb, wenn man sich daraufstützte, hatte er schon für uns beide bestellt. Und zwar bei einer unsportlichen, unmotivierten Türkin – oder was auch immer sie war –, die mehr Haare im Gesicht hatte als Ali. Und die noch keine zwanzig war, aber schon fünf Kinder zu haben schien, die alle um sie herumschwirrten. Da fiel mir ein Witz ein: „Ali, warum lassen sich alle heranwachsenden Männer aus deinem Kulturkreis einen flaumigen Bart wachsen, sobald sie in den Stimmbruch kommen?"

Er sagte: „Das weiß ich nicht. Ist das so?"

„Damit sie mit dem Führerschein ihrer Mutter Autofahren können."

Er lachte nicht. Und die mehrfache Mutter bohrte dann die ganze Zeit in der Nase, während sie hinter dem Tresen verschwand und in der Küche unser Essen zubereitete. Ich konnte nicht glauben, was die aus ihrer Nase holte! Ich stieß Ali gegen die Seite:„Siehst du nicht, dass die ständig in ihrer Nase bohrt?"

„Ist das ein Problem?"

„Für mich schon."

„Dann sag's ihr."

„Sag's du ihr! Du bist aus ihrem Kulturkreis!"

„Aber in unserem Kulturkreis stört es keinen, wenn ein anderer in der Nase bohrt. Außerdem ist meine Pizza längst im Ofen, da kommen ihre Popel nicht hin, und wenn, dann verbrennen sie. Im Übrigen ist sie Kaukasierin, wie du siehst, keine Kurdin."

„Dich stört nicht, wenn jemand in der Nase bohrt?"

„Nein. Mich stören andere Sachen, aber das nicht. Mich stört, dass du mit mir nicht über den Fall sprichst, mich nicht in deine Gedankengänge einweihst. Sollten wir das Gespräch im African Sunshine nicht Revue passieren lassen, Schlussfolgerungen ziehen, Zusammenhänge herstellen?"

Deswegen war er hier. Nicht wegen Essen.

Er saß da mit seinem Laptop wie eine Hipstermutter im Caffè-Latte-Laden und war bereit, so etwas wie ein Protokoll zu verfassen. Ich überlegte, was mir in Erinnerung geblieben war, und sagte schließlich: „Schreib auf: Ruth ist seltsam. Matthias ist seltsam. Marianne ist auch seltsam."

Er fragte: „Das ist es?"

„Nein. Ildy Lacan klingt seltsam. Der Energydrink schmeckt seltsam."

„Okay. Glaubst du wirklich, dass diese Designerin Ildy Lacan heißt? Ich finde im Internet nämlich keine, die so heißt."

„Vielleicht ist sie noch nicht so berühmt, dass man sie im Internet findet?"

„Aber sogar dich findet man im Internet."

„Mich? Als was?"

Er zeigte mir Fotos, auf denen ich betrunken in einer Ecke saß und eine Clownströte im Mund hielt. Dann noch eines, wo ich betrunken mit einem Kerl in einer Bar saß.

Ich konnte es nicht fassen! Meine Freundin Susi mit ihrem beschissenen Facebook-Account! Ich sagte zu Ali: „Lösch das! Lösch das sofort! Und hör auf zu lachen!"

Er sagte: „Beides übersteigt leider meine Möglichkeiten. Nichts, was im Internet landet, kann jemals gelöscht werden."

„Spinnst du? Ist das dein Ernst?"

„Ja. Aber nun lass uns wieder ernsthaft reden. Siehst du einen potenziellen Mörder/eine potenzielle Mörderin unter all den Seltsamen?"

Ich sagte beleidigt: „Grundsätzlich: ja!"

„Wir sollten uns nach dem Essen ein bisschen in der Nachbarschaft umhören. Dass hier Leute beim Fenster herausschauen und die Einrichtung Drohungen erhält ..."

Ich sagte: „Mach ruhig. Und sag mir dann, was du Großartiges herausgefunden hast. Ich bleib hier." Wollte mir eine Zigarette anzünden, weil ich das immer tat, wenn ich schlecht gelaunt war.

Wie konnte Susi Fotos von mir posten, auf denen ich betrunken zu sehen war?

Plötzlich kam der Chef der ganzen Veranstaltung an unseren Tisch, scheinbar der Ehemann der Nasenbohrerin und Vater ihrer acht Kinder, die ich mittlerweile zählen konnte. Er trug einen grauen Kittel, der nicht von Ildy Lacan sein konnte, weil die ja ausschließlich in Schwarz und Weiß entwarf, und einen Rauschebart im Gesicht, der alles Freundliche an ihm zudeckte – falls er irgendwo etwas Freundliches hatte!

„Du nix rauchen!", schrie er mich an. Und weil ich eine Frau war, fand er es nicht einmal der Mühe wert, dabei freundlich zu lächeln oder im Sinne der Kundenbindung eine Spur Höflichkeit an den Tag zu legen. Ich tippte mir an die Stirn und sagte zu Ali: „Der glaubt wohl, wir sind hier bei ihm zu Hause!"

Dann stand ich auf, stellte mich vor den Bärtigen und sagte zu ihm: „Falls du vorhast, noch ein paar Kinder zu machen, dann sieh zu, dass keine Mädchen dabei sind. Die werden eines schönen Tages nämlich die Schnauze vollhaben von dir und dir deinen scheiß Bart ausreißen, weil du so ein beschissener Idiot bist!"

Als er mir eine Ohrfeige geben wollte, ganz so, wie er es von daheim gewohnt war, duckte ich mich unter ihm weg und hebelte ihn mit einem Hebehüftwurf aus. Schon lag er auf seinem dreckigen Boden und jammerte, aber keines seiner Kinder wollte ihm helfen, im Gegenteil: Sie kicherten alle verschämt. Und die Nasenbohrerin, die von hinten aus der Küche alles beobachtete, hatte nun endlich auch einmal etwas zu lachen in ihrem Leben, vielleicht zum ersten Mal, während sie sich einen dicken Popel in den Mund schob.

Ich hatte genug von dem Laden und sagte: „Ali, wir gehen!"

14

Es fiel Ali nicht leicht anzuerkennen, dass er gerade einen richtig guten Auftritt von mir gesehen hatte. Das kam nicht so oft vor in seinem Kulturkreis und in den Kulturkreisen um seinen herum, dass eine Frau einen Mann zu Boden schickte. Aber ich fand, wenn das mehr Frauen machen würden, dann würde es mit diesen Idioten weniger Probleme geben, und das sagte ich Ali auch. Wieder fiel es ihm nicht leicht, mir Recht zu geben, aber was sollte er sagen? Ich hatte Recht! Und würde er mir nicht Recht geben, dann wäre er der Nächste, der wie ein Käfer auf seinem Rücken herumlag und hilflos strampelte. Das wusste er, also sagte er lieber gleich: „Echt cool! Wahnsinn!“

„Na, na! Bleib mal ganz ruhig“, rückte ich die Sache ein wenig zurecht. „Der war ja jetzt nicht Osama bin Laden!“

Da saßen wir bereits im Wagen und fuhren weg von diesem Heim, aber schon nach zweihundert Metern stoppte ich ihn wieder und blieb in zweiter Spur stehen. Ich sagte: „Wo hast du das Zeug, das du da draußen im Wald aufgesammelt hast? Die Verpackungen für die Tabletten, gib mir mal eine.“

Er gab mir eine. Dann stieg ich aus und ging über die Straße zum Park. Dort stand unter jedem Baum ein junger Schwarzer, der sein Zeug verkaufte, ich konnte mir also aussuchen, wo ich den Einkauf tätigen wollte. Ging schließlich zu dem hin, der so ein bisschen weggedröhnt mit einem Fuß wippte und mit dem Oberkörper vor und zurück wackelte. Er hatte dicke Kopfhörer übergestülpt, aus denen wohl der Impuls zum Wippen und Wackeln kam, ich zupfte ihn an der

Jacke und sagte: „He, du!“ Zeigte ihm die leere Verpackung und fragte: „Hast du so was? Ich meine: genau so was?“ Dann noch zur Sicherheit auf Englisch. Interessierte mich schon lange, was man heute so zu sich nahm, um glücklich zu sein, in gewisser Weise war ich ja auch Glücksforscherin. Er kramte in seinen Hosentaschen herum und zog alles Mögliche heraus. Als er fand, was ich suchte, gab er mir eines und nannte den Preis. Ich zeigte ihm meine Polizeimarke, die ihn mit dem Preis hinuntergehen ließ, aber noch nicht weit genug. Als ich ihm sagte, dass ich Judo konnte, Judo, nicht Yoga, einigten wir uns doch noch, ich kriegte ein Stück gratis und dann noch eines zum Probieren, dafür durfte er hier stehen bleiben und musste nicht vor mir davonlaufen. So zugedröhnt, wie er war, hätte er sich auf jeden Deal eingelassen, nur damit er nicht laufen musste.

Als ich mit Drogen im Handtäschchen zurückkam, war Ali darüber natürlich nicht sehr glücklich. Er sah darin eher ein Vergehen als ein geeignetes Mittel, den Fall zu lösen. Ich aber sagte ihm: „Denk doch mal nach! Klar wird das Zeug mit dieser Verpackung überall sonst auch verkauft. Aber hier eben auch! Also könnte es Yaya hier besorgt haben, bevor er mit wem auch immer dort in den Wald hinausgefahren ist.“

„Oder er hat selbst gedealt“, sagte Ali.

„Oder jemand anders hat es hier besorgt.“

„Das alles sind keine Beweise.“

„Aber es sind Möglichkeiten! Verstehst du?“

Ich überlegte: Der Kleingarten meiner Mutter lag nicht weit von unserer Dienststelle entfernt, und so, wie ich sie kannte, würde sie auf jeden Fall etwas Kaltes im Kühlschrank haben, mit dem wir uns den Magen vollschlagen konnten. Oder es brutzelte um diese Zeit sogar etwas im Ofen, was noch wahrscheinlicher war. Meine Mutter mochte Nachteile haben, so viele, dass man sie nicht mehr zählen konnte. Aber sie war eine verdammt gute Köchin, nicht so eine wie Ruth. Und da sie immer hoffte, von mir oder meiner Schwester besucht zu werden, da sie im Stillen sogar immer damit rechnete, dass wir sie endlich besuchen würden, weil sie diese Besuche ständig einforderte, wenn sie mich und meine Schwester jeden Morgen anrief und mir dabei vorwarf, dass ich sie nicht besuchte, während sie meine Schwester dafür lobte, dass diese sie im Unterschied zu mir regelmäßig besuchte, war immer genug zu essen da. Sie wollte sich nämlich „keine Blöße geben", wie sie das nannte. Kochte daher unfassbare Mengen auf Vorrat, damit sie mir bei vollem Tisch vorwerfen konnte, dass ich vollen Tisch jeden Tag von ihr haben könnte, wenn ich nur vollen Tisch wollen würde, und dass, weil ich das nicht wolle, sie deswegen jeden Tag unglücklich war. Und zwar wegen mir!

Das also war ungefähr die Ausgangslage, mit der wir es zu tun hatten, aber trotz aller Schwierigkeiten, die uns dort erwarteten, fragte ich Ali: „Wollen wir nicht kurz bei meiner Mutter etwas essen? Es ist nicht weit zu ihr."

Er schluckte nervös und fragte: „Was? Jetzt schon? Ist das nicht ein bisschen früh?"

„Was meinst du mit ‚Was? Jetzt schon? Ist das nicht ein bisschen früh?' Es ist halb eins!"

„Ich meine: Wir kennen uns doch erst ... seit heute?"

Das meinte er also!

Ich sagte: „Ali, du kleiner Spinner! Komm mal runter von deinem Esel! Ich will dich ihr doch nicht als meinen zukünftigen Mann vorstellen. Ich will ihr dich überhaupt nicht als Mann vorstellen, nicht einmal als Freund oder Kumpel oder Kollege. Ich will dort nur etwas essen! Ich habe nämlich mittlerweile wirklich sehr, sehr großen Hunger!"

Okay, das stimmte nicht ganz. Meine Mutter – ich korrigiere: meine ständig unzufriedene Mutter! – würde sich natürlich noch mehr über meinen Besuch freuen, wenn ich nicht alleine, sondern mit einem Mann an meiner Seite käme. Sie müsste dabei ja nicht wissen, dass ich meinen Ali gar nicht unter der Kategorie „Mann" führte, und Ali müsste das auch nicht wissen. Männer waren ja immer so schnell beleidigt, wenn man ihnen sagte, dass sie gar keine Männer waren.

Mein Hintergedanke dabei: Die ständige Jammerei meiner Mutter, dass ich sie nicht an meinem Leben teilhaben ließe und ihr nie einen Mann vorstelle, und ihre ständigen Vorwürfe, dass ich überhaupt alles vor ihr geheim halten würde, was eine Mutter nun mal von Natur aus interessiere, würden dadurch vielleicht für ein paar Tage verstummen.

Aber Ali blieb unschlüssig: „Bei uns ist es üblich, dass wir zuerst den Vater kennenlernen."

Ich fragte: „Kann dein Vater kochen?"

„Nein."

„Na also! Außerdem interessiert mich nicht, was bei euch üblich ist, hast du das noch nicht kapiert?"

„Du bist hochmütig."

„Und mein Vater ist tot!"

„Das tut mir leid."

„Das braucht es nicht. Denn auch, wenn er nicht tot wäre, wäre er nicht zu Hause, weil meine Eltern lange geschieden waren."

„Was? Geschieden?"

„Ja, geschieden!"

Er wandte sich angewidert von mir ab, zog sich in die letzte Ecke seines Beifahrersitzes zurück und maulte: „Das ist in unserer Kultur völlig undenkbar, dass man sich scheiden lässt!"

Ich drückte aufs Gas.

„Wie ich schon sagte, Ali Khan Kurtalan: Scheiß auf deine Kultur, ganz ehrlich! Bei uns war es nun mal so, dass meine Mutter meinen Vater hasste, und mein Vater hasste meine Mutter auch!"

„Was? Er hasste deine Mutter?"

„Ja! Und ich konnte ihn sogar sehr gut verstehen."

„Sag mal, wie redest du über deine Mutter? Eine Mutter ist heilig!"

„Meine nicht!"

„Doch!"

„Nein!"

„Sie mag Fehler haben, aber sie ist und bleibt doch immer deine Mutter."

„Sie hat viele Fehler, und sie ist leider meine Mutter."

„Wie kannst du so etwas sagen?"

„Mit der Erfahrung von neununddreißig Jahren."

„Du bist hochmütig!"

Ich sagte: „Bei dir ist das etwas anderes. Sieh dir mal dein Gesicht an: So etwas kann nur eine Mutter lieben! Und jetzt zähl mal ganz leise bis zehn, ich brauche nämlich dringend eine halbe Stunde Ruhe!"

Ich fuhr nervös und angespannt in Richtung der Kleingartensiedlung auf der Schmelz, wo meine Mutter ganzjährig ihr Häuschen bewohnte und aus ihrer Hausfrauenschürze nicht mehr herauskam. Dabei dachte ich an all die Streitereien zwischen meinen Eltern und daran, wie unerträglich das immer gewesen war. Und dann daran, wie sehr mir mein Vater trotzdem fehlte. Ich dachte an seine riesigen Hände, mit denen er das Lenkrad des Benz' sicher hielt oder sich eine Zigarette anzündete, und mit denen er mir durchs Haar fuhr, wenn er mich hoppa nahm, was ich am meisten an ihm liebte. Und ich dachte an seinen Geruch, den er mit nach Hause brachte und der sich aus was weiß ich was allem zusammensetzte, das in den elenden Kaffeehäusern, in denen er sich herumtrieb, in der Luft hing, aber es war sein Geruch und ich liebte ihn.

Ich liebte meinen Vater gerade so sehr, dass ich ihn beinahe spüren konnte, da fing der neben mir schon wieder an zu reden: „Ich kann mir gut vorstellen, warum sich deine Eltern scheiden ließen: Wegen dir! Sie waren verzweifelt, weil du keinen Mann findest und ihnen keine Enkel schenkst!"

Ich zündete mir selbst eine an, blies ihm den Rauch ruhig ins Gesicht und sagte: „Nein. Sie waren verzweifelt, weil sie sich einfach nicht geliebt haben."

„Wie kannst du so etwas sagen?"

„Mein Vater hat meine Mutter ständig betrogen."

„Was? Er hat diese arme Frau betrogen?"

Warum musste er sich immer auf die Seite meiner Mutter schlagen?

Ich sagte: „Davon verstehst du nichts, Ali. Weil du nichts von Frauen verstehst und nie in deinem Leben in die Lage kommen wirst, eine Frau zu betrügen! Und weißt du warum? Weil du nie in deinem Leben eine Frau haben wirst, die du dann betrügen könntest. Und schon gar nie wirst du eine zweite Frau haben, mit der du die erste betrügen könntest. Dann hättest du nämlich zwei Frauen in deinem Leben, und das ist völlig ausgeschlossen, hörst du. Aus-ge-schloss-en!"

Er lachte kämpferisch und sagte: „Komm, wir fahren hin. Ich will diese arme Frau kennenlernen!"

15

Am Abend blieb ich zu Hause und verzichtete auf Johnny und die Bingobongobar. Machte es mir auf der Couch gemütlich und wollte wenig bis gar nichts essen, probierte dann aber doch diese Tablette, die ich mir im Park gekauft hatte.

Da kriegte ich einen Anruf rein, es war eine unbekannte Nummer. Normalerweise hob ich bei so was nicht ab, aber die Tablette wirkte sehr schnell, sie machte mich neugierig und ein wenig fahrig und kribbelig. Ich hob ab und sagte „Halloooo", da musste ich plötzlich darüber lachen, wie ich „Halloooo" gesagt hatte. Am anderen Ende war Tarzan, und normalerweise wäre mir das peinlich gewesen, aber die Tablette machte auch, dass mir gar nichts peinlich war, das war vielleicht mit ein Grund, warum man diese Dinger nahm. Tarzan war kein Freund großer Worte, so wie wir das ja aus seinen Filmen kannten (dachte ich und lachte wieder), er sagte zunächst ohne Umschweife nur Folgendes: „Ich habe gesehen, wie der, der diese Energydrinks gebracht hat, später mal wiedergekommen ist und ein paar der Burschen zum Fußballtraining abgeholt hat."

Ich lachte wieder, obwohl das gar nicht zum Lachen war, und versuchte mich zu erinnern, ob ich ihn gebeten hatte, mir Infos über das Ein und Aus im *African Sunshine* zu geben, was nicht der Fall gewesen war, aber egal. Er hatte meine „Komm doch mal zum Nudeln Essen"-Botschaft verstanden und versuchte sich nun auf diese Art interessant zu machen, das gefiel mir. Er redete weiter, während ich ständig kichern musste: „Ich habe schon Mädchen weggeschickt von diesem Heim, Töchter aus guten Häusern, von denen die Mütter hierherkommen, um zu helfen. Die wollen dann wissen, ob die Schwänze von diesen schwarzen Jugendlichen wirklich so groß sind, wie alle behaupten. Und wenn ich ihnen dann sage: Ja!, können sie nachts nicht mehr schlafen."

Nun lachte ich richtig, aber er lachte nicht mit, denn er meinte das ernst. Und dass ich über so ernste Themen wie Schwanzgröße lachte, was ich normalerweise nie tun würde, irritierte ihn. Ich stellte mir aber gerade vor, wie eine nach der anderen vor ihm in Ohmacht fiel, sobald er ihnen sagte, wie groß die Schwänze der Jungs waren. Ich schaffte es gerade noch, ihn zu fragen: „Das klingt ja wirklich verdammt interessant, was du mir da sagst, aber was ist die Botschaft?"

Er sagte: „Die Botschaft ist die: Ich brauche mich gewiss nicht zu verstecken vor denen, wenn du verstehst, was ich meine."

Ich verstand die Botschaft und sagte: „Das hört man gerne. Ich Kitty, und du?"

„Ich Horst."

Ich bog mich vor Lachen. Als ich wieder halbwegs atmen konnte, sagte ich: „Du lieber Tarzan. Gefällt mir besser."

„Soll mir recht sein."

16

Ich hatte zunächst keine richtige Lust, auf dieses Begräbnis zu gehen, da ich selbst gerade einen Mordfall behandelte, der mir irgendwie nahe ging. Yaya hatte sicher seine Gründe gehabt zu glauben, dass es hier für ihn besser wäre. Aber seine Erwartungen wurden nicht nur nicht erfüllt, sie wurden aufs Schrecklichste zerstört. Außerdem: Wer wusste schon, was diesen Seppi in den Tod getrieben hatte? Und dann hing mir natürlich noch immer das Begräbnis meines Vaters nach. Man dachte so lange nicht daran, dass ein geliebter Mensch sterben könnte, bis man plötzlich vor seinem Grab stand und hinunterschaute auf seinen Sarg, und dann war man echt überfordert.

Ach, mein Papa!

Aber letztlich war es mit dem Tod und dem Leben doch so: Die Toten hatten überhaupt nichts davon, wenn wir Lebenden Trübsal bliesen. Also zog ich mir das enge, bunte Designerkleidchen an, das ich mir vor kurzem gekauft hatte, weil Susi mich am ersten warmen Tag des Jahres in diese so verdammt angesagte Nobelboutique im Ersten Bezirk geschickt hatte, wo ich mein halbes Weihnachtsgeld für dieses Kleid ausgab. „Das ist genau der richtige Laden für dich, um endlich ein wenig Glamour in deinen Kleiderschrank zu bringen! Aber übertreib's nicht!" Das waren ihre Worte.

Und natürlich übertrieb ich es. Die Verkäuferin, halb so alt wie ich und auch halb so schwer, dafür mit einer unglaublichen Figur gesegnet und mit richtig dicken Lippen ausgestattet, hatte gesagt: „Kurz steht dir!" Und weil dieser siebzehnjährige Männertraum mich geduzt hatte, dachte ich: Sie hat Recht! Die Sexbombe und ich! Irgendwie fast befreundet! Gleiche

Augenhöhe! Jedenfalls den gleichen Geschmack! Also ließ ich mir am Ende ein richtig buntes Kleidchen mit richtig tiefem Ausschnitt einreden und sogar noch kürzer machen, denn vorm Probieren hatte ich zwei Gläschen Prosecco getrunken, die sie mir angeboten hatte, und während dem Anziehen dann noch zwei, die sie mir aufgedrängt hatte, und da war ich dann schon betrunken genug, um mich darin so richtig heiß zu finden. Und jetzt, da ich einen schönen, erfüllten Morgen mit Ghetto Boy hinter mir hatte, fand ich mich wieder richtig heiß, und plötzlich freute ich mich auf das Begräbnis von diesem Seppi, der so viele Freunde hatte, die nicht schwul waren.

Als ich auf die Straße trat, fühlte ich mich wie der junge Frühling. Man wünschte anderen Frauen auch dieses Glück: so ausgefüllt zu sein, wie ich es mit Ghetto Boy war. Auch Frauen wie Ruth wollten das, oder weiß der Teufel, wie sie alle hießen, die einmal in der Woche ins *African Sunshine* kamen, um dort Suppe zu verteilen und sich vielleicht selbst zu präsentieren. Seht her, Jungs, mich könnt ihr auch haben! Nicht nur Suppe! Nehmt mich!

War es so?

Im Hof meines Hauses und davor standen Kastanienbäume entlang einer stark befahrenen Straße, die vor allem Ein-Euro-Shops, Kebab-Buden und türkische Friseure namens Ali zu bieten hatte, und im Schatten eines dieser Bäume lag der Club *Waikiki Beach*. Immer, wenn ich nachts oder frühmorgens nach Hause kam, war nur noch der Parkplatz genau vor diesem Club frei, und es standen irgendwelche Typen davor und läuteten an der Türe. Wenn sie dann aber mich sahen, wie ich gerade aus dem Benz stieg, wollten diese Spinner nur noch zu mir ins Auto, weil sie dachten, sie könnten sich bei mir den Grundtarif für das Zimmer ersparen. Aber falsch gedacht!

Es waren nämlich nicht immer die Top-Typen, die ins *Waikiki Beach* gingen – wer ging schon ins *Waikiki Beach*, wenn er ein Top-Typ war? Johnny aus der Bingobongobar jedenfalls würde nie ins *Waikiki Beach* gehen, da war ich mir sicher. Aber hin und wieder, wenn ich betrunken genug war und richtig einsam (und betrunken genug und richtig einsam war ich in letzter Zeit immer öfter), so betrunken und so einsam, dass mir alles egal war, dann nahm ich doch einen von diesen unterirdischen Typen mit hinauf zu mir, denn zu einem, der gerade ins Puff gehen wollte, sagt es sich anschließend leichter: „So, jetzt ist gut, mein Lieber. Du gehst jetzt ganz schnell wieder nach Hause. Und ich ruf dich an, hörst du? Du rufst mich auf keinen Fall an!"

Das hatte ich heute Morgen auch zu Horst gesagt, lange bevor er um fünf Uhr ohnehin hätte aufstehen müssen, weil er um sechs Uhr wieder anfing, dort vor dem Heim zu arbeiten. Ich hatte es zu Horst gesagt, nicht zu Tarzan. Denn entweder wusste Horst nicht, wie ein Schwarzer gebaut war, oder er neigte wie die meisten Männer dazu, sich selbst größer zu machen, als er tatsächlich war. Seine süßen Eierchen waren jedenfalls kleiner als meine Nippelchen, und alles andere, was da so an ihm herumhing, hielt auch nicht, was er versprochen hatte. Als er mich dann trotzdem fragte, wie das jetzt weitergehen soll mit uns beiden, da hatte ich ihm eben sagen müssen: „Ich ruf dich an. Du rufst mich auf keinen Fall an!"

Spätestens, als ich mir dann zum Frühstück meinen geliebten Ghetto Boy ins Bett holte, war für mich klar:

Nie wieder Bodybuilder! So wie ich mir immer wieder schwor: Nie wieder einen, der gerade ins *Waikiki Beach* gehen wollte!

Ich war wegen dieser Tablette gestern aber auch einfach zu aufgedreht gewesen, und es hätten zehn Esel bei mir antreten können, sie hätten mich nicht glücklicher machen können als meine erste Speed-Tablette. Sie schürte obendrein Erwartungen, denen keiner gerecht werden kann, außer eben der eine aus dem Ghetto. Und dann kam noch hinzu, dass ich insgesamt so eine gewisse Scheu davor habe, den Rest der Nacht – oder überhaupt ins Wochenende hinein! – mit einem Typen in der Löffelstellung liegen zu bleiben, in meinem geliebten Boxspring-Bett, wo ich am liebsten alleine liege, wenn ich schlafen möchte. Wenn so ein Typ dann nach ein bisschen schnellem Sex bei einer gemütlichen Zigarette und einem Glas Rotwein in der Hand noch unbedingt reden wollte, dann war ein überzeugender Satz zum Abschied das Wichtigste, was man als Frau parat haben musste: „Jetzt verpiss dich endlich, Horst!“

Als ich die Gegend erreichte, in der dieser Friedhof lag, im Dreizehnten Bezirk im äußersten Westen der Stadt, war das natürlich viel schöner als dort, wo ich lebte: Bäume standen nicht nur vereinzelt auf den Straßen herum, sondern überall in den Gärten der großen Häuser, und auf den Gehsteigen lag nur ganz wenig Hundedreck. Diese Reichen wussten halt irgendwie doch am besten, wie man gut lebt.

Auf dem Weg hierher hatte ich Ali per Telefonkonferenz mit Aufträgen eingedeckt, die er vom Büro aus erledigen konnte, nämlich: Herausfinden, ob diese Ilvy Lacan wirklich ausschließlich in Schwarz und Weiß entwarf; der Frage nachgehen, wie die Drinkproduzentin hieß und wie ihr Mann, der ein paar Schwarze zum Fußballtraining eingeladen hatte, nachdem er mit den Energydrinks gekommen war.

„Woher weißt du das?“, war die Frage, die mir Ali dazu stellte, und meine Antwort war: „Das geht dich nichts an!“

Weiters sollte er herausfinden, was diese Ruth den ganzen Tag über so macht, außer Suppe kochen. Sie musste viel Tagesfreizeit haben, und Frauen mit viel Tagesfreizeit hatten oft die verrücktesten Ideen; und dann sollte er noch herausfinden, wo ihr Sohn Matthias abhing, wenn er nicht gerade auf den Wagen seiner Mutter eindrosch. „Finde mal heraus, wo diese Privatschule ist!“, lautete mein Auftrag, und seine Antwort: „Das habe ich schon!“

Der ging mir auf die Nerven mit seinem Migrantenehrgeiz.

Ich stieg aus, schaute mich um und knallte die Fahrertür zu. Dann rülpste ich kurz, und ein kleines Pupsi kam mir auch aus. Ich hatte nämlich ein wenig perlende Puffbrause getrunken auf dem Weg hierher, um noch ein bisschen besser in Stimmung zu kommen, und das Perlende wollte nun wieder raus.

Um besonders weiblich zu wirken, hatte ich mir in letzter Zeit angewöhnt, in kleinen Trippelschrittchen zu gehen, wenn mich Susi auf Events mitnahm. Ich wollte dort nämlich nicht mehr gehen wie bei Johnny in der Bingobongobar – wenn ich dort aufs Klo ging, da ging ich wie ein Matrose, der aufs Klo ging. Events machten mich immer so unsicher, und ich dachte, wenn ich ging wie alle anderen Frauen, die auf Events gingen – trippel, trippel –, dann fiel ich nicht weiter auf. Aber das Gegenteil war natürlich der Fall. Ich trippelte wie ein etwas abseitiges Tier, das mit groben Füßen in jedes Fettnäpfchen trat. Und wenn ein paar Fettnäpfchen hintereinander aufgestellt waren, trat ich verlässlich in jedes einzelne davon. Ich konnte sogar in Fettnäpfchen treten, wenn ich im Bett lag.

Zur Sicherheit nahm ich noch einen kleinen Schluck aus der kleinen Flasche, die ich aus dem kleinen Seitenfach in meiner großen Handtasche nahm, und beschwingt hüpfte ich über den Gehsteig zum Eingang. Aber weil ich Sieben-Zentimeter-Stilettos trug, versank ich dort sofort im Kies des Friedhofs, was mir die gute Laune beinahe verdarb. Ich nahm die Schuhe in die Hand und stand nun barfuß hier herum, wusste nicht, wohin, als mich ein Typ anquatschte: „Na? Wohl die falschen Schuhe erwischt?“

Ich fragte: „Sieht man's?“

Ein Friedhofswärter, der mit seinem schwarzen Mantel und der schwarzen Mütze gar nicht mal schlecht aussah. Ein bisschen alt vielleicht, aber ich stand auf Erfahrung – wenn es die Erfahrung eines großen, wilden Tieres war. Jedoch mochte ich es gar nicht, wenn einer „Na?“ zu mir sagte, jedenfalls nicht, wenn ich gerade ausnüchterte oder wieder versuchte, in Schwung zu kommen. Und erst recht nicht, wenn ich dabei mit meinen Schuhen in der Hand dastand, das machte mich unsicher und wütend. Ich sagte: „Ich kann Judo. Judo, nicht Yoga.“

Meinen Judo-Spruch brachte ich nur dann an den Mann, wenn ich einen Kerl in die Flucht schlagen wollte, nicht, wenn ich ihn für eine Hochzeit mit mir interessieren wollte. Ich wusste gut genug, dass Männer seit einigen Jahren auf Frauen standen, die Yoga machten, an keiner Bar der Welt unterhielten sich Kerle über

Frauen, die Judo beherrschten. Er hätte also verstehen müssen, was ich ihm damit sagen wollte, aber er blieb hart auf Kurs: „Ich habe bald Mittagspause."

Scheinbar dachte er, dass das heute sein Tag werden könnte: Mal keine Leiche vergraben, sondern das Leben feiern. Mit mir!

Als er nicht aufhören wollte, mich zu nerven, ging ich tief in die Knie, um unterhalb seines Schwerpunktes zu gelangen, griff von innen um seinen Oberschenkel und warf ihn über beide Schultern ab. Damit er verstand, was gerade passiert war, sagte ich ihm: „Diese Technik nennt man *Kata-Guruma*."

Als er so halbtot dalag wie ein Fisch am Strand, wusste ich, was ich auf keinen Fall wollte: Im Sommer irgendwo herumliegen und sterben. Wenn ich mal sterben sollte, dann bitte im November und in vollkommener Dunkelheit, jedenfalls nicht, wenn es so heiß war wie heute. Wenn ich nämlich jetzt umfiel und mich einer fand mit meinem kleinen Höschen unter dem kurzen Kleidchen, und wenn der sich dann dachte: Verdammt lecker, dieses Mädchen, genau mein Typ! Schade, dass ich sie nicht früher kennengelernt habe ...

Das würde ich nicht ertragen!

17

Dieses Begräbnis war dann natürlich längst am Laufen, als ich endlich durch den Kies gestapft kam, ziemlich außer Atem und unladylike richtig stark schwitzend, auf der Stirn, am Rücken, unter dem Kleid, überall. Der Weg hierher hatte mich total geschafft, ich war leider echt nicht in Form. Und wenn man die ganzen anderen Leute in Schwarz sah, konnte man vielleicht wirklich denken, ich wäre diejenige, die unpassend gekleidet war. Da musste Susi erst gar nicht „Verdammt, was hast du denn da gekauft?“ sagen.

Ich sagte: „Du hast mich doch hingeschickt!“

„Ja, aber ... du lieber Himmel ... wer hat dich beraten?“

„Die Siebzehnjährige.“

„Chantal?“

„Ich fürchte.“

„Aber das hier ist eine Beerdigung und kein Sommerfest!“

„Eben!“

Susi war nur eifersüchtig, denn sie war mindestens so sehr Single wie ich, und im gleichen Alter wie ich war sie auch. Also war sie auch nur hier, weil dieser Seppi angeblich so viele Freunde hatte, die nicht schwul waren, und deswegen trug sie ihren gelben Hosenanzug aus leichtem Satin mit einem ebenso gelben Sonnenhut, was mir allen Grund gab zu sagen: „Sieh dich mal selber an!“

Wir fischten beide im gleichen Gewässer, beäugten uns gegenseitig stets misstrauisch und trauten der jeweils anderen nicht über den Weg, im Gegenteil: Wir trauten uns alles zu! Beide waren wir von der Angst getrieben, dass die andere früher den Zustand des Single-

Daseins hinter sich lassen könnte als man selbst, und wollten auf keinen Fall, dass das passierte. Daher missgönnten wir der anderen alles, waren aber umgekehrt wieder froh, dass wir einander hatten, solange es der anderen noch beschissener ging als einem selbst oder sie – Pferdebiss! – beschissener aussah als man selbst, wenn man sich gerade schlecht fühlte. Was in gewissen Zeiten ein gutes Gefühl sein konnte, wenn auch eines, das nie lange anhielt.

Meiner Susi stand also der Pferdebiss weit offen, als sie mich so sah. Aber das war mir egal, weil ich sofort das Gefühl hatte, dass da planmäßig ein paar Kerle im engen, schwarzen T-Shirt herumstanden mit reichlich Testosteron im Blutkreislauf, die mich in meinem Kleidchen am liebsten gleich hinter den nächsten Grabstein verschleppt hätten, während sie Susi, die Zitrone ... Aber egal! Mein Körper war nämlich noch nicht von Schwangerschaften und Familienalltag ruiniert, und ich strahlte dieses gewisse Sehnsuchtsvolle aus. Bei diesen sommerlichen Temperaturen war ich sogar so sehnsuchtsvoll, dass ich Susi ohne zu zögern ins offene Grab gestoßen hätte, wenn mich nur einer genommen hätte, der um die Schultern herum breiter gebaut war als um die Hüfte.

So wie diese vier sehr gut gebauten, sehr großen, sehr jungen, sehr gut aussehenden und sehr athletischen schwarzen Kerle, die wie Models aussahen und wahrscheinlich sogar welche waren. Wenn es mit Bildung nicht klappte, dann wurde man heute auch als Mann einfach Model! Ein paar Gewichte stemmen war schließlich einfacher als Rechnen lernen. Sie sahen so gut trainiert aus, dass sie den Sarg auch hätten jonglieren können, und zwar jeder alleine, und einhändig. Oft verloren Kerle ja den Mut und die Kraft, wenn sie etwas von mir wollten, oder sie wollten plötzlich nur noch kuscheln, anstatt es mir richtig zu besorgen. Oder sie wollten nur noch reden, was dann sogar noch schlimmer war als welche, die nur kuscheln wollten. Ich aber wollte ficken, wenn ich schon mal einen mit nach Hause nahm, und für diesen Zweck zog ich den großen, behaarten Typ allen anderen Typen vor. Ich stand einfach auf Gorillas, die aus dem Zoo ausgebrochen waren, weil sie Hunger hatten. Ich mochte das Wilde, das Animalische, und es war mir nicht nur egal, wenn mich einer dabei kaputt machte, ich wollte es sogar. (Auch Tischmanieren waren mir nicht so wichtig, solange der Kerl im Bett aß – und zwar am liebsten mich oder Teile von mir. Grrr!) Die schwarzen T-Shirts spannten diesen Kerlen so sehr um ihre Oberarme, dass ich sie ihnen am liebsten sofort ausgezogen hätte, aber der Form halber fragte ich Susi noch: „Und die sind ganz sicher nicht schwul?“ Worauf sie ein wenig schnippisch antwortete: „Deswegen kannst du ja nicht im Ernst hier sein, oder?“

Ich sagte: „Doch.“

Mein Blick schweifte weiter. Ich sondierte das Terrain genau: „Und der da drüben?“ Der mit seinem feinen schwarzen Ziegenbärtchen doch recht schwul aussah, irgendwie wie ein schwuler Franzose, um genau zu sein. Susi fragte: „Meinst du Jacques Anatol, den Haubenkoch?“

Haubenkoch klang gut, Jacques Anatol aber nicht, ich sagte: „Nenn ihn, wie du willst, ich möchte nur wissen, ob er schwul ist?“

Sie sagte: „Na ja ...“

Ich wurde wütend: „Du hast mir aber versprochen, dass hier keiner schwul ist!“

„Es ist doch nur Jacques Anatol schwul!“

„Der Kerl, der anderen Schwulen ins Essen spuckt, weil er Schwule angeblich nicht ausstehen kann?“

Sie nickte.

Was für eine verrückte Welt!

Meine gute Laune war augenblicklich dahin, denn ich hasste es, wenn sie mich anlog.

Mit meiner schlechten Laune begann ich mich plötzlich zu langweilen, und die Sonne setzte mir auch zu. Ich war nicht der Hauttyp Boris Becker, aber auch nicht *afrique nature*. Um die Schultern herum war ich nicht eingecremt und sonst auch nirgends. Außerdem trug ich keinen Hut, der mich ein kühles Köpfchen hätte bewahren lassen. Ich schaute mir die anderen Frauen an, die alle schrecklich aussahen in ihren schwarzen Kleidern, die ihnen allen nicht passten, weil sie sich entweder überhaupt nicht mehr unter Kontrolle hatten, was die Futterzufuhr anbelangte, oder so sehr unter Kontrolle, dass sie dem Tod näher waren als dem Leben. Wie dünn konnte man werden, fragte ich mich. Und wie fett? Und wieso befolgte keine von ihnen den sehr guten Rat, die Oberarme immer zu bedecken, egal, wohin man ging? Alle zeigten sie ungeniert ihre schwabbelnden Arme oder verdorrenden Ärmchen. Und sie starrten alle diese Blackies an, als wären sie Drogensüchtige, die einer Ladung Kokain hinterherschauten, die gerade per Schiff aus dem Hafen gebracht wurde. Sie waren alle schwer auf Entzug, was Sex mit starken Männern anlangte, oder sie lagen überhaupt alle seit Jahren im Trockenen. Sie fischten im selben Becken wie Susi und ich. Ihre fordernden Signale kamen bei Afrikanischer Löwe I–IV aber nicht gut an, denn die hatten nur Augen für mich. Deren Blicke verschlangen mich wie ein leckeres Steak. Schwarze Männer mögen nun mal Fleisch, und da hatte ich gar nichts dagegen. Man sieht hin und wieder welche im Stadtbild an der Seite gut genährter Sozialhilfeempfängerinnen herumlaufen, mit denen sie das Glück am diesseitigen Ende des Regensbogens teilten. Oder es legten ein paar Supermarktverkäuferinnen zusammen, was sie sich das Jahr über zusammengespart hatten, und fuhren gemeinsam nach Kenia. Da hatten dann beide Seiten etwas davon, war ihre Meinung, aber in Wahrheit hatte die Supermarktverkäuferin natürlich etwas mehr davon als der Einheimische. Auch Susi und ich hatten uns schon mal erkundigt und waren nahe dran gewesen, einen Flug nach Mombasa zu buchen: Zehn Tage all-inclusive unter der heißen Sonne mit Ghetto Boy im Arm, aber mit dem echten. Daraus ist dann aber doch nichts geworden, weswegen ich mir sehr bald den aus Plastik bestellte.

Plötzlich wollte ich genauer wissen, wer denn meine Konkurrentinnen auf diesem Markt der Friedhofserotik waren, also stieß ich meine beste Freundin in die Seite und löcherte sie: „Die da drüben? Wer soll das sein?"

Das kleine Dickerchen nämlich, auf das Susi gerade ihre Kamera richtete, um es für ihre Kolumne abzuschießen. Miss Mops wirkte nervös, so, als hätte sie ihre Tabletten heute nicht genommen oder nicht die richtige Dosierung hingekriegt. Deswegen verbarg sie ihr vermutlich feistes Gesicht hinter einem schwarzen Netz. Sie war ein ausgesprochen theatralisches Weib, und wie immer täuschte mich meine Menschenkenntnis nicht: „Das ist Felicitas Robatsch", sagte Susi, „die Operndiva. Die kennst du auch nicht? Na hör mal! Sie hat sich so rar gemacht in letzter Zeit."

Ich sagte: „Das sollte sie auch keinesfalls ändern!“

Ein Haufen Fleisch, der von wellendem, schwarzem Stoff umwickelt war! Ihr Busen wog mehr als ein Kleinwagen. Und wenn es stimmte, dass schwarz schlank machte, dann wollte ich nie erfahren, wie sie nackt aussah. Mein armer Ali würde sterben, wenn sie ihn sich zur Brust nehmen würde, er hätte als Ganzes Platz in ihrem Busen!

Klick, klick.

Susi machte ein paar Fotos von ihr, was ihr gar nicht zu gefallen schien, denn sie wandte sich schamhaft ab. Schon bald merkte ich, dass es wenig Besseres gab, als sich bei einem Begräbnis über Leute lustig zu machen, die man nicht kannte und mit denen man auch nichts zu tun haben wollte, die aber nun mal hier waren. Also weiter: „Und wer ist die dort drüben?“

„Romana Mehnsdorf, feinster Geldadel. Ihr Mann hat eine eigene Jagd und ein Schloss. Alleine ihr Ring ist mehr wert als alles, was du besitzt.“

„Nein?“

„Doch!“

„Allerdings ist ihre Ehe in der Krise.“

„Nein?“

„Doch! Aber hör zu: Sie hat ein Recht auf den *First Call* der Kollektionen von Hildi LaChance.“

„Von wem?“

„Hildi LaChance! Die kennst du auch nicht?“

Nun sank mir alles Blut in die Füße. Ich dachte: Ildy Lacan? Hildi LaChance? Und fragte noch mal: „Sagtest du Hildi LaChance?“

„Ja, warum?“

„Nur so. Klingt italienisch für mich.“

„Ist aber französisch, Kitty. Französisch!

„Ah ja.“

„Eigentlich heißt sie ja Lachanov."

„Klingt polnisch für mich."

„Ist aber russisch, Kitty!"

„Sag ich doch."

„Ihr Mann ist ein stadtbekannter Psychiater, sehr angesehen, sehr vermögend."

„Ah, der! Und warum heißt sie nicht Hildi Lachanov?"

„Ich bitte dich! Würdest du etwas von Hildi Lachanov kaufen?"

„Ich würde auch nichts von Hildi LaChance kaufen. Ist das die, die erst spät ihre Berufung zur Schneiderei entdeckt hat?"

„Sie war spätberufen, ja. So kann man es sagen."

„Und die ausschließlich in Schwarz und Weiß entwirft? Ich meine: aus-schließ-lich?"

„Ja, genau die."

Ich fragte mich, wie es möglich war, dass ich gestern zum ersten Mal in einem Heim für afrikanische Flüchtlinge von dieser Ildy/Hildi gehört hatte und dass ich sie heute schon auf einem Begräbnis sah, an dem auch ich teilnahm? War das Zufall?

Ich fragte Susi: „Ist Hildi hier?"

Und sie sagte: „Na hör mal, natürlich! Dort drüben steht sie doch!"

Und dort stand sie. Verdammt dünn sah sie aus, richtig ausgezehrt. Ihre glatte, weiße Haut lag auf strukturierten Muskeln, ohne dass sich irgendwelches Fett dazwischendrängte. Typ essgestörte Fitnessverrückte. Hinter ihrer großen, schwarzen Sonnenbrille erkannte man nicht viel von ihrem Gesicht, sie machte auf Rom 1960 und wirkte nicht glücklich. Der Job, die Familie, die Doppelbelastung? Der tote Seppi? Irgendetwas setzte ihr schwer zu und ließ sie mehr trinken, als sie vertrug. Ich fragte Susi: „Warum ist sie hier?“

Und sie sagte: „Aber Seppi lief doch für sie!“

„Er lief für sie?“

„Ja, als Model!“

„Ah so.“

„Aber dann ließ sie ihn fallen.“

„Wohin?“

„Ach komm, du weißt, was ich meine! Sie kümmerte sich einfach nicht mehr um ihn!“

„Ah so.“

Susi lehnte sich gegen mein Ohr und flüsterte: „Ich habe vorhin sogar Gerüchte gehört, dass er sich deswegen umgebracht hat. Aber psssst!“

Ich flüsterte zurück: „Wenigstens weißt du jetzt endlich, warum er sich umgebracht hat! Dir muss man ja wirklich alles aus der Nase ziehen! Al-les!“

Ich sah, wie Hildi LaChance unruhig an ihren Nägeln kaute und ständig nach ihren Zigaretten griff, die sie hier anstandshalber nicht rauchen sollte. Dann ging sie aber doch mal abseits und zog eine durch, wischte sich dabei eine Träne aus dem Auge, schniefte, rotzte und senkte den Blick zu Boden. Sofort scharten sich ein paar Weiber um sie, die mit ihr zu schnattern anfingen und dabei vielleicht einen kleinen Preisnachlass aushandeln wollten für den Ausverkauf, oder zumindest die Garantie, dass die Änderung der Robe, das Größer-Machen derselbigen, im Preis inbegriffen war.

Wegen einer leichten Kreislaufschwäche, die mir plötzlich zusetzte, musste auch ich mich ein bisschen abseits bewegen und nach dem nächsten Baum suchen, unter dem ich Schatten finden und mich wie ein Elefant in der Savanne am Arsch kratzen konnte, denn der juckte ganz schön bei dieser Affenhitze. Mein Kleid war nämlich aus Polyester, obwohl es so teuer war!

Seppis Grab lag aber mitten in der prallen Sonne, und es gab hier weit und breit keinen Baum, an dem ich mich kratzen konnte. Also lehnte ich mich gegen einen Grabstein, um ein wenig durchzupusten, während ich mich an Susis Schulter festzuhalten versuchte, dabei sagte ich: „Uuuh, ich kann echt bald nicht mehr. Mir ist ein bisschen schwindelig, irgendwie dreht sich alles."

Susi kannte dieses Kreislaufproblem natürlich an mir, und sie wusste, dass sich bei mir immer alles anfing zu drehen, sobald ich zu wenig oder zu viel getrunken hatte. Sie machte sich also keine großen Sorgen wegen meiner Gesundheit, dafür umso größere wegen ihres guten Ansehens, weil ich so eine Neigung hatte, einfach umzufallen, wenn sich erst mal alles um mich herum anfing zu drehen. Sie sagte: „Bitte reiß dich zusammen, okay. Ich möchte wirklich nicht, dass du mir hier mitten auf dem Friedhof kollabierst und auf ein Grab drauffällst, womöglich noch zusammen mit einem Grabstein. Das wäre wirklich zu peinlich für mich!"

Ich fragte: „Sag mal, hast du vielleicht was zu trinken dabei?"

Sie tat schockiert: „Jetzt nicht, Kitty!"

Ich sagte: „Jetzt!"

„Jetzt nicht."

„Jetzt!"

Ich konnte da ganz schön stur sein, und auch ein bisschen kindisch. Also rückte sie endlich doch noch heraus mit ihrem Notfallfläschchen, das sie immer in ihrer Handtasche mit dabei hatte, nicht mehr ganz kühl, aber noch ganz okay. Ich kappte den Verschluss und ließ es laufen: „Aaah!"

Das brachte sie zum Staunen: „Hast du ... alles ... alleine? Du bist wirklich unmöglich!"

Und ich: „Ich habe ja schon mehrmals gesagt, dass es nicht einfach mit mir ist!"

Nachdem ich mich wieder halbwegs ins Lot gebracht hatte, interessierte ich mich wieder verstärkt für meine Umwelt, ich konnte nun sogar schon lachen über diese und jene Schreckschraube, und lallte dann schon ganz leicht, als ich wissen wollte: „Wer ist denn bitte diese Spinatwachtel dort?"

Susi fragte: „Sag mal, bist du besoffen?"

„Ein klitzekleines bisschen."

„Das ist Klara Petzl! Die kennst du auch nicht?"

„Nö. Doch!"

Du lieber Himmel! Nun musste ich vielleicht gleich kotzen, und es zuckerte sich plötzlich so eine ganz leichte Schicht Gänsehaut auf meinen Körper drauf. Sicherheitshalber fragte ich nach: *„Die* Klara Petzl?"

„Ja!"

„Die hasse ich!"

„Ich auch. Sie ist so arrogant!"

„Und sie sieht so beschissen aus!"

Beschissen und unglücklich. Als wäre längst alles Leben aus ihr gewichen. Gezwungen von einer fremden Macht, hierherzukommen.

„Warum ist sie hier?", fragte ich. „Sie sieht nicht aus, als wäre sie gerne hier."

„Sie ist mit Hildi LaChance befreundet und engagiert sich mit ihr zusammen für Wohltätigkeitszwecke", sagte Susi, als würde das irgendetwas erklären. „Aber sieh dir ihr Kleid an! Es ist einfach nur schrecklich!"

„Und ihr Gesicht erst!"

„Auch schrecklich!“

„Ist sie krank? Sie sieht so krank aus!“

Ich hatte von dieser Petzl natürlich schon gehört, und vor allem hatte ich von ihr gelesen. Sie war Journalistin wie meine Freundin Susi, aber in ihrer Kolumne in dieser Zeitung schrieb sie nicht über Promis, sondern jeden Tag über sich selbst. Über ihr ach so glückliches und ach so gelungenes Leben. Darüber, wie man Beruf und Familie unter einen Hut kriegte und nebenher Tomaten im Landhaus anbaute, wie man aus Obst Marmelade machte und aus Weizen Brot, und wie man dazu noch die Zeit fand, einen ordentlichen Topflappen zu häkeln. Konnte gut sein, dass sie auch wusste, wie man aus Wasser Wein machte! Um das zu erfahren allerdings, hätte ich mir ihre Fernsehsendung anschauen müssen, die ich natürlich auch hasste. Weiß der Teufel, was die nicht alles konnte – sie konnte einfach alles! Als wäre man kein Mensch, wenn man keine Tomaten züchtete!

Ich wackelte schon ordentlich, als ich meine Susi fragte: „Und wer ist die neben ihr?“

Sie wusste es: „Ihre Tochter. Sie läuft auch für Hildi.“

Was für ein läufiges Luder diese Tochter von dieser Petzl doch war! Höchstens sechzehn Jahre alt, trug sie ein wirklich atemberaubendes, kurzes, enges, schwarzes Kleid. Und darin weinte sie wie ein Schlosshund, als wäre sie mit diesem toten Seppi persönlich bekannt oder sogar befreundet gewesen. Ihre Mutter schien irgendwie selbst nicht zu wissen, warum ihre Tochter gar so weinte, es war ihr sichtlich unangenehm. Vielleicht lag es an ihrem Alter? An der Pubertät? Und dann war es vielleicht ihr erstes Begräbnis und die schiere Überwältigung einer ersten Begegnung mit dem Tod?

Der erste Gedanke vielleicht, dass auch ihre eigenen kleinen, festen Brüste irgendwann da unten verfaulen würden? Oder es war alles zusammen?

Mein Kennerblick registrierte sofort, dass das junge Ding nur auf einem Auge weinte, während es mit dem anderen bereits abwechselnd einen der vier schwarzen Knechte anlächelte, die über den Sarg wachten. Schnell würde sie sich über ihren Facebook-Account mit denen anfreunden, da war ich mir sicher, denn diese jungen Dinger hatten da heute ganz andere Möglichkeiten! Und wo ich mir schon über so vieles ganz sicher war, sagte ich auch gleich zu Susi, weil ich gerade selbst daran denken musste: „Ganz sicher lutscht die Kleine schon jede Menge Schwänze!" Dann kicherte ich. Susi empörte sich darüber, obwohl sie sonst auch nichts dagegen hatte, es selbst zu tun – trotz ihres Pferdebisses! Der gefiel nicht jedem, und mancher kriegte sogar Angst vor ihr, wenn sie ihm einen blies und dabei immer wieder ihren Kopf in den Nacken warf. Die kamen dann zu mir und beschwerten sich. Und die, bei denen ich dachte, es könnte sich auszahlen, kamen dann bei mir zu Hause auf ihre Rechnung. Aber davon erzählte ich Susi natürlich nie etwas, und auch nicht davon, dass es sich meistens nicht auszahlte.

Plötzlich entdeckte ich den, der die ganze Restenergie dieser Petzl wie ein Schwarzes Loch aufzusaugen schien, bis sie irgendwann zusammenklappen würde. Ich fragte: „Wer bitte schön ist er?" Und Susi wusste auch das: „Ihr Sohn!"

Ein erster prüfender Blick auf ihn sagte mir, dass er mit seinem von der Pubertät geschundenen Körper und dem halben Gesicht voller Pickel wohl nie für Hildi laufen würde, keine Chance. Seine Haut war die eines Skinheads, der nie in die Sonne ging und sich sehr schlecht ernährte. Irgendwann war er auf die Idee gekommen, dass diese streng gescheitelte Frisur ihm stand, was aber nicht der Fall war, weil sie ihn nur noch verrückter aussehen ließ. Sein Anzug konnte unmöglich von Hildi sein, denn er war nicht schwarz, sondern braun. Und die Hose, die deutlich spannte, weil er zu viel aß, endete gebunden unter den Knien, dazu trug er weiße Stutzen. Für ihn war es vermutlich wirklich schwierig, etwas Passendes zu finden, sogar für ein Begräbnis. Aber musste das sein?

Ein zweiter prüfender Blick überzeugte mich: Das war der Schweinepriester in seiner Familie, das Böse. Ich stellte ihn mir in seinem Zimmer vor, wie ich das gewohnheitsmäßig mit den meisten Heranwachsenden in seinem Alter tat, stellte mir vor, wie er dort auf seinem Bett lag und an mich dachte, und wie er dabei ...

Aber halt!

Plötzlich lief mir der kalte Schauer über den Rücken, obwohl es auf diesem Friedhof wirklich verdammt heiß war, und ich sagte zu Susi: „Hat der keine Hände?"

So etwas hatte ich noch nie gesehen! Aber Susi zuckte nur gelangweilt die Schultern, als würde sie überhaupt nicht interessieren, wenn einer keine Hände hat. Dabei hatte der junge Mann seine Ärmel noch extra hochgekrempelt, oder sich vielmehr hochkrempeln lassen, und zeigte nun selbstbewusst und beinahe arrogant jedem seine Armstümpfe, als wären sie Trophäen oder eine Art Schwert, mit dem er alle fertigmachen konnte, wenn er nur wollte. Oder die beiden Zepter, mit denen er sein Reich unter Kontrolle hielt.

Seine Schwester wandte sich jedes Mal angewidert von ihm ab, kaum dass er in ihrer Nähe auftauchte und ihr was ins Ohr flüsterte, denn sie wollte auf keinen Fall mit ihm zusammen hier gesehen werden. Das war offensichtlich und verständlich. Aber er hatte wohl genug Erfahrung damit, also kränkte er sich nicht über seine Schwester, sondern lächelte nur überlegen und schien ihre Ablehnung und den Ekel, den sie für ihn empfand, sogar zu genießen! Es ging eine alles dominierende Kraft von ihm aus, und diese Kraft sagte: Ich werde euch alle noch büßen lassen dafür, dass ich keine Hände habe, ihr aber schon! Wenn ihn seine Nase juckte, dann stieß er seine Mutter mit einem Armstumpf in die Seite und die musste ihn kratzen; oder sie musste ihm die Nase überhaupt abwischen, wenn er mal weinte oder so tat, als ob; oder es verrutschte ihm die Brille und diese Petzl musste sie ihm wieder gerade rücken. Der junge Mann wusste seine Nachteile zu seinem Vorteil zu nutzen, der hielt sie ganz schön auf Trab!

Ich war richtig froh, als diese Felicitas Robatsch, die sich so rar gemacht hatte in letzter Zeit, anfing, ihr Ave Maria zu singen. Die Veranstaltung ging endlich in die Zielgerade, und der Pfarrer, der auch ganz in Schwarz gekleidet war, fand die passenden Worte: „Viel zu früh ... Gott der Herr alleine weiß, warum ...“ Und so weiter. Susi nannte ihn Don Pérignon, weil auch er Teil der „Wiener Gesellschaft“ war, wie sie sagte, und selbst lieber Lachshäppchen aß als Gemüsesuppe. Dazu trank er gerne Sprudelgetränke, die er sich – angeblich! – vom feinsten Supermarkt der Stadt gleich neben dem Dom bringen ließ. Manche im Publikum kicherten allerdings, als er seine gestelzten Sätze aussprach, denn sie wussten vielleicht besser als Gott, warum Seppi sich umgebracht hatte. Und eventuell auch besser als Susi?

Ich beobachtete sogar welche, die sich kopfschüttelnd in die Seite stießen, sodass ich meine Gesellschaftsreporterin fragen musste: „Sag mal, warum lachen die denn alle? Lief da vielleicht etwas zwischen den beiden, bis sie ihn fallen ließ? Zwischen Hildi und Seppi, meine ich?"

Und sie sagte: „Man munkelt, dass ja. Aber pssst!"

Sex mit dieser Hildi LaChance? Das war nun wirklich zu ekelhaft, um es jemandem weiterzuerzählen!

Die vier schwarzen Knechte ließen den Sarg dann endlich in die Grube gleiten, so, als wäre er Spielzeug, während die anwesenden Damen der Gesellschaft ihnen mit gierigem Blick eine Art Einladung aussprachen, doch die nächste Woche mit ihnen zusammen am hauseigenen Pool zu verbringen, wenn sie denn Lust dazu hätten. Andere Damen erhöhten ihr Angebot an die Sargträger per Augenaufschlag oder zurechtgerücktem Dekolleté auf drei, fünf oder sechs Wochen in einer abgelegenen Berghütte, inklusive Verpflegung, frischer Landluft und ausgiebigem Geschlechtsverkehr. Es war einfach nur ekelhaft!

Nachdem Felicitas dann auch noch *Candle in the wind* gesungen hatte, deutete der Handlose seiner Mutter: Abmarsch! Und sie folgte ihm bereitwillig, sodass es schien, als könnte er wirklich alles mit ihr machen: Rechts! Links! Geradeaus! Bring mir Kakao! Zieh mir die Schuhe an! Bück dich! Interessantes Leben irgendwie. Man musste dieser Petzl beinahe wünschen, dass sie mal zwei Minuten von ihrem schwierigen Nachwuchs wegkam, mal raus aus der verfahrenen Kiste mit läufiger Tochter, handlosem Sohn und eigener Chancenlosigkeit gegen die Gesetze der Schwerkraft. Aber sie hatte auch eine andere Seite, eine, die stärker war als die Dominanz ihres Sohnes. Sie liebte die Öffentlichkeit und die Aufmerksamkeit der Medien über alles, und als sie Susi erblickte, war sie nicht mehr zu halten (schon gar nicht von ihrem Sohn, der sie ja nicht halten konnte!). Sie kam auf uns zu, und schon im Gehen rief sie: „Hallo Susa! Susa! Huuuuhuuuuuu!"

Nun konnte ich endlich mal wieder richtig lachen, ich fragte Susi fassungslos: „Hat sie gerade echt Susa zu dir gesagt?"

Schon stand diese Petzl vor uns und wartete darauf, von Susi fotografiert zu werden, während diese mich schnippisch anfauchte: „Ja, Klara hat gerade Susa zu mir gesagt! Und wenn du es genau wissen willst: So nennt man mich nun mal in diesen Kreisen, das ist halt mein Name. Meine Kolumne heißt ja schließlich Suciety, und das Su darin kommt nun mal von Susa."

Ich sagte: „Das Su könnte aber genauso gut von Susi kommen, wenn du mich fragst! Und was meinst du überhaupt mit ‚diese Kreise'? Ha?"

Anstatt mir zu antworten, deutete die eine falsche Schlange, mit der ich glaubte befreundet zu sein, auf die andere falsche Schlange, die wahrscheinlich heute noch nichts gegessen hatte, und meinte: „Das ist Klara Petzl. Ich habe dir ja vorhin von ihr erzählt. Und Klara, das hier ist Gitti. Gitti Muhr."

Jetzt wurde ich aber richtig wütend: „Spinnst du? Ich bin Kitty. Kitty Muhr!"

„Wie das kleine Kätzchen?", fragte der Handlose hinter seiner Mutter mit distanziertem Interesse, während er mich von oben bis unten musterte und für nicht tauglich befand. Und ich musste dann nicht die Schwachsinnige spielen, ich *war* in diesem Moment die Schwachsinnige, als ich fragte: „Warum denn wie das kleine Kätzchen?"

„Na, Kitty ist ja wohl englisch", sagte er, „und heißt ‚das kleine Kätzchen', nicht wahr? Aber jetzt sehen Sie sich mal an: Sieht so ein kleines Kätzchen aus?"

Nun lachte er wie ein Schwein, seine Nasenflügel zitterten, wenn er die Luft einsog, die er zum Lachen brauchte, dann machte er oink, oink, oink. Ich hätte ihn umtreten mögen und ihm sagen, dass ich über niemand anderen lachen würde, wenn ich so beschissen aussehen würde wie er, und da meinte ich gar nicht seine fehlenden Hände! Aber ich hatte ja gerade vorhin schon den Friedhofswärter umgeworfen. Und ich hatte eine gewisse natürliche Scheu, Behinderte umzutreten. Also sagte ich stattdessen nur wie bei einer sehr schwierigen Prüfung, wo man noch unbedingt die Kurve kratzen wollte: „Kitty bedeutet doch einfach nur Kitty. Klingt besser als Gitti."

„Finde ich eigentlich nicht", sagte er mit einer Stimme, mit der er Eisen schneiden konnte, und sein verächtlicher, zerstörender Blick tat ein Übriges, um mich, beste Freundin von Ghetto Boy, in den Boden hineinzutreten.

Auch diese Petzl lachte nun über mich, und ihre Tochter, und Susi lachte auch über mich. Sie ging dabei in die Knie, als müsste sie dringend pinkeln. Warf ihre Haare dramatisch zurück und zeigte uns ihren Pferdebiss. Als wäre das nicht schon peinlich genug, bewegte sie dabei ihre rechte Hand wie ein schwuler arabischer Prinz. Außenstehende waren immer überrascht, dass jemand, der Matura hatte, sich so danebenbenehmen konnte. Hin und wieder musste ich ihr dann sogar sagen: „Wenn du so weitermachst, glaube ich ehrlich gesagt nicht, dass du noch einen finden wirst, denn wenn du mich fragst, ist das der Grund, warum du keinen abkriegst: weil du so unsagbar peinlich bist!" Susa, wie diese Kreise sie nannten, oder Susi, wie ich sie nannte, schlug sich einfach gerne auf die Seite derer, die sich auf anderer Leute Kosten lustig machten. Dabei war sie es doch, die bei Johnny in der Bingobongobar nach zwei Flaschen Prosecco die Idee dazu hatte, dass ich Kitty sein sollte und nicht mehr Gitti. „Klingt einfach besser!", hatte sie gesagt.

Zu meiner großen Erleichterung tauchte plötzlich eine weitere Dame der Gesellschaft auf und zog alle Aufmerksamkeit auf sich. Sie war ungefähr im Alter der anderen Weiber und ihnen auch sonst sehr ähnlich. Sie quälte sich ein strahlendes Lächeln in ihr unglückliches Gesicht, weil sie wahrscheinlich selbst wusste, dass ihr Auftritt einer der peinlichsten war, die man auf einem Friedhof jemals gesehen hatte: Sie war grün gekleidet wie Robin Hood, und auf ihrem Kopf trug sie so etwas wie ein grünes Teeblatt.

Aber hallo!

Sie hüpfte herum, als könnte sie gleich abheben, wenn sie nur hoch genug hüpfte, während sie ein Tablett mit Dosen ihres Energydrinks darauf balancierte. Einige schienen sie zu kennen und senkten verschämt den Kopf, als sie an ihnen vorbeihüpfte. Sie drückten dabei mit zwei Fingern ihre Nase zusammen, so wie man das häufig macht, wenn man sich „Heilige Scheiße!" denkt oder „Das gibt es doch nicht, gibt es das wirklich?" Man konnte Sätze hören wie: „Sie ist so peinlich!" oder „Die hat uns gerade noch gefehlt!" Und ich dachte: Verdammt, die ist auch hier?

Ich musste dringend herausfinden, was hier lief, und zupfte Susi am Oberarm: „Hör zu, diese Drinks ... die habe ich gestern schon mal gesehen ..."

Sie war wohl immer noch beleidigt, weil ich ihr Fläschchen leergetrunken hatte, und sagte nur schnippisch: „Ach!“

Ich ärgerte mich so sehr über sie, dass meine Knie plötzlich zitterten und meine Hände anfingen zu schwitzen. Nur noch schwach hörte ich mich stammeln: „Ja, in so einer Flüchtlingsunterkunft hab ich die gesehen ... Wir untersuchen nämlich gerade den Mord an einem ... schwarzen ... Jugendlichen ...“

Da verlor Klara Petzl plötzlich jede Farbe im Gesicht und zog sich vornehm, aber schleunigst zurück, nachdem sie noch „Auf Wiedersehen, Su. Schön, dich gesehen zu haben!“ sagen konnte.

„Same heeeeeere!“, rief Susi, die gerne englisch redete, wenn sie dachte, das könnte gerade passen. Aber es passte natürlich nie.

Als das grüne Teeblatt endlich auch an uns vorbeiflog, wollte ich mir einen Drink schnappen, um mir ein wenig Flüssigkeit zuzuführen. Aber ich bewegte mich zu schnell in ihre Richtung, kam zu ruckartig und unvermittelt aus meiner Starre heraus. Und kaum, dass ich ein paar schnelle Schritte machte, fing alles um mich herum an sich zu drehen. Als ich schon taumelte, hörte ich noch jemanden „Polizei! Alle zurücktreten!“ rufen, und da dachte ich noch kurz: „Verdammt, was ist denn überhaupt los? Meinen die mich?“ Dann wurde mir schwarz vor Augen und ich kippte weg.

18

Als ich wieder zu mir kam, endlich im Schatten eines Baumes, kniete einer über mir, der mir vage bekannt vorkam. Nur dass er jetzt keine Mütze trug, und dass ich es war, die lag, und nicht er. Er hatte seine Zunge in meinem Mund und diesen zufriedenen „Man sieht sich immer zweimal im Leben"-Blick in den Augen. Als ich ihn angewidert wegstieß, rief Susi: „Sie lebt!"

Ich rappelte mich hoch und schrie zurück: „Natürlich lebe ich! Aber verdammt, was will denn der von mir? Gib ihn weg!"

Es war der Friedhofswärter. Und als er langsam aufstand, lächelte er wie einer, der gerade alles richtig gemacht hatte in seinem Leben.

„Dieser Mann hat dir geholfen!", fauchte Susi mich an wie eine Mutter, die ihr undankbares Kind zurechtweist. „Du wärst beinahe gestorben!"

„Ich wäre ganz sicher nicht beinahe gestorben! Und wie könnte der mir helfen? Hat er eine Ausbildung zum Lebensretter oder ist er Totengräber? Ha?"

Ich zog mein Kleid hinunter, sodass man nicht mehr alles sehen konnte, und wischte ein wenig Staub von meinen Schenkeln. Dann suchte ich meine Schuhe und sagte zu dem Arschloch: „Hör zu, ich bin Bulle! Und wenn du nicht sofort von hier verschwindest, dann ..."

Er lief so schnell davon, dass der Tod ihn nicht hätte einholen können. Und als ich mit Susi alleine war, fragte ich: „Wo sind denn überhaupt alle hin verschwunden?"

„Das Begräbnis ist lange zu Ende", jammerte sie. „Und du hast mir meinen guten Ruf versaut. Du bist so peinlich!"

Ich sagte: „Nein, du!"

„Du!“

„Das nimmst du zurück!“

„Niemals!“

Da fiel mir ein: „Hat mich diese Petzl auch so gesehen? Am Boden liegend, meine ich? Und ihr Sohn auch?“

Sie sagte nicht ohne Häme: „Aber natürlich. Du bist doch vor ihnen umgefallen!“

Dann hatte ich also gute Chancen, bald in ihrer Kolumne vorzukommen, in der sie gerne darüber schrieb, wie sehr sie sich unter Kontrolle hatte und wie wenig das bei anderen der Fall war. Gott im Himmel! Warum passierte so was immer mir?

Plötzlich sagte Susi: „Da kam einer von der Staatsanwaltschaft mit ein paar Polizisten. Und weißt du was? Sie haben den Sarg von Seppi wieder aus dem Grab geholt! Kannst du dir vorstellen, warum sie das getan haben?“

Ich war verwirrt, sagte aber nur: „So etwas gehört doch zu einem guten Event, findest du nicht?“

„Ooooch bitte, sag’s mir!“

„Leck mich!“

Natürlich interessierte auch mich, warum der Sarg von Seppi samt Inhalt von der Staatsanwaltschaft beschlagnahmt worden war. Und was das überhaupt für ein Begräbnis war mit all diesen seltsamen Leuten, das interessierte mich auch. Aber ich war nicht in der Stimmung, mich mit Susi darüber zu unterhalten, was mich interessierte, nicht nach allem, was passiert war.

Ich streifte den Staub von meinem Sitzfleisch und ging mit den Schuhen in der Hand wütend zurück zu meinem Wagen. Es hatte sich überhaupt nicht ausgezahlt, dass ich hierhergekommen war! Ich hatte keine Telefonnummern, kein fixiertes Date, und nicht einmal einen Griff an den Arsch konnte ich für mich verbuchen. Dieser Event war eine einzige Enttäuschung!

Susi hechelte hinter mir her. Aber ohne Schuhe an den Füßen hatte ich plötzlich einen guten Drive und ging schneller als jemals zuvor in meinem Leben. Ich genoss es richtig, sie schreien zu hören: „So warte doch, Kitty! Lauf nicht so schnell!“

Ich rief zurück: „Wie heiße ich?“

„Kitty!“

„Sag’s noch mal!“

„Kitty!“

„Lauter!“

„Kitty!“

„Und wie habe ich vorhin geheißen?“

„Ooooch, sei doch nicht so nachtragend!“

„Leck mich! Susa! Leck mich einfach!“

Ich lief immer schneller und war überrascht, wie gut es funktionierte. Doch bevor ich richtig Spaß daran finden konnte, ging mir die Luft aus. Ich keuchte wie ein kaputter Schlauch und schleppte mich mit letzter Kraft zu meinem Benz. Fast hätte mich Susi noch eingeholt, und beinahe wäre ich wieder kollabiert. Wie ein dicker brummender Bär setzte ich mich gerade noch rechtzeitig hinein, bevor meine ehemals beste Freundin sich neben mich setzen konnte, und mit durchdrehenden Reifen fuhr ich weg.

Das war’s mit mir und Events! Aber endgültig!

19

Ich brauchte dringend etwas, um meinen Ärger wegzufuttern. Darum lenkte ich den Wagen zu einem Schnellimbiss, zückte meine Mitgliedskarte, freute mich über die Freude, die man dort mit mir hatte („Oh! Sie kommen aber wirklich gerne zu uns!“), und bedankte mich für den Bonus (Kingsize!). Gleichzeitig nahm ich mir vor, ab morgen richtig mit Laufen anzufangen, denn die zwanzig Meter, die ich auf dem Friedhof gesprintet war, hatten mir Spaß gemacht. Es stimmte, was alle sagten: Man fühlt sich einfach besser, wenn man Sport macht!

Während ich fuhr, futterte ich alles, was ich mir eingeladen hatte, und schimpfte auf die, mit der ich nichts mehr zu tun haben wollte. Und nachdem der erste Hunger gestillt war und der größte Ärger verflogen, hatte ich endlich Zeit, mich ein wenig zu sortieren: Hildi LaChance, über die ich gestern mit Marianne aus dem *African Sunshine* gesprochen hatte, war auf diesem Begräbnis gewesen, dazu die Energydrink-Lady. Nur Ruth war nicht da, und ich fragte mich, ob sie vielleicht Suppe kochte? Oder hatten sie gar nichts miteinander zu tun, und es war alles nur Zufall?

Was mich außerdem grübeln ließ: Die vier schwarzen Sargträger waren alle mit schwarzen T-Shirts bekleidet gewesen, die – wenn man bedachte, dass Hildi LaChance ausschließlich in Schwarz und Weiß arbeitete – vermutlich von ihr stammten! Aber stammten dann die weißen T-Shirts derer, die ich im *African Sunshine* gesehen hatte, auch von ihr?

Und: Was machte Klara Petzl dort? Ihr Name war nicht gefallen, als ich mich mit Marianne über verrückte, unbefriedigte, unglückliche Frauen in meinem Alter unterhielt, die so verzweifelt waren, dass sie vielleicht in einem Flüchtlingsheim nach Liebhabern Ausschau hielten. Und was musste dieser Seppi für ein unfassbar anziehender Typ gewesen sein, dass all diese Frauen bei seinem Begräbnis waren?

Bald hatte ich mehr Fragen als Pommes!

Ich war nicht der Typ, der sich Essen und Getränke über Internet bestellte. Also bog ich dann noch zu einem Supermarkt ab und räumte mir dort den Wagen voll mit Keksrollen, Popcorn, Chips, sauren Gummibärchen und süßen auch; mit Schokolade, mit Nüssen, mit Schokobananen und mit zwei Kartons Energydrinks, allerdings mit einem, der voll mit Zucker war. Zucker würde ich heute noch brauchen, um wieder eins mit mir zu werden und meine schweren Gedanken zu verdrängen. Gedanken daran, dass ich ohnmächtig auf einem Friedhof herumlag, mit einem kurzen Sommerkleidchen am Körper, das mir weiß der Teufel wie weit hinaufgerutscht war und das weiß Gott wem aller Einblick bis wohin auch immer gewährte.

Als ich vom Supermarktparkplatz wegfuhr, aß ich die sauren Gummibärchen und war danach wieder halbwegs im Lot, ich freute mich auf den Rest des Tages und sogar ein bisschen auf Ali und das hochtourige Schnurren seines kurdischen Migrantenmotors, da hörte ich plötzlich komische Geräusche von hinten, wo bei meinem Benz die Maschine war. Und kaum fragte ich mich, was denn das nun wieder soll verdammte Scheiße, da starb der Motor ab. Mein Benz rollte aus, und als er stehen blieb, rauchte es hinten wie nach der Papstwahl. Wenn meine Mutter das sehen könnte, dann würde sie springen vor Freude. Papas Auto war im Arsch, endlich, Hurra! Ihrer Meinung nach sicher die Rache dafür, dass er ein Puff daraus gemacht hatte. Und weil ich nun den Verkehr aufhielt, musste ich mir aus dem Mund anderer Verkehrsteilnehmer, die noch immer nicht glauben konnten, dass eine Frau den Führerschein machen durfte, wütende Worte anhören: „He, du da vorne! Nicht die Nägel lackieren, fahren!!"

Bald klopfte einer an mein Fenster und meinte: „Na? Finden Sie den Schaltknüppel nicht?"

Ein anderer, der ein bisschen freundlicher war, aber nur ein bisschen, versuchte es mit: „Kuppeln Sie mal aus, Schätzchen, dann schieben wir Sie von hinten an!"

Ich hätte schreien wollen, nahm aber dann doch den Gang aus dem Getriebe und ließ mich in eine Parklücke am Straßenrand schieben, und mit weinerlicher Stimme sagte ich sogar: „Danke."

Ich war am Ende, lehnte mich gegen das Lenkrad, umfasste es mit beiden Händen, atmete tief ein und wieder aus, und dann hoffte ich, dass ich nicht wieder einatmen würde. Aber nicht einmal das gelang mir!

Es war einfach nicht mein Tag.

Ich hatte mir nicht vorstellen können, dass ich mal mit vier Einkaufssäcken voll mit Fressalien im Taxi hinter dem Abschleppwagen zweier zwielichtiger Bulgaren herfahren würde, die meinen Benz huckepack nahmen und in eine illegale Tuning-Werkstatt brachten, wo sie ihre eigenen Schlitten für Roadrunner-Fahrten aufmotzten. Aber diese beiden Bulgaren waren meine Kumpels Dejan und Milan, die in einer Seitengasse meiner Wohnstraße ihre Garage betrieben, und ich vertraute ihnen. Dejan und Milan waren meine Jungs für alle Fälle: Wenn mal ein Kerl partout nicht kapierte, was ich ihm sagen wollte („Nein, wir haben nie gesagt, das ist etwas Ernstes mit uns!“), dann konnte ich Dejan und Milan anrufen, und die erklärten es dem Spinner dann noch einmal auf Bulgarisch. Oder ich konnte sie auch anrufen, wenn mir mal so richtig langweilig war, an verregneten Sonntagnachmittagen zum Beispiel, wenn Formel 1 im Fernsehen lief und man es sich auf der Couch gemütlich machen wollte. Es war gut, wenn man neben seiner vermeintlich besten Freundin, die plötzlich Susa hieß und gar keine beste Freundin war, auch zwei echte Freunde hatte, die immer Dejan und Milan heißen würden. Das Wesentliche bei echten Freundschaften war ja, dass es keine Überraschungen gab, nie. Dass alles immer gleich blieb. Darum mochte ich die beiden, ich mochte sie sehr. Und ich liebte den Geruch von Motoröl an ihren starken Männerhänden.

Nach halber Strecke, die ich hinter meinem Benz hergefahren war, sagte ich zum Taxifahrer, dass er nun abbiegen könne. Ich winkte dem Abschleppwagen hinterher und sagte: „Mach’s gut, guter alter Benz, bald sehe ich dich wieder!“

Dann rief ich Ali an und fragte ihn, ob schon ein Kühlschrank geliefert worden sei, was mir im Moment das Wichtigste war, und er sagte: „Ja! Und hör zu: Ein älteres Ehepaar hat vor einer Woche in einer Polizeidienststelle im Dreizehnten Bezirk eine Anzeige erstattet wegen Ruhestörung und Gefährdung der öffentlichen Ordnung auf einer Forststraße in einem Naherholungsgebiet, das, wenn ich mich nicht sehr täusche, jenes Naherholungsgebiet ist, in dem Yaya ermordet wurde, mit exakt jener Forststraße, auf der du mich fast umgebracht hast mit deiner verrückten Fahrweise!“

Ich sagte ihm nicht, dass ich in einem Taxi saß und mir bis auf Weiteres die Hände gebunden waren, was verrückte Fahrweise betraf, sondern fragte nur: „Was hat sie denn so gestört?"

Und er sagte: „Ein schwarzer Geländewagen, in dem vier Schweine saßen."

„Jetzt machst du aber Witze."

„Nein, tu ich nicht. Ich habe bereits mit den beiden telefoniert, und er behauptet steif und fest, er habe vier Schweine in diesem Auto gesehen."

„Auf dieser Forststraße?"

„Ja. Seiner Frau war das natürlich ein wenig peinlich. Sie meinte, ihr Mann könnte auch irgendetwas *in der Art* gesehen haben, und dass es vielleicht Schweinemasken waren, die diese Leute im Auto trugen."

Ich kriegte schon wieder Kopfweh von dem ganzen Gerede, und sein Ehrgeiz und Tatendrang setzten mich allmählich unter Druck. Hatte ich immerhin herausgefunden, wie diese Hildi LaChance wirklich heißt, hatte er schon wieder mit zwei Leuten telefoniert, die einen Wagen voller Schweine gesehen haben. Ich sagte: „Bin gleich bei dir! Und übrigens: Ildy Lacan heißt in Wahrheit Hildi LaChance. Sieh mal nach, was du über sie herausfinden kannst."

Er sagte: „Klingt französisch für mich."

„Ja, aber mit richtigem Namen heißt sie Lachanov."

„Klingt russisch für mich."

„Musst du alles wissen? Geht dir das nicht selber auf die Nerven?"

Der war echt anstrengend!

„Sie hat mal so einen reichen Russen geheiratet selbigen Namens, der so etwas wie die Nummer eins unter den Psychiatern der Stadt ist. Also wenn du mal einen brauchst ..."

„Und warum nennt sie sich LaChance?"

„Weil sie es – und jetzt hör zu – auf das Cover der Vogue schaffen möchte, als Hildi Lachanov aber nie eine Chance hätte, es dorthin zu schaffen. Kennst du die Vogue?"

Er fragte: „Meinst du die französische oder die amerikanische?"

Das war echt frustrierend mit ihm.

Ich nannte dem Fahrer die Adresse meiner Dienststelle, und dann kriegte der meine schlechte Laune volle Breitseite ab, denn ich sprach kein Wort mit ihm, während ich aß. Dabei war er Typ geselliger Opa aus einem Beduinenzelt, der einem viel über das Leben erzählen könnte, wenn man ihn fragen würde, worauf er wartete, was ich aber nicht tat. Und seine dunklen Augen waren ganz Güte, sein Lächeln unfassbar sanft und sein ganzes Wesen nachsichtig. Sonst schauten mich diese Typen ja immer an, als wäre ich ein Kamel, das man darauf prüfen muss, ob es genug Milch gibt und nicht zu viel Wasser säuft. Aber der? Was war mit dem los? Schaute nur nach vorne auf die Straße und drehte den Rückspiegel nicht so, dass er mir auf die Titten starren konnte.

Ich war unzufrieden mit ihm, und noch mehr mit mir. Ich hasste mich vor allem dafür, dass ich dumme Kuh schon so früh die falsche Entscheidung für die falsche beste Freundin getroffen hatte. Aber nun, da ich nicht selbst fahren musste, hatte ich endlich mal genug Zeit, ihr meine Meinung zu texten. Ich fing an mit: *Ich will dich nie wieder sehen, du SUSA!*

Ich hatte noch kaum auf „Senden" gedrückt, da kam es schon zurück: *Ich dich auch nicht, du GITTI!*

Ich schrie: „Na warte, du Schlange!"

Und textete: *Auch nichts mehr mit dir reden!*

Ich auch nicht mit dir!
Nie wieder!
Na klar nie wieder!!
Auch nicht mehr texten!
Same heeeere!

Was mich am meisten nervte an meiner ehemals besten Freundin: dass sie nie eigene Ideen hatte! Wenn ich nicht mehr mit ihr reden wollte, dann wollte sie auch nicht. Wenn ich einen Kerl wollte, dann wollte sie ihn auch. Ich musste also eines klarstellen, damit die Sache auch in Würde zu Ende gebracht werden konnte: *Ich hab's zuerst gesagt!*

Nun wartete ich, dass etwas zurückkommen würde, aber es kam nichts mehr. Nicht nach einer Minute, nicht nach zwei, und auch nicht nach fünf. Erst wurde ich ungeduldig, dann unsicher, dann ängstlich. War es das? War es das wirklich? Hatte ich sie erledigt? Und wenn ja: Wollte ich das? Ich warf mein Telefon wütend in die Handtasche und schrie: „Diese Schlange rufe ich sicher nie wieder an!"

Da mischte sich der Gütige doch noch ein: „Ist das nicht ein bisschen unreif?"

Der konnte aber gut Deutsch! Ich schrie ihn an: „Was geht Sie das an? Und wieso unreif?"

Er hatte natürlich alles mitgehört und auch verstanden, was ich da für ein Problem hatte, und nun meinte er: „Wenn Sie sich mit Ihrer Freundin versöhnen wollen, dann müssen Sie vielleicht den ersten Schritt tun?"

„Ich will mich aber nicht mit ihr versöhnen! Und wie kommen Sie überhaupt dazu, sich da einzumischen?"

Wieder lächelte er milde, und ich kam mir langsam blöde vor, weil der so milde war und ich so wütend. Was, wenn er Recht hatte und mehr vom Leben wusste als ich? Er machte mich ganz unsicher, und beinahe schämte ich mich für meine Wut. Ich überlegte ernsthaft, den ersten Schritt zu machen, was ich noch nie getan hatte. Wollte mich auf den Weg machen, ein reifer, vernünftiger Mensch zu werden. Als ich aber gerade eine Entschuldigung nachtexten und mich mit Susi für einen *Tut mir leid! War nicht so gemeint!*-Drink heute Abend bei Johnny verabreden wollte, da kam ihre Antwort: *Und ich hab's mir schon lange gedacht!*

Er wusste gar nichts vom Leben! Und schon gar nichts von besten Freundinnen!

20

„Oh, là, là!“

„Aber hallo!“

„Na sieh mal einer an!“

„Wer ist denn das? Ist das die Muhr?“

„Schon was vor heute Abend?“

Ich war nach diesem „Event“ für den Anlass „Arbeit“ eigentlich völlig unpassend gekleidet, aber wie sich herausstellte, kam gerade mein Kleid und alles, was darin steckte, hier sehr gut an. Besonders oft hörte ich: „Geiler Arsch!“

Es waren die richtigen Worte, aber sie kamen aus den falschen Mündern. Aus denen meiner Kollegen nämlich, die noch nie etwas Nettes über mich gesagt hatten. Also ich durchwegs: „Arschloch!“ Und schlich in unser Büro, wo mich Ali bereits erwartete.

Ich war froh, dass er alleine war. Während der Taxifahrt mit dem zugewanderten Bartträger und Knoblauchfreund hatte ich mir nämlich plötzlich Gedanken darüber gemacht, was wäre, wenn? Was wäre, wenn er auf die Idee kommen würde, mal seine ganze Familie mitzuschleppen, samt engerer Verwandtschaft und eigenem Wochenmarkt, weil die Familie bei ihnen ja über alles ging?

Okay, das war meine geringere Angst. Meine viel größere war, dass meine Mutter bei ihm sein könnte.

Die Luft stand wie gemeißelt in unserem Büro, und schön langsam machte sich der starke Zwiebel- und Kebabgeruch, der Ali an seiner Kleidung haftete, im ganzen Raum bemerkbar, daran konnten auch seine tadellos weißen Zähne nichts ändern. Das war jetzt nichts Persönliches, aber wenn man mit so einem in einem Raum zusammenarbeitete, dann roch es nun mal nach Zwiebeln! Ich sagte: „Verdammt, geht's mir schlecht! Dreh sofort dieses Gedüdel ab! Wo kommt denn das überhaupt her?"

Der Kerl hatte sich gestern bei meiner Mutter so daneben benommen, dass ich ihn an den Ohren zurück nach Kurdistan ziehen wollte. Aber da ich gerade noch ohnmächtig vor Klara Petzl gelegen war, fehlte mir nun die Kraft dafür, also lagerte ich meine Streitlust auf die Nebenfront „Musik" aus. Ali deutete stolz auf seinen alten CD-Player in der Ecke, den er mal von einer Flüchtlingsorganisation geschenkt bekommen haben musste, und neben dem stapelten sich an die fünfzig CDs voll mit Singsang und Gejammere aus seiner Heimat, die man dort wahrscheinlich zur Folter einsetzte, jedenfalls war das viele Schmalz und Wehklagen für meine Ohren nicht auszuhalten. Ich schätze mal, dass es bei all diesen Liedern um Heimweh und karge Berglandschaften, die man nie wiedersehen würde, ging, oder um zurückgelassene Ziegen, die man ebenso nie wiedersah. Dabei ging mir nicht nur der Gesang auf die Nerven, sondern vor allem so ein verdammtes Flöteninstrument.

„Das ist die kurdische Ney, die du da dominierend heraushörst", sagte Ali stolz, als ich ihn danach fragte. „Ich liebe ihren Klang."

„Und ich nicht!", sagte ich. „Also gib sie weg, ich will mir das nicht anhören!"

„Du bist nicht sonderlich offen für andere Kulturen, was?"

„Doch. Aber nicht für deine!"

Er blieb ruhig und milde wie der Taxifahrer vorhin und sagte: „Weißt du was, Kitty? Ich habe heute auch schon viel nachgedacht über dich und mich, denn auch ich mache mir natürlich Gedanken darüber, wie das die nächsten Jahre mit uns laufen soll. Ich habe ja einige Erfahrung im Umgang mit Leuten, die Anger-Management-Kurse besucht haben, und ich kann mir gut vorstellen, dass dir so etwas helfen würde."

„Du kannst dir kein langes Leben wünschen, wenn du so viel Scheiße redest, oder?"

„Ich meine, ich kann viel von der negativen Energie, die von dir ausgeht, abfangen, aber bei weitem nicht alles. Irgendwann wird es schwierig werden zwischen uns. Und dann kommt es womöglich zu richtigen Problemen."

Ich sagte: „Hauptsache, du drehst den Scheiß ab."

„Aber warum?"

„Weil ich davon Kopfweh kriege. Und weil es mir nicht gefällt!"

„Geht es hier darum, was dir gefällt?"

„Ich finde schon, dass wir uns hier auf ein paar wesentliche Sachen einigen müssen. Wichtigster Punkt: Mir muss gefallen, was du hier anschleppst! Apropos: Ist der Kühlschrank von dir? Der gefällt mir."

Da in der Ecke stand nämlich einer, sogar mit Gefrierfach, aber Ali sagte: „Der stand da schon, als ich heute sehr früh am Morgen kam."

Sehr früh am Morgen also.

Mein Anruf samt Streikdrohung hatte genügt, um in diesem Laden etwas anzuschieben. Ich nahm mir vor, diese Methode in Zukunft öfter anzuwenden, wenn ich etwas erreichen wollte, und notfalls sogar damit zu drohen, die Luft anzuhalten, wenn ich nicht bekam, was ich wollte.

„Fehlen eigentlich nur noch die Aschenbecher!"

Ali seufzte, bevor er grundsätzlich wurde, beinahe ein bisschen familienoberhauptmäßig. Als wäre ich um zweiundzwanzig Uhr nach Hause gekommen, obwohl einundzwanzig Uhr ausgemacht war: „Wo warst du eigentlich?"

Ich sagte: „Das ist eine Frage zu viel für einen echten Gentleman, und es geht dich einen Scheißdreck an, wo ich war. Aber ich will's dir ausnahmsweise verraten: Ich war auf einem Event! Weißt du, was ein Event ist?"

„Und von dort kommst du zurück mit vier Säcken voll mit Zeug, das eine billige sechzehnjährige Blondine auf eine billige Party mitnehmen würde?"

Mein schönes Kleid fiel ihm nicht auf.

„Du hast keine Ahnung von billigen Blondinen, Ali, und du hast erst recht keine Ahnung von billigen Partys. Ich hingegen möchte noch ein bisschen Spaß haben in meinem Leben, und das wird nicht funktionieren, solange diese Musik läuft. Dreh sie ab!"

„Nein."

Ich verschränkte die Arme vor meiner Brust und hielt die Luft an, bis ich dunkelrot im Gesicht wurde, dann drehte er sie ab.

Nachdem die Sternchen aus meinem Blickfeld verschwunden waren, stand ich auf und ging mit elegantem Hüftschwung zum Kühlschrank, nicht in Trippelschrittchen, sondern in großen, und schob rein, was von mir war. Um keine Missverständnisse aufkommen zu lassen, sagte ich: „Oben gehört mir, und unten gehört dir. Wir teilen uns diesen Kühlschrank wie in einer Wohngemeinschaft, in der eine Wienerin mit einem Kurden zusammenwohnt: Sekt oben, Schafskäse unten."

Der lag da nämlich schon drinnen, und weißes cremiges Joghurt stand auch dabei. Das war seine Jause, die ihm Mutti heute mitgegeben hatte. Ich steckte einen Finger in den Topf und leckte ihn ab. Der Anblick meines Fingers im Mund, beschmiert mit weißer Soße, entschädigte ihn für meine Unhöflichkeiten, das sah ich in seinem Blick. Während ich mir dann den Rest seiner Jause anschaute, zeigte ich ihm meinen Arsch und wackelte damit, und dabei überkam es mich tatsächlich: Ich spürte plötzlich so etwas wie erotische Spannung zwischen uns beiden, und das schon am zweiten Tag! Zwar war es die erotische Spannung, die man im Kindergarten spürte, wenn man den anderen vom Topf runterstieß, aber es war erotische Spannung. Und ich musste kurz echt daran denken, wie es wohl wäre, wenn er langsam näher käme, mein Kleid hochschieben und mich fingern würde wie eine Bowlingkugel. Oder Sachen mit mir anstellen, die man bei ihnen zu Hause, wie man hörte, nur mit Ziegen machte! Schon war ich nahe dran, ihn mit einem zickleinmäßigen „Määääääh!" zu locken, als er die erotische Spannung zwischen uns beiden zerstörte und mich fragte: „Woran denkst du?" Das war die Frage aller Fragen, nur dass sie bisher noch nie von einem Mann gestellt worden war. Was für ein Idiot! Ich schlug die Kühlschranktüre zu, richtete mich auf und sagte: „Das war gerade deine große Chance, Ali."

„Meine große Chance worauf?"

„Auf mich!"

Als ich mit einem Sack Chips und zwei Energydrinks in der Hand zum Tisch zurückwackelte, stand er auf, schob mir den Sessel zurecht und bot mir den Platz an, als wären wir am Opernball. Dann verschränkte er seine Greifwerkzeuge hinter dem Rücken und machte keine Anstalten, mir von hinten an die Titten zu fassen. An den musste ich mich wirklich erst gewöhnen!

Natürlich wollte man nicht von jedem begrapscht werden. Aber nicht begrapscht zu werden, nicht einmal in Gefahr zu sein, begrapscht zu werden, das war auch kein gutes Gefühl. Man fragte sich dann ja: Gibt es Gründe?

Bevor ich darüber richtig ins Grübeln kam, brachte er unser Gespräch auf eine professionelle Ebene: „Der Wagen mit den Schweinen: Ein altes Ehepaar hat ihn gesehen. Sie waren letzte Woche, am Dienstag den 2. Juni nachmittags, zum Wandern in dieser Gegend, in der Yaya gefunden wurde. Seit ungefähr dieser Zeit ist er laut Obduktionsbericht tot. Die beiden Zeugen gingen die Forststraße, auf der du mich beinahe an einen Baum gefahren hättest, zurück in Richtung Stadt, als sie von einem schwarzen Geländewagen überholt wurden. Nach ihrer Aussage hörten sie zunächst sehr laute Musik aus diesem Wagen, der dann langsam an ihnen vorbeifuhr. Das war der eigentliche Inhalt ihrer Anzeige – ungebührlicher Lärm im Naturschutzgebiet. Sie versuchten sogar, mir am Telefon zu vermitteln, wie sich die Musik angehört hat, hör zu: Ratatatatatatata. Nach dieser Beschreibung würde ich sagen: Hardrock."

Ich sagte: „Sehe ich auch so. Hardrock ist etwas anderes als deine Ney."

„Jaja, schon gut. Aber pass auf, der Text, den sie aufgeschnappt haben, wird dir nicht so gefallen: Nigger raus aus unserm Land!"

Ich sagte: „Hört sich fremdenfeindlich an."

„Ist deutscher Nazirock. Wenn ich diese Textzeilen im Internet eingebe, dann gehören sie zum Liedgut einer einschlägigen deutschen Band namens Landser, der Text geht so:

Gestern durften sie noch auf Plantagen schuften
heute riechen sie nach teuren Duften
gestern gab's die Peitsche fürs Aufmucken
heute dürfen sie frech weiße Frauen angucken."

Er spielte es mir auf seinem Tablet vor, es klang schrecklich. Ali sagte: „Wer sich so etwas anhört, teilt vermutlich die Inhalte dieser Musik.“

„Was ich immer sage: Das Internet ist keine gute Erfindung, außer für Leute wie dich, die sich dort Pornos anschauen. Apropos: Was ist mit den Schweinen im Auto?“

„Die haben den Text mitgegrölt, als sie an ihnen vorbeifuhren.“

„Singende Schweine also?“

„Menschliche Schweine mit Schweinemasken, würde ich sagen. Und noch etwas: An der Rückseite des Wagens sahen die beiden einen Kleber, auf dem ein Vogel zu sehen war, so eine Art Adler, sagten sie, der abhebt. Und darunter ein paar Buchstaben, von denen die Frau behauptete, es könnte WAS geheißen haben.“

„Aha.“

„Nun habe ich mir im Internet das Logo der Schule angesehen, von der dieser Matthias ein Shirt trug, als wir im *African Sunshine* waren, du erinnerst dich: Vorne ein Adler, der seine Schwingen ausbreitet – freier Geist und so –, und hinten stand WAPS. Wiener Alternative Privatschule.“

„Du meinst, da gibt es einen Zusammenhang?“

„Meinst du nicht?“, fragte er plötzlich unsicher.

Ich sagte: „Doch, Ali! Andererseits: WAS ist nicht WAPS, das musst du immer bedenken, wenn du Beweise sammelst.“ Zündete mir eine Zigarette an und atmete kräftig durch. Seine viele Rederei, sein Ehrgeiz, sein Eifer machten mich echt wahnsinnig. Ich kramte in meiner Tasche nach den Parkemed 500 und warf mir eine ein. Dann sagte ich: „Gibt es keinen Gemüsestand, hinter dem du arbeiten kannst? Lass es mal ein bisschen ruhiger angehen! Ich habe noch nicht mal Kaffee getrunken heute!"

Ali ging zu seiner Amnesty-Umhängetasche und holte eine Doppelherdplatte heraus, steckte sie an und drehte sie auf. Dann kramte er sein Kurdischer-Kaffee-Equipment hervor, füllte sein Kännchen mit Kaffee, gab Wasser dazu, stellte es auf die Herdplatte und wartete, bis es brodelte. Ich dachte währenddessen daran, wo ich hier die Bar aufstellen könnte und womit ich sie bestücken sollte.

„Magst du kurdischen Kaffee, Kitty?", fragte er, und ich sagte: „Nein!"

„Schon mal probiert?"

„Nein!"

„Warum nicht?"

„Ich probiere nichts, was ich nicht mag."

„Wie kannst du wissen, was du nicht magst, wenn du es nicht probierst?"

„Erfahrung! Ich muss auch keinen Energydrink mit grünem Tee probieren, um zu wissen, dass er nicht gut schmeckt."

Sollte ich ihm erzählen, dass ich gerade auf einem Begräbnis war, wo mir die Energydrink-Tante im Froschkostüm begegnet war? Und wo diese Hildi La-Chance in tiefer Trauer über ein verstorbenes Male-Model ihr Gesicht hinter ihrer Brille verborgen hatte? Alles interessante Nachrichten. Mit dem einen Nachteil, dass ich dort in Ohnmacht gefallen war und unter keinen Umständen wollte, dass jemand davon erfuhr, schon gar nicht ein *Kollege*. Also lieber nicht zu viel darüber reden!

„Ich muss also auch keinen türkischen ..."

„... kurdischen ..."

„... Kaffee probieren, um zu wissen, dass er mir nicht schmeckt."

„Du bist sehr reduziert in deiner Welt. Du wärst aufgeschmissen, wenn du flüchten müsstest."

„Darum flüchte ich ja nicht!"

Er lächelte nachsichtig wie ein Sozialarbeiter, der es mit einem besonders störrischen Arbeitslosen zu tun hatte, goss die Brühe in zwei kleine Gläser und stellte eines vor mich hin. Ich zuckte die Schultern – Na was soll's! –, zündete mir noch eine Zigarette an und sagte: „Zucker!"

Er stellte den Zuckerpott auf den Tisch, und ich löffelte hinein, während er ein paar ausgedruckte Fotos nahm und an die Wand pinnte. Wobei mir einige Gesichter bekannt vorkamen:

„Dieser Energydrink wird von einer Firma namens *Up!-Productions GmbH* hergestellt, sie gehört Herrn und Frau Tschirner, wohnhaft in Wien XIII. Die Telefonnummer liegt auf dem Tisch."

Ich dachte: So sieht die also aus, wenn sie kein grünes Teeblatt auf ihrem Kopf hat!

Und fragte: „Was soll ich mit der Nummer?"

„Wir müssen doch das Umfeld dieser Herberge prüfen! Die Mütter, die dort hinkommen! Väter, die unbegleitete Jugendliche zum Fußballtraining einladen, wie du sagtest. Hast du andere Anhaltspunkte?"

„Ich habe Kopfschmerzen!"

Nahm seinen Zettel mit der Nummer der Tschirners, wählte sie und hörte: „Tschirner?"

Es war Herr Tschirner, nicht Frau Tschirner.

„Hier spricht Kitty Muhr von der Kriminalpolizei. Wir würden gerne mal mit Ihnen reden."

Herr Tschirner schwieg. Das taten die meisten, wenn sie hörten, wer anrief. Aber die meisten redeten dann doch irgendwann. So war das auch bei Herrn Tschirner. Er wollte wissen: „Worüber denn?"

Dabei klang er ein wenig unsicher. Nicht wie einer, der sich bis obenhin angefüllt hatte mit Energie. Auch nicht so, als würde er den ganzen Tag grünen Tee trinken. Er lallte ganz leicht, wenn er redete, und ich konnte seinen schlechten Alkoholikeratem beinahe riechen.

Also verstärkte ich seine Unsicherheit noch, indem ich vage blieb: „Das sagen wir Ihnen lieber persönlich. Wann und wo können wir Sie besuchen?"

Er zögerte wieder, druckste herum, als hätte er gerade keinen Termin frei, als wüsste er echt nicht, wann er sich für uns was freischaufeln könnte. Ich kannte das, also half ich ihm auf die Sprünge und sagte: „Wissen Sie was, wir kürzen das Ganze ab und kommen einfach in einer Stunde vorbei. Sagen Sie mir, wo?"

Nun tat er so, als wüsste er gerade nicht genau, wo er wohnt!

Als ich ihm versicherte, dass wir ihn schon finden würden, weil wir früher oder später alle fanden, die wir suchten, rückte er doch noch heraus mit seiner Adresse. Ich schrieb alles auf einen Zettel und gab ihn an Ali weiter, dann sagte ich: „Bis später, Herr Tschirner. Tschüüühü."

„Tschüüühü" sagte ich nur zu Leuten, die ich nicht leiden konnte, und diesen Tschirner konnte ich schon jetzt nicht leiden.

Ali tippte die Info in sein kluges Tablet, und als ich auflegte, hatte er bereits eine Neuigkeit für mich: „Das soll seine Adresse sein? Das ist ein Fußballplatz im Dreizehnten Bezirk!"

„Dann wohnt er halt auf einem Fußballplatz im Dreizehnten Bezirk, Ali! Du musst das Positive daran sehen: Endlich Fußball! Freust du dich nicht?"

„Ich bin nicht der Fußball-Typ, wie du weißt, das ist mir zu primitiv. Aber erstens fällt mir auf: Schon wieder Dreizehnter Bezirk. Und zweitens: Erinnerst du dich an die Schuhe, die Yaya trug?"

„Die Abrahamirgendwas?"

„Ibrahimovic."

„Ali, beruhige dich. Nur weil jemand Fußballschuhe trug, als er starb, heißt das doch noch lange nicht, dass einer, der auf einem Fußballplatz wohnt, etwas mit seinem Tod zu tun haben muss. Und nur weil jemand einen Energydrink ... Ach! Hast du sonst noch was?"

Er stierte in seinen Laptop hinein, tippte herum und versuchte, mich in sein vernetztes Leben miteinzubeziehen: „Ich habe WLAN für dich eingerichtet mit einem privaten Zugang, für den du ein Passwort festlegen musst, und einem gemeinsamen für uns beide, für den das Passwort KittyAliTogetherStrong lautet, wobei du die Groß- und Kleinschreibung beachten musst ..."

„... das müssen wir vor allem ändern!"

„Warum?"

„Es gefällt mir nicht!"

„Dann schlag du was vor!"

„1 2 3 4."

„Das kann doch jeder sofort knacken!"

„Aber es gefällt mir!"

Er schüttelte verzweifelt den Kopf. Botschaft des Kopfschüttelns: Digital Native an Kitty Muhr – das wird nichts mehr mit dir!

Dann sagte er resigniert: „Du kannst auf deinem Rechner jedenfalls alles sehen, was ich dir zeige."

Ich sagte: „Au ja, zeig's mir!" Drehte den Bildschirm in meine Richtung und verfolgte, was er mir zeigte. Ein Foto von Frau Tschirner war das Erste, was ich zu sehen bekam: „Sie ist im Vorstand dieser Privatschule, die im Dreizehnten Bezirk inmitten einer weitläufigen Parkanlage liegt."

Und dann ging es los, ein Foto nach dem anderen: „Matthias im *African Sunshine* trug das Shirt dieser Schule, mit vollem Namen heißt er Matthias Felber. Er geht dort in die 7A, ist also siebzehn Jahre alt. Du findest ihn auf dem Klassenfoto unter dem Stichwort *Klassenfotos*. Seine Mutter heißt Ruth Felber, du findest sie unter dem Stichwort *Elternvereinsstellvertreter*. Der schwarze Geländewagen, der vor der NGO parkte und von einem Gegenstand demoliert wurde, mutmaßlich einem Skateboard, mutmaßlich dem ihres Sohnes Matthias, ist auf ihren Mann Walter Felber zugelassen. Alle wohnhaft ebenfalls in Wien XIII. Ich sage noch einmal deutlich: Schwarzer Geländewagen."

Ich fragte: „Stichwort *Schwarzer Geländewagen*?"

„Wenn du schon fragst: Ich habe tatsächlich einen Ordner angelegt, der so heißt."

„Gefällt mir!"

„Der Sohn dieser Tschirners geht auch in diese Schule. Er heißt Noah Tschirner und besucht die gleiche Klasse wie Matthias, ist also auch siebzehn Jahre alt, und die Tschirners sind alle ebenfalls wohnhaft in Wien XIII."

Ich hob den Zeigefinger und sagte: „Herr Tschirner aber auf einem Fußballplatz!"

„Alle diese Adressen befinden sich im Westen der Stadt, nicht in unmittelbarer Nähe des Naherholungsgebietes, aber doch angrenzend. Die Schule wird über Jahresbeiträge sowie Sponsoren finanziert, einer der gelisteten Geldgeber ist diese *Up!-Productions GmbH*. Irgendwie läuft bei dieser Schule alles zusammen, was meinst du?"

„Na ja", sagte ich. „Kann man so sehen."

Diese Ruth erkannte ich auf dem Foto sofort wieder, obwohl es viele Jahre alt sein musste, und es war auch damals nicht ihr bestes. Gute Fotos waren bei der aber wahrscheinlich ohnehin Mangelware. Es gab allerdings noch genug andere Fotos, die mich mehr interessierten als die von dieser Ruth. Und eines war dabei, das mich besonders interessierte: Ich erkannte darauf Klara Petzl, die ich gerade vorhin noch in live gesehen hatte.

Als ich das Foto auf dem Bildschirm anklickte, poppte es auch auf Alis Bildschirm auf, und er sagte: „Das ist Klara Petzl. Sie ist in dieser Schule Elternvereinssprecherin. Kennst du sie? Ich liebe ihre Kolumnen ..."

Er liebte ihre Kolumnen?

Ich fragte: „Du liest diesen Scheiß?"

„Das ist bei Allah kein Scheiß! Du solltest dir vielmehr ein Beispiel an ihr nehmen, an ihrem klaren, strukturierten Verstand. Glaube mir: Jeder Mann will eine Frau wie Klara Petzl haben."

„Das Problem mit dir ist, dass du kein Mann bist."

„Du verletzt mich nicht mit solch primitiven Aussagen."

„Ali! Willst du wirklich ein Haus auf dem Land mit kleinem Kräutergarten und gezüchteten Tomaten, und die Frau kniet dort und wühlt mit ihren Händen in der Erde? Und vielleicht noch ein paar Schafe dazu?"

„Ja."

„Und am Abend häkelt sie dir was?"

„Ja. Diese Klara, sie ist ... wie meine Mutter. Und meine Mutter ... sie ist perfekt. So wie deine ..."

„Igitt, jetzt hörst du aber sofort auf damit!"

Das wurde ja immer besser mit dem.

Während er an seine Schafe und Tomaten dachte, und an seine Mutter und diese Petzl, die mich heute umfallen gesehen hatte, rieb ich mir nervös die Hände. Wo verdammtnochmal war ich da hineingeraten, als ich auf diesem Begräbnis war? Und wer war dieser Seppi? Und warum waren alle wegen ihm dort?

Ali fragte: „Was ist mit dir?"

Nichts war mit mir. Ich stellte mir nur vor, dass ich mit dieser Petzl vielleicht, obwohl im Moment nichts dafür sprach, irgendwann über den Tod von Yaya Kioté sprechen müsste, und vielleicht mit ihrem Sohn auch. Und sie mich dann vielleicht neben Ali darauf ansprach, wie ich vor ihr umgefallen war und sie und ihr Sohn unter mein Kleid geschaut haben. Wie peinlich. Und als Draufgabe: „Wir war noch mal Ihr Name? Gitti? Hihi."

Ich sagte: „Wir kennen uns nun bereits seit zwei Tagen, Ali. Da sollte dir aufgefallen sein, dass mein Leben alles andere als gelungen ist. Ich habe also allen Grund, diese Frau nicht zu mögen, verstehst du das?"

„Ah, du empfindest Neid auf ihr gelungenes Leben?"

„Ich empfinde Abscheu für ihr gelungenes Leben und für sie insgesamt, aber besonders für ihr gelungenes Leben! Kann man hier Suchbegriffe eingeben?"

„Gelungenes Leben?"

„Petzl!"

Der Suchbegriff Petzl spuckte drei Ergebnisse aus: Die Mutterkuh Petzl selbst. Dann ihre Tochter, die Luzie hieß. Und – Überraschung! – ihren Sohn mit Namen Oliver. Das Porträtfoto, das man hier von ihm finden konnte, musste bearbeitet worden sein, denn so sah er nicht aus. Zu Ali sagte ich: „Ich zeig dir jetzt mal was." Als ich das Foto anklickte, poppte es über den ganzen Bildschirm auf, und man sah nicht mehr nur sein Gesicht, sondern alles ab Hosengürtel aufwärts. Da lief auch meinem Ali der kalte Schauer über den Rücken, obwohl es wirklich verdammt heiß war in unserem neuen Büro, und er sagte: „Was ist denn verdammtnochmal mit dem los? Hat der keine Hände?"

Mir gefiel, dass er endlich mal die Nerven wegwarf. Ich hingegen hatte das alles schon gesehen, darum blieb ich cool und fragte nur: „Was meinst du wohl, wie sich der einen runterholt? Vorsicht: Fangfrage!"

Ali war empört: „Denkst du denn an gar nichts anderes?"

„Um diese Jahreszeit nicht so oft. Ich sag dir eins: Die meisten Männer sind ja Rechtshänder. Ich kenne persönlich keine zwei, die das mit links können, und ich kenne wirklich viele. Wie sieht es da bei euch Kurden aus?"

Er fragte erstaunt: „Du kennst zwei, die das mit links können?"

„Keine zwei, hab ich gesagt. Er heißt Mike und ist Surfer aus Australien, er war mal auf der Durchreise hier und ich kam mit ihm in der Bingobongobar ins Reden. Er hatte einen Pferdeschwanz und eine Glatze ..."

„Na was jetzt?"

„Beides! Weißt du übrigens, dass sich dort unten das Spülwasser andersrum dreht?"

„Das wusste ich nicht!"

Innerlich jubilierte ich. Endlich wusste ich mal was, was er nicht wusste.

21

Wir nahmen ein Taxi und fuhren darin in Richtung dieses Fußballplatzes, schon wieder Dreizehnter Bezirk, schon wieder im Westen der Stadt. Wenn ich nicht selbst fuhr, dann war ich immer ein bisschen nervös im Auto, wollte rauchen oder mir die Nägel beißen, aber beides war in Taxis neuerdings verboten. Außerdem hatte ich den Fehler gemacht, mich zusammen mit Ali auf die Rückbank zu setzen anstatt nach vorne neben den Fahrer. Mit seiner entspannten Ruhe machte mich Ali noch unruhiger, ihm schien es überhaupt nichts auszumachen, wenn geschwiegen wurde, während ich Schweigen einfach nicht ertrug. Er war der Typ, der dachte, wenn alle schwiegen. Ich war der Typ, der wahnsinnig wurde, wenn alle schwiegen. Nicht einmal der tschetschenische Taxifahrer mit Vollbart redete! Und nun dachte ich plötzlich: Vielleicht war er ja an Schweigen gewöhnt, seit er mal in einem Gefängnis gesessen war? Ich merkte, dass es funktionierte: zu denken, wenn alle schweigen. Da läutete Alis Telefon und er meinte entschuldigend zu mir: „Unbekannte Nummer." So, als würde seine Geliebte anrufen, während er gerade mit seiner langjährigen Gemahlin im Taxi saß. Ich sagte: „Mir scheißegal, wer dich anruft. Geh einfach ran, dann ist es hier nicht so verdammt ruhig. Ich ertrage das nämlich nicht, wenn es so ruhig ist."

Ali nahm den Anruf entgegen und sagte betont sachlich: „Ali Khan Kurtalan, wer spricht bitte?" Und dann plötzlich, als wäre die Sonne aufgegangen, rief er: „Ja, hallo Eeeeelfi!" Dabei grinste er über sein ganzes Gesicht, legte locker lässig seinen rechten Arm hinter meinen Kopf auf die Sitzbank und machte die Beine breit, als wolle er sich gleich einen runterholen. Dann hörte er interessiert zu.

Nun war es so: Ich kannte in meinem Leben nur eine Frau, die Elfi hieß, und das war meine Mutter. Nun konnte ich mir auch nur schwer vorstellen, dass auch Ali eine Frau kannte, die Elfi hieß, aber möglich war es immerhin, möglich war alles.

Die Elfi allerdings, die ich kannte und die meine Mutter war, hatte uns gestern, als wir sie zum Essen besuchten, umfassend bedient beziehungsweise hatte sie uns sogar „verwöhnt", wie sie das immer nannte, wenn jemand zu ihr zum Essen kam. Und mir war natürlich schon während unseres Besuches negativ aufgefallen, wie gut die beiden sich verstanden, die ganze Zeit ging es: Kicher, kicher. Und: Hihi. Huhu. Ihre Konversation war ein einziges Smiley-Pingpong, inklusive geröteter Wangen am Anfang. Je länger das Essen dauerte, desto unbefangener war sie aber um ihn herumgeschwänzelt wie um einen arabischen Prinzen, oder um einen Ölscheich aus der Gegend dort unten. Es war richtig peinlich, aber wenn sie mal in Fahrt war, dann hielt sie nichts mehr zurück, schon gar nicht meine bösen Blicke, die stachelten sie im Gegenteil nur an. Bereits nach der Suppe (Originalton Ali Khan Kurtalan: „Oh, Erbsensuppe! Ich liebe Erbsensuppe! Was für eine hervorragende Erbsensuppe! Kann ich noch Erbsensuppe?") bot sie ihm das Du-Wort an, und dieses Naturtalent „Idealer Schwiegersohn" machte natürlich alles richtig: Er zierte sich zunächst ein wenig, tat so, als wäre das zu viel der Ehre, um dann aber natürlich dankend und untertänigst anzunehmen, mit dem Ausdruck größter Freude, dazu doppelt und dreifach geschmeichelt, außerdem geschüttelt und gerührt.

Und wie sie dann immer „Aliiiii“ zu ihm sagte!

Und er zu ihr „Eeeeelfi!“

Als wäre er ihr kleines französisches Schoßhündchen mit ganz viel -iiii hintendran, das sie hochpäppeln musste, weil es noch so klein war. „Aliiiii!“ Immer wieder sagte ich zu den beiden: „Er heißt Ali, Mama, nicht Aliiiiii. Und sie heißt Elfi, wenn du sie schon duzen musst, und nicht Eeeeelfi!“ Aber sie beide lebten bereits in ihrer eigenen Welt und sagten es immer wieder: „Aliiiii! – Eeeeelfi!“ Als könnte sie vor Aufregung nicht richtig reden. Und er tat so, als könnte er nicht richtig hören.

Kurz hoffte ich noch, sie würde ihn für sich begeistern wollen, um ihn für mich einzunehmen. So in der Art: Sieh mal, Aliiiiii, deine zukünftige Schwiegermutter ist alles andere als verabscheuungswürdig.

Aber dann, während des Hauptgangs, zu dem sie Kalbsschnitzel servierte, kapierte ich langsam, dass sie ihn für sich selbst einnehmen wollte. Dass sie sich an ihn heranmachte! Und dass es für mich bald keine Nachspeise mehr geben würde, wenn das so weiterging. Sie war neunundfünfzig und hatte mehr Sex als ich! Das zuzugeben fällt mir nicht leicht, aber es nützt auch nichts, sich gegen diese Tatsache zu wehren.

Bevor sie übereinander herfielen, beendete ich unseren Besuch überstürzt und brachte nicht einmal die Teller in die Küche, damit sie auch sehen konnte, wie sehr mir ihr Verhalten sauer aufstieß, sehr zum Bedauern der beiden Turteltäubchen, die wohl noch den ganzen Nachmittag mit kicher, kicher, hihi und huhu hätten verbringen können. Bis zum Abendessen, für das sie schon gemeinsam planten. „Ich kann Couscous dazu machen!“, hatte er auf ihren Vorschlag, eine Rindsroulade für ihn zu zaubern, geantwortet.

Und nun hörte ich wieder „Eeeeelfi", und wie er „Ja, es war wirklich ganz ausgezeichnet, dein Kalbsschnitzerl, wirklich vorzüglich!" sagte. Als hätte sie geahnt, dass ich mit einem Schweinefleischverächter daherkommen würde, und ein ganzes Rind eingefroren! Ali fasste sich nun sogar an sein kleines Bäuchlein und lachte wie ein Schuljunge, der gerade zu viel Süßes gefuttert hatte. Dann betonte er noch ein paar Mal, wie satt er noch immer sei und dass er jederzeit wiederkommen würde: „Aber natürlich gerne, Eeeeelfi! Auf jeden Fall! Baba und tschüssi Eeeeelfi! Mach's gut!"

Wenn ein Mann schon „Tschüssi" sagte, dann kriegte ich Gänsehaut!

Nachdem er zufrieden aufgelegt hatte, fragte ich ihn: „Mit wem hast du denn da gerade geredet?"

Und er, satt und selbstgefällig wie ein Baby, das gerade die Brust bekommen hatte: „Was geht's dich an?"

„Sag!"

Er zuckte zusammen, als ich ihn anschrie, und der tschetschenische Fahrer auch. Das sollte etwas heißen bei zwei Männern, die vielleicht schon mal im Gefängnis waren. Musste ich mir Sorgen um meinen Ruf machen? War ich zu hart?

Ali jammerte: „Mit einer im Gegensatz zu dir äußerst netten, äußerst umgänglichen, äußerst sympathischen Dame, die obendrein kochen kann!"

„Ich fahre nicht mit einem im Taxi, der sich an meine Mutter ranmacht! Das ist widerlich!"

Der Fahrer vorne nickte zustimmend. Ich tippte ihm auf die Schulter und schrie: „Stehen bleiben!"

Dann beugte ich mich hinüber zu Ali, öffnete die Türe auf seiner Seite und warf ihn hinaus. Als er auf der Straße lag, schrie er herein: „Du bist verrückt! Einfach total verrückt!"

22

Während ich auf Ali wartete, beobachtete ich einen fettbäuchigen Typen im weißen Unterhemd, der auf einem Rasenmähertraktor saß und damit diesen Fußballplatz im Dreizehnten Wiener Gemeindebezirk umkurvte, ganz weit draußen am Stadtrand, schon beinahe Wienerwald. Abgelegen hinter den letzten Ausläufern eines Villenviertels. Nicht weit von dem Friedhof, auf dem ich heute schon mal gewesen war. Und in der Nähe des Naherholungsgebietes, in dem man Yaya und den anderen gefunden hatte. Dieses Sportgelände schien amateurhaft geführt, alles war alt, alles bröckelte, war abgebrochen und lag dann einfach irgendwo herum. Europäische Meisterschaften würde der F.C. Saturnwiese, wie der Verein laut angebrachter Tafel am Eingang hieß, unter dieser Führung sicher nicht gewinnen, ich fragte mich, ob man hier überhaupt richtig Fußball spielen konnte. Sponsored jedenfalls by *„Up!-Energydrink* – Der Himmel ist nicht die Grenze".

Ich überlegte: Da jetzt hinüberlaufen zu diesem Rasenmähermann, der auf der anderen Seite des Platzes hin- und herfuhr, wo er es doch war, der zu mir herüberfahren konnte? Es würde meiner Fitness vielleicht dienlich sein, aber meinem Gerechtigkeitsempfinden widersprach es. Ich pfiff in seine Richtung und deutete, dass er mal zu mir herüberfahren solle. Dann stand ich da und wartete. Zog die Schuhe aus und stand da und wartete noch immer.

Meine rechte Hand drängte unweigerlich zum Telefon, wenn ich irgendwo alleine herumstand, und ich musste dann mit irgendjemandem reden, damit ich mich nicht so einsam fühlte. Ich wählte also die Nummer der Direktorin dieser Schule, die Ali mir aufgeschrieben hatte. Sie hob ab und ich sagte: „Polizei Wien, Abteilung für Fälle mit öffentlichem Interesse. Wir untersuchen den Mord an einem schwarzen Jugendlichen namens Yaya Kioté. Er könnte mit einigen Ihrer Schüler bekannt gewesen sein, mir fallen da ein paar Namen ein: Oliver Petzl, Noah Tschirner, Matthias Felber, alles Schüler aus der 7A, sagen Ihnen diese Namen etwas? Und vor allem: Sagen Ihnen die Namen ihrer Mütter etwas?"

Die Direktorin schwieg, während ich redete, und nun schwieg ich, während ich auf eine Antwort wartete. Ich bedauerte schon, dass ich keine Feile dabeihatte, um mir die Nägel zu machen, und mir auch keine Fotos auf meinem Handy anschauen konnte, weil ich ja die Alte in der Leitung hatte. Ich war einfach der unruhige Typ und ertrug es nicht, wenn jemand schwieg. Ich sagte: „Na? Wird's bald?" Sonst würde ich noch anfangen, mit ihr über Schwänze zu reden: ‚Wann hatten Sie denn den letzten wirklich guten, ich meine: ein richtig geiles Stück? Bei mir ist's auch schon etwas länger her.' Solche Sachen halt.

„Wir sind eine sehr angesehene, hervorragend geführte private Schule", sagte sie endlich. „Mit einer Anmeldeliste, die zehnmal so lang ist wie die Anzahl der Schüler, die wir letztlich jedes Jahr aufnehmen können. Geld spielt dabei als Kriterium nur eine untergeordnete Rolle, also wonach suchen wir unsere Schüler sonst aus? Wir beurteilen Bewerberinnen und Bewerber nach ihren fachlichen, aber vor allem charakterlichen Eignungen. Wir beschäftigen sogar einen eigenen Psychologen, höchst angesehen, der entsprechende Eignungstest mit unseren Kandidaten durchführt."

Ich fragte: „Hat der einen russischen Namen?"

Das brachte sie ein wenig vom Kurs ab. Sie wusste nicht recht, was sie darauf antworten sollte, bevor sie dann mit Allgemeinem fortfuhr: „Offen gestanden durchleuchten wir auch ein bisschen das Leben der Eltern unserer Kandidaten, und auch darin finden sich nicht die geringsten Unebenheiten, geschweige denn Pfade ins Abseitige. Also glauben Sie wirklich, jemand aus meiner Schule könnte irgendetwas mit einem Mord zu tun haben?“

Ich sagte: „Da kann ich Ihnen Geschichten erzählen!“

Es sollte überzeugend klingen, was sie da sagte. Ein Plädoyer für den guten Charakter und die fachliche Eignung, welche alle Schüler ihrer Schule auszeichnete, und das, so sollte ich glauben, von Geburt an. Ein Hohelied auf den Mittelstand und das Bürgertum. Dabei kam einem regelmäßig das Kotzen, wenn man es mit dem Mittelstand und dem Bürgertum zu tun hatte.

„Selbstverständlich sind die Regeln, die in unserer Schule gelten, auch von mir einzuhalten“, fuhr sie schließlich fort, nachdem ich nichts mehr gesagt hatte. „Und dazu zählen gewisse Geheimhaltungspflichten, Compliance-Regeln und natürlich das Verbot, Persönliches über unsere Schülerinnen und Schüler sowie deren Eltern an wen auch immer weiterzugeben.“

Hier hakte ich ein: „Ich bin gewiss nicht wer auch immer, ich bin Kitty Muhr von der Polizei. Und ich frage nicht nach einem Platz für mein Kind, das ich nicht habe. Ich frage nach den Namen gewisser Schüler und deren Eltern, die möglicherweise etwas mit einem Mord zu tun haben, bei dem sich die Täter möglicherweise mit Schweinemasken unkenntlich gemacht haben. Also kleine süße rosa Schweinchen, Schweinemasken – fällt Ihnen zu diesem Themenkomplex etwas ein? Oink oink?“

Der Rasenmähermann drehte weiter seine Runde, ohne auf mein Pfeifen zu reagieren. Ich schaute mich nach Ali um, aber der tauchte auch nicht auf. Ich schob nach: „Irgendetwas dabei, was Ihnen bekannt vorkommt? Oder irgendetwas, was Ihnen aufgefallen ist und Sie mir sagen können oder möchten? Ihr Job, die Schule, diese elenden Weiber, ihre elenden Kinder ... macht Ihnen das Spaß? Sie hören sich nämlich nicht so an, ganz ehrlich. Sie hören sich an, als könnten Sie ein paar Drinks bei Johnny an der Bingobongobar vertragen, und dann Johnny selbst. Reden Sie sich doch mal alles von der Seele, ich hör mir das gerne an, ich bin so."

Ich hörte sie tief atmen, dann sagte sie: „Es tut mir leid ..."

Und legte auf.

Ich zündete mir eine Zigarette an und überlegte, wie schwierig das wohl heutzutage war: den richtigen Platz für sein Kind im Kindergarten, in der Schule, in der Höheren Schule, im Leben zu finden. Und wie lange ich noch Zeit hatte mich zu entscheiden, ob ich mir diese Fragen irgendwann selbst stellen wollte oder nicht. Tick tick tock. Tick tick tock. Wollte ich noch für etwas anderes gut sein in meinem Leben als für überraschende Schulterwürfe, von allen gelobte Blowjobs und riskante Fahrten über die Höhenstraße in meinem Benz? Vielleicht für Wärme und Geborgenheit, die ich an ein Kind weiterschenken könnte? Für Milch, die dieses Kind aus meinen vollen Brüsten saugen würde, damit es leben konnte, während meine Brüste dadurch immer schlaffer wurden? Für Schwangerschaftsstreifen und Fettreifen, die man dann nicht mehr loskriegte? Wollte ich einen Kindersitz in meinem Benz und Karottenbrei auf den Ledersitzen? Und hinten drin Windeln?

Alles in allem: Nein!

Bisher hatte ich es mit eigenen Kindern so gehalten: Solange meine jüngere Schwester nicht schwanger war, gab es für mich keinen Grund, auch schwanger zu werden. Was natürlich idiotisch war, aber das Idiotische passte gut zu mir. Es ging bei dieser Frage nicht um das Kinderhaben. Ich wollte einfach nicht, dass meine Mutter sagen konnte: Sieh mal, sogar deine jüngere Schwester macht mich früher zur Oma als du!

Endlich kam Ali doch noch angelatscht. Er war mit öffentlichen Verkehrsmitteln gekommen, weil er die Umwelt nicht mit einer zweiten Taxifahrt hatte belasten wollen, wie er sagte. Wer wollte Kinder in eine Welt setzen, in der es solche Leute gab? Er lächelte unsicher und blieb gut zwei Meter von mir entfernt stehen, die Hände tief in den Hosensäcken. Er suchte krampfhaft nach einem Gesprächsthema, in dem das Wort „Mutter" nicht vorkam. Er entschied sich für: „Wie stehst du eigentlich zu Sport?" Wollte damit wohl die schlechte Stimmung auflockern. Ich sagte: „Wie ich schon öfter gesagt habe: Halt einfach die Klappe."

„Nein, im Ernst, das interessiert mich jetzt so allgemein. Die Kinder heutzutage, wenn man sich die so ansieht ..."

Der hatte ein echtes Talent, immer vom Falschen zu reden.

„Fang nicht von Kindern an!"

„Kurden lieben Kinder! Und sie lieben Fußball, musst du wissen. Türken auch, sie sind die verrücktesten Fußballfans. Aber was das anbelangt, muss ich sagen, gerate ich völlig aus der Art, wie du weißt. Da bin ich anders."

„Ganz ehrlich, Ali. Du bist auch sonst ganz anders!"

„Findest du?"

„Ja. Hat dir das noch nie jemand gesagt?"

„Auf so eine einfühlsame Art nicht."

„Einfühlsamkeit ist eine meiner Stärken, Ali. Noch nicht bemerkt?"

Noch einfühlsamer wollte ich jetzt aber nicht werden.

Ich pfiff noch ein paar Mal wie ein Matrose, dann endlich bog der Rasenmähermann ab und kam zu uns herübergefahren. Als er seinen Mäher knirschend vor uns einparkte, fragte er recht unhöflich: „Was ist? Ist was?"

„Folgendes", sagte Ali, „wir sind hier, weil wir rund um einen jungen Fußballspieler namens Yaya Kioté Erkundigungen einholen wollen. Eventuell auch wegen eines zweiten Jugendlichen, dessen Namen wir nicht kennen."

„Besondere Merkmale?", fragte er.

„Schwarz."

„Unterm Fingernagel?"

Er lachte über seinen dummen Witz, aber als er dabei alleine blieb, fragte er: „Ihr meint wohl diese Bimbos?"

„Hören Sie mal zu, Fettsack", sagte ich zu ihm wie eine, die Judo konnte, und dann zeigte ich ihm meine Polizeimarke. „Wir meinen gewiss nicht einen von den Bimbos oder den einen speziellen Bimbo, also passen Sie auf, was sie sagen, sonst zerlege ich gleich Ihr Spielzeug."

Er lachte, und Ali lachte auch, aber über den armen Rasenmähermann. Dann schaute er mich an, als wollte er mich zu etwas ermutigen, und sagte: „Na los, zeig's ihm!"

Ich fragte: „Was?"

„Was du kannst!"

Ich hoffte inständig, meinen Ali richtig verstanden zu haben, als ich bei ihm zu einem Hüftspringwurf ansetzte und ihn über mein rechtes Bein möglichst sanft auf den Rücken beförderte. Es muss einfach irgendwie in mir geschlummert haben, der Wunsch, das zu tun, ich konnte nicht anders. Es machte mich glücklich, ihn so daliegen zu sehen, und ich sagte: „Sie heißt Elfi, okay? Nicht Eeeeelfi! Und du lässt die Finger von ihr!"

Als er wieder ein wenig atmen konnte, schrie er mich an: „Sag mal, spinnst du?"

Ich hatte aber auch mächtig Eindruck auf den Rasenmähermann gemacht. Mit hängenden Schultern sagte er endlich etwas, das uns vielleicht von Nutzen sein konnte: „Die beiden Schwarzen waren aber schon länger nicht mehr hier."

„Weil Tote bekanntlich ganz fest schlafen, wie Sie vielleicht schon gehört haben", sagte ich ihm, während ich Ali wieder auf die Beine half, und dann: „Eine Idee, wann das letzte Mal?"

„Na ja, der eine vor zwei Wochen, der andere vor einer. Ungefähr."

„So ungefähr haben wir es uns gedacht. Wissen Sie, wie der eine hieß?"

„Irgendwas wie ein Skischuh."

„Skischuh?"

„Ja, Salomon, glaub ich."

„Hm. Und Tschirner mit Nachname. Kommt so einer hin und wieder hier vorbei? Wegen dem sind wir nämlich eigentlich gekommen."

„Hin und wieder?", lachte er, dass ihm die Wampe wackelte. „Das ist der Präsident! Der wohnt da hinten."

Der Sportsfreund deutete mit dem Kopf nach „da hinten", wo eine Art Baracke stand, in der man die Tornetze und die Fußbälle aufbewahren konnte, das glaubte ich jedenfalls. Zur Not konnte man dort sicher auch Leichen deponieren, aber ich wollte nicht gleich das Schlechteste annehmen. Jeder sollte eine faire Chance erhalten.

„Warum wohnt er denn dort?", fragte Ali.

„Probleme, Probleme ...", sagte der Rasenmähermann kopfschüttelnd, dabei zog sich eine Mischung aus Verachtung und Mitleid um seine Lippen. „Sprechen Sie ihn jedenfalls nicht auf diesen Saft an!"

Er deutete auf die Plakate mit dem Energydrink drauf, die hier überall angebracht waren.

„Und auf seine Frau lieber auch nicht."

Ich sagte: „Alles klar. Und jetzt absteigen und eine Runde um den Platz laufen, los!"

„Echt jetzt?"

„Ich stoppe die Zeit! Nach zehn Minuten werde ich ungemütlich!"

Warum nicht mal einem, der gar nichts damit zu tun hatte, zurückgeben, was man selbst ständig einstecken musste?

Langsam stieg er ab und fing ungläubig an zu laufen. Schnell war klar: Eine Runde würde ganz schön dauern bei dem. Wir hatten Zeit, im *African Sunshine* anzurufen und dort zu fragen, ob es auch einen Jugendlichen gab, der wie ein Skischuh hieß. Marianne sagte: „Solomon, nicht Salomon. Solomon Touré."

„Danke."

Nachdem der Fettsack um die erste Cornerfahne gebogen war, wurde uns sein Anblick langweilig und wir brachen das Training mit ihm vorzeitig ab. Ließen ihn alleine keuchen und schlurften selbst lieber nach hinten zu der Baracke. Und als wir uns dieser näherten, konnte ich mir immer weniger vorstellen, dass hier jemand wohnte. Aber seit die Flüchtlinge bei uns waren, wusste man ungefähr, wo der Menschen überall wohnen konnte!

„Du bist echt nicht normal, oder?“, jammerte Ali immer noch. „Ich wollte, dass du ihn umhaust!“

Ich sagte: „Manchmal verstehe ich so schlecht, was du meinst. Du musst einfach deutlicher sprechen.“

23

Herr Tschirner empfing uns annähernd so unruhig und bedrückt, wie ich ihn am Telefon erlebt hatte. Da war nicht mehr viel Lebensenergie in ihm, und das kam nicht nur von der schlechten Ernährung, die sich an seiner Wampe und der ungesunden Haut zeigte. Die Probleme wuchsen ihm noch nicht bei den Ohren heraus, aber sie spiegelten sich bereits in seinem zerfurchten Gesicht, das von seinem Zehntagebart eher verunstaltet als verziert war. Wenn Bonner selten duschte, dann duschte der hier gar nie. Was die Körperpflege anging, wollte er sich wohl den Weg hinüber zu den Spielerkabinen ersparen, wo es, wie ich mal annahm, Duschen geben würde. Oder er fand, Reinlichkeit sei nicht so wichtig für einen coolen Typen wie ihn.

Oder er war psychisch so angeschlagen, dass er die Hände nicht mehr um den Duschkopf kriegte, man kannte das bei Männern, wenn sie psychisch außer Tritt gerieten. Sie sprachen dann von Burn-out, aber man lag auch nicht ganz falsch, wenn man es Faulheit nannte. Es roch nach Zigaretten, Schnaps und Franzbranntwein, den sich Fußballer gerne auf die Waden gaben nach dem Training. Wir sahen einen Mann in der biologischen Mitte seines Lebens, der aber vollkommen am Ende war. Seinen Computerbildschirm, auf dem die Seite eines Wettanbieters flimmerte, drehte er nun verschämt zur Seite. Wahrscheinlich hatte er schon länger nichts mehr gewonnen. Oder andersherum: Er war ein Verlierer.

„Florian Tschirner", sagte er endlich, und dann drückte ich seine feuchte Hand. Iiiih! Er fragte ein wenig kryptisch: „Hat er mich also wirklich angezeigt?"

Ich sagte: „Hä? Wer? Was?"

„Sie kommen doch wegen dieser Vertragssache, oder? Sie müssen wissen, dass alles völlig legal ist, ich bin Jurist."

Ich wiederholte mich ungern, aber in diesem Fall blieb mir keine andere Wahl: „Hä?"

Und Ali präzisierte: „Was?"

Da wollte uns Tschirner nicht nachstehen: „Wie jetzt?"

„Sprechen Sie ruhig weiter", munterte ich ihn auf und zeigte ihm meine Polizeimarke, aber nun war sein Redefluss gestoppt, denn er konnte es gar nicht fassen: „Es gibt also gar keine Anzeige??"

„Wir haben keine Ahnung, wovon Sie reden", sagte ich. „Wir kommen wegen eines so genannten unbegleiteten Jugendlichen namens Yaya Kioté, der in einem Heim wohnte, in dem reichlich Getränke herumstanden, die Sie zusammen mit ihrer Gattin produzieren ..."

Ich hatte noch nicht fertig gesprochen, da fiel er mir ins Wort: „Meine Gattin? Verdammt! Meine Gattin?"

Als müsste er gleich kotzen.

Dann kratzte er sich entschuldigend am Hinterkopf, räumte einen vollen Aschenbecher vom zugemüllten Tisch und sagte: „Setzen Sie sich."

Als wäre es damit getan, den Aschenbecher auf seinem Tisch woandershin zu schieben!

Ich fragte: „Wohin denn?"

Endlich räumte er zwei Sessel frei und wir setzten uns. Er setzte sich auch und fragte: „Rauchen? Ich rauche nämlich noch, lass mir sicher nichts verbieten. Wer weiß, wie lange man zu Hause noch rauchen darf. Diese verdammte EU!"

Ich sagte: „Meinen Sie mit zu Hause hier?"

„Ist gar nicht schlecht hier! Das ist nicht schlecht hier! Echt nicht!"

So wie er dreinschaute, konnte man ihm das sogar glauben. Endlich frei! Keine Alte, die ihm das Bier wegnahm und Energydrinks zum Frühstück hinstellte, dazu vielleicht Apfelspalten. Jetzt legte er wieder ordentlich zu, überall lagen Pizzakartons herum und Packungen von Fastfood. Eigentlich genau mein Typ, was Essgewohnheiten anbelangte, aber halt dann doch wieder überhaupt nicht. Einer fürs *Waikiki Beach*, halb fünf Uhr morgens, reduzierter Tarif.

Ich nahm mir eine von meinen eigenen Zigaretten heraus, riss den Filter ab und zündete sie mir an.

„Wollen Sie wissen, was drin ist in dem Gesöff?“, fragte er.

Ich sagte: „Ich lieber nicht.“

Und Ali: „Ich auch nicht.“

„Na gut, ich sag’s Ihnen trotzdem. Green Tea aus good old China. Eine Palmenfrucht aus Yukatan. Algen aus der Barentssee. Ein Säftchen aus Brasilien. Und eine Beere aus der Steiermark. Alles garantiert organisch. Daher der Preis pro Dose: 4,95. Unverkäuflich.“

Ich konnte nicht anders, ich musste es einfach sagen: „Wow!“

„Möchten Sie kosten?“

Ich blieb dabei: „Ich lieber nicht.“

Und Ali: „Ich auch nicht.“

Er öffnete trotzdem eine Dose, roch noch einmal daran, nahm den ganzen Wahnsinn, den ihm dieser Saft beschert hatte, noch einmal in sich auf, und dann donnerte er die Dose gegen die Wand. Zufrieden spülte er seinen Hass auf dieses Getränk mit Whiskey hinunter, dann schaute er sich in seinem Büro um, in dem eine Matratze lag, auf der er jetzt schlief, in dem sein Schreibtisch stand, auf dem ein Laptop war, in dem sich vielleicht der Businessplan für den Saft befand und die

Idee für das Design. Und vielleicht ein Ordner mit Familienfotos aus glücklicheren Tagen. Kurz: sein ganzes beschissenes Leben. Ich wünschte dem Kerl nicht, dass er billig an eine Waffe kam.

Er schenkte sich nach und fing wieder an zu reden: „Sie hat unser ganzes Geld in dieses Gesöff investiert, und zwar altes Geld und Erbschaften! Um genau zu sein: Mein altes Geld und meine Erbschaften! Fragen Sie nicht, was das bedeutet. Meinen Ruin! Sie kam daher und sagte: Ich habe diese Idee. Dabei muss man mal fragen: Diese Idee wofür? Hatte der, der Orangensaft verkauft, vielleicht die Idee dazu, dass man Orangen auspressen kann? Ha? Ist das eine Idee? Aber so sind sie, die Weiber! Wir haben – für den Anfang! – zweihunderttausend Dosen produziert, die sich da hinten stapeln und dazu in einem Lager an der Donau!"

Er zeigte nach „da hinten", wo die Baracken waren, aber wo die Donau ungefähr lag von hier aus gesehen, das wusste er nicht.

Aber er hatte natürlich Recht: Wenn man heute nicht aufpasste, dann erfand schnell mal eine gelangweilte Hausfrau zwischen der Doppelbelastung Kind – Beruf einen Energydrink, den sie dann „auf den Markt" brachte. So wie sie zu Weihnachten Strickhauben auf den Weihnachtsmarkt bringen. Dort wartete niemand auf ihre Hauben, und nun wartete niemand auf ihren Drink. So ungefähr war das heute.

„Als sich abzeichnete, dass sich das Gesöff nicht von alleine verkauft, entwickelte sie Marketingstrategien", fuhr er fort, über seine Ex herzuziehen. „Kam mit einer Freundin daher, die sich plötzlich einbildete, sie will Mode machen. Sie müssen wissen: Die arbeitet ausschließlich in Schwarz und Weiß. Aus-schließ-lich! Aber okay: Die machte immerhin eine Modeschau und lud sogar die Medien ein. Wohin? In ein Flüchtlingsheim! Super Idee, nicht wahr? Nur so nebenbei: Super Idee war ironisch gemeint. Am Ende hat genau eine Zeitung darüber berichtet."

Ich wusste, welche.

„Mit Flüchtlingsheim meinen Sie das *African Sunshine*?", fragte Ali.

„Ja. Und meine Alte dachte, sie kann den Scheiß ihrer Freundin mit ihrem eigenen Scheiß aufpeppen. Also hat sie sich ihr grünes Kostüm angezogen mit einem großen Teeblatt am Kopf und dort ihre Drinks verteilt. Können Sie sich das vorstellen?"

Ich blickte verschämt zu Boden, denn ich wusste, was er meinte.

„Aber Scheiße peppt Scheiße nicht auf, das geht nicht!", legte er nach. „Am nächsten Tag sollte ich den Rest wieder abholen. Aber Sie müssen wissen: Es war alles übrig geblieben! Alles! Da war mir klar: Das Projekt ist tot, wenn nicht mal Flüchtlinge zugreifen, die ja sonst nach allem greifen, was sie gratis kriegen können, nicht wahr?"

Er schaute Ali an, und der sagte: „Flüchtlinge mögen Zucker." Und Tschirner zeigte uns, dass er Whiskey mochte, indem er sich noch einen nachschenkte.

Wir hatten nun halbwegs einen Überblick, seine beschissene Situation betreffend und die seiner „Alten", wie er sie nannte. Es war im Wesentlichen alles besprochen, bis auf das: „Weswegen wollte *er* Sie denn anzeigen? Und wer ist *er*?"

„Ha! Was denken Sie?", schrie Tschirner. „Geld natürlich! Und *er* ist ein ehemals bester Freund von mir, den ich sicher nie wieder anrufen werde! Nie!"

Ich sagte: „Ist das nicht ein bisschen unreif?"

Er fragte: „Unreif? Ha? Wieso denn unreif?"

„Wenn Sie sich mit ihm versöhnen möchten, dann müssen Sie den ersten Schritt tun.“

„Ich will mich aber nicht mit ihm versöhnen!“

Ali schaute mich an, als wäre ich gerade vollkommen verrückt geworden. Und ich schaute ihn an, als wäre auch ich imstande zu lernen. Außerdem: Wenn ich schon selbst keine Lust hatte, mich mit meiner ehemals besten Freundin zu versöhnen, dann wollte ich dem hier zumindest erklären, wie es theoretisch funktionieren könnte. Aber Tschirner wollte nicht von der Vergangenheit reden, sondern vom Gegenteil: „Ich hätte lieber in die Zukunft investiert! Human Capital!“, erzählte er, ohne sich zu fragen, ob das jemanden interessierte. Das lag vielleicht daran, dass man hier ganz schön einsam werden konnte, und es fehlte einem am Abend jemand zum Reden. Jemand zum Reden konnte irgendwann im Leben wichtiger sein als jemand zum Vögeln, auch das wusste ich mittlerweile. Er sprach weiter: „Nachdem ich schon mal dort war in diesem Heim, hatte ich plötzlich eine Idee: Ich sah diese schwarzen Rohdiamanten dort herumlungern, in ihren tief sitzenden Hosen und engen Shirts – nicht, dass Sie denken, ich bin schwul!“

„Keine Sorge!“, sagte Ali.

„Also hab ich die scheiß Drinks einfach dort gelassen und stattdessen ein paar von denen zum Fußballtraining eingeladen. Ist ja mein Verein hier, ich bin der Präsident.“

„Wenigstens hier“, sagte ich.

„Ja, wenigstens hier! Und was soll ich sagen: Der Schwarze ist anders gebaut. Er hat andere Muskeln. Er geht anders an die Sache ran.“

Ich dachte plötzlich daran, wie der Schwarze an die Sache ranging, und kam dabei sogar ein wenig ins

Träumen. Der Schwarze ging tatsächlich ganz anders ran als Horst. Der eine Schwarze, den ich kannte, hieß Henry. Er tanzte bei einem Musical im Theater an der Wien, war verdammt gut trainiert und geschmeidig, kam aber wegen eines Drogendeliktes mit dem Gesetz in Konflikt. Nachdem ich ihn verhaftet hatte, traf ich ihn später hin und wieder. Und, oh ja, ich wusste, wie der Schwarze an die Sache ranging!

„Ein bisschen Training, ein bisschen Feinschliff, und man kann die Rohdiamanten als fertige Edelsteine weiterverkaufen“, erklärte uns Tschirner seine Idee, und Ali fragte: „Dann wollten Sie also groß ins Fußballmanagergeschäft einsteigen, war das der Plan?“

„Na ja, groß – nein! Einsteigen – ja!“

„Haben Sie eine Lizenz?“

„Na ja, Lizenz – nein! Warum denn? Ich hab eine Gesellschaft gegründet, in der die Rechte an den Spielern gebündelt sind, und Anteile an der Gesellschaft weiterverkauft. Dieser eine beste Freund von mir ... dieser ehemals beste Freund von mir ... auch er liebt Fußball, müssen Sie wissen. Aber er ist der traurigste Mensch der Welt, der Sack! Ist total depressiv und zieht sich immer weiter in sich selbst zurück, Stichwort: Schneckenhaus. Seinen Sohn, müssen Sie wissen, so wie der aussieht, nimmt den kein Verein, ich sag's einfach mal so. Hört sich vielleicht bescheuert an, wenn ich das sage, aber für Fußball braucht man auch Hände, wegen dem Gleichgewicht. Aber der hat keine Hände ...“

Ich sagte: „Oh! Oh!“

Und Ali: „Also kompensierte dieser ehemals beste Freund von Ihnen die unerfüllbaren Erwartungen in seinen eigenen Sohn, Fußballstar zu werden, indem er in ihre Gesellschaft investierte, wovon er sich satte Gewinne erwartete?“ Er hörte sich dabei an wie ein routinierter Therapeut, der schon lange, bevor der Kranke fertig gesprochen hat, weiß, worum es eigentlich geht. Ich war wirklich erstaunt, was er so draufhatte, wenn man ihn ließ, und auch ein bisschen beeindruckt. Und Tschirner war das auch, denn er sagte: „Genau so! Aber dann kriegte er kalte Füße, und jetzt will er sein Geld zurück."

„Nannte er Gründe für seine kalten Füße?"

„Na ja", sagte Tschirner. „Er hat mit Klage gedroht, weil die Jungs nicht mehr zum Training kamen. Man droht ja immer sofort mit Klage heutzutage, das ist total lächerlich!"

„Eine Ahnung, warum sie nicht mehr gekommen sind?"

Mal sehen, ob er was wusste, und ob es glaubwürdig klang, wenn er behauptete, dass nicht.

„Vielleicht wegen der Schuhe?", kam Tschirner von sich aus auf Alis Lieblingsthema zu sprechen. „Es gibt nämlich auch Probleme mit dem Schwarzen: Er ist zwar talentiert, aber oft nicht sehr motiviert. Also kauft man ihm Schuhe, echte Ibrahimovics, um ihn zu motivieren."

„Wie lief das ab?", fragte Ali. „Gingen Sie mit ihm einkaufen?"

„Nein, nein, ich geh nicht einkaufen, nie. Ich gab das Geld meinem Sohn, damit der mit ihm in die Stadt fährt und ihm welche kauft. Aber schon taucht das nächste Problem mit dem Schwarzen auf: Die Schuhe genügen ihm, er denkt sich: Wow! Zuvor hatte ich keine! Also denkt er sich nun: Ziel erreicht! Und dann kommt er nicht mehr aus dem Bett. Mein Sohn übrigens auch nicht!"

„Ihr Sohn", fragte ich. „Das ist Noah Tschirner, der in die 7A der WAPS-Schule geht?"

„Vollidiot Noah Tschirner, um genau zu sein! Und ja, dort geht er hin, in diese Vollidiotenschule."

„Zusammen mit dem, der keine Hände hat?", fragte Ali.

„Genau mit dem! Und noch ein paar anderen Idioten, die sich nicht durchsetzen können und sogar in dieser Alternativschule die Prügelknaben sind. Und warum? *Müssen wir heute schon wieder machen, was wir wollen*? So läuft das dort, das ist das Motto dieser Schule. Und irgendwann wollen sie dann nur zu Hause herumliegen und sich den Schädel mit irgendwelchen Drogen zudröhnen. Mein Sohn ist, ich muss es leider so sagen, eine komplette Pfeife. Führerschein? Muss ich ihn zwingen dazu! Autos? Muss ich ihn zwingen, dass er fährt! Lieber, sagt er, fährt er nämlich Rad! Nein, Bike! Nein, Mountainbike! Also kaufe ich ihm das teuerste verdammte scheiß Mountainbike, das es gibt, um 5.399 Eier. Und dann fährt der Idiot einmal damit und weiß am selben Abend nicht mehr, wo es ist, können Sie sich das vorstellen? Ich hab mein Rad verloren!, sagt er. Wie geht denn so was?, frag ich ihn. Ich weiß es auch nicht!, sagt er. Verdammt! Haben Sie Kinder?"

Das war wohl die Frage, die mir nicht mehr erspart bleiben würde, bis ich sie mit Ja beantworten konnte. Ich sagte: „Nein."

Und Ali: „Ich auch nicht."

„Dann danken Sie Gott dem Herrn, an den ich nicht glaube, denn ich glaube nur an den Fußballgott. Aber Kinder sind das Letzte. Sie stinken, sie kosten, und sie haben nichts im Kopf. Insgesamt sind Kinder eine einzige Enttäuschung, muss ich sagen ... So wie meine Alte ... meine Ex-Alte auch ... Und so wie mein Freund ... mein Ex-Freund."

Nun hatte er den Tiefpunkt seiner Erzählung erreicht und blickte in sein leeres Glas. Und als ihm nichts mehr einfiel, was er uns erzählen könnte, sagte er plötzlich: „Muss ich eigentlich mit euch reden? Ich meine, ganz ohne Anwalt? Ich hab ja schließlich nichts verbrochen, oder?"

Ich sagte: „Sie haben Geldprobleme. Sie spielen. Sie trinken mehr, als Sie vertragen. Da können Sie sich vielleicht nicht mehr an alles erinnern, was Sie so anstellen."

Er wippte vor und zurück, und bald würde er einschlafen oder in Ohnmacht fallen oder überhaupt sterben. Aber ihm schien das alles egal zu sein, Hauptsache, er musste nicht mehr zu Hause bei der Alten wohnen. Er wollte sich nachschenken, aber die Flasche war leer. Ohne Glas in der Hand wusste er nicht, was tun. Der Nachmittag war noch lang, und die Vorstellung, ihn hier verbringen zu müssen, ohne Geld, mit dem er spielen konnte, und ohne Schnaps, mit dem sich das Verlieren ertragen ließ, schien ihn zu ängstigen.

Da öffnete Ali ein Foto auf seinem Tablet, und darauf war das Rad zu sehen, an das Solomon gefesselt gewesen war, als man ihn im Wasser treibend gefunden hatte.

„Das ist ein *Lapierre Zesty AM 827 E:i-Shock*", sagte Ali. „Kostet tatsächlich 5.399 Eier."

Tschirners Augen weiteten sich langsam, als er darauf blickte, er zeigte Anzeichen aufkeimender Begeisterung. Aber die Worte, die ihm auf der Zunge lagen, kamen nicht mehr rechtzeitig aus seinem Mund. Er kippte weg, bevor er etwas sagen konnte, oder schlief ein, oder fiel in Ohmacht. Oder er war überhaupt gestorben.

„Er wollte etwas sagen!", rief Ali verärgert.

„Ja. ‚Das ist aber ein schönes Rad' vielleicht?"

„Ein schönes Rad, das ich meinem Sohn gekauft habe?"

„Und wenn ihm nur die Farbe nicht gefallen hat? Verdammt, Ali! Ruf endlich einen Rettungswagen, der wird ja schon ganz blau!"

„Ich denke, es haben sich doch einige Schleier gelüftet“, sagte Ali, der sich mit Schleiern auskannte, ein wenig gewunden, als wir zum Sportplatz zurückkamen und der Rasenmähermann gerade am Auslaufen war. „Zumindest die Richtung unserer Ermittlungen scheint nun klar: Rad, Fußballschuhe, all das findet sich im Dunstkreis dieses seltsamen Mannes. Ich finde, wir sollten uns seinen Sohn mal genauer anschauen ...“

„Das wirst du machen, Ali. So wie sein Vater ihn beschrieben hat, wirst du den Schlappschwanz alleine flachlegen, sollte er bei deinen Befragungen irgendwelche Mätzchen versuchen. Da kann ich mich um Wichtigeres kümmern.“

„Aber was soll jetzt wichtiger sein?“

„In meinem Alter so ziemlich alles!“

Ich setzte ihn in ein Taxi und schickte ihn auf die Suche nach Florian Tschirner, „husch! Husch!“ Während ich selbst Dejan anrief, den einen der beiden Bulgaren, die meinen Benz mitgenommen hatten. Ich fragte: „Schon fertig?“

„Wird länger dauern.“

Bad news.

„Wie lange ist länger?“

„Eine Woche? Zwei? Für diese alten Dinger haben wir einfach nicht mehr genügend Teile vorrätig. Wir werden da etwas besorgen müssen, aber eher in Bulgarien und nicht in Deutschland ...“

Very bad news.

Was Autos anging, war ich ein bisschen eigen. Okay, was Männer anging, auch. Aber ein Auto musste für mich nicht nur stark sein, sondern auch schön. Und sobald die Pollen flogen, wollte ich das Dach aufmachen und meine Runden drehen. Und wenn ich den Motor brummen hörte und der Sitz unter meinem Arsch ganz leicht vibrierte, dann war ich glücklich.

Nachdem klar war, dass mein Vater nie wieder damit fahren würde, nahm ich die Schlüssel und Papiere von seinem Benz an mich, bevor meine Mutter ihn verkaufen konnte. Oder ihn wegwerfen. Oder verschenken. Oder ihn auf einen Parkplatz stellen, damit ein paar Obdachlose darin schlafen könnten. So sehr hasste sie dieses Auto, denn sie wusste, dass sie nicht die Einzige war, die er darin mitgenommen hatte. Manchmal bildete ich mir sogar ein, im Wagen würde es noch immer nach ihm riechen, nach Wein und Zigaretten und billigem Parfüm. Aber das war wohl eher schon ich, die so roch. Ich steckte mein ganzes Geld in diesen Wagen, den ich liebte, denn er gab mir ein Gefühl von Geborgenheit und Sicherheit.

Ich wollte nicht noch zwei Wochen Taxi fahren müssen, das würde ich nicht ertragen, also was tun? Ah ja, richtig. Meine Schwester wollte ja ihren Wagen verkaufen.

Sie hieß Barbara, und ich könnte sie jeden Tag dreimal erwürgen, anschließend verscharren, wieder ausgraben, ein paar Mal auf sie draufspringen und dann wieder vergraben. Wenn ich meine Mutter fragte, ob wir beide wirklich vom gleichen Vater abstammten, wie das möglich war, dann reagierte sie immer sehr abweisend oder nur mit dem Hinweis, dass jedenfalls sie unsere Mutter sei, so viel könne sie uns garantieren. Es war also möglich, dass ihre Abneigung gegen Papas Fehltritte mit ihrem eigenen schlechten Gewissen zu tun hatte.

Meine Schwester anzurufen, kostete mich daher immer noch größere Überwindung, als meine Mutter anzurufen, da ich ja nicht einmal mit Sicherheit sagen konnte, ob sie meine richtige Schwester war oder nur eine Halbschwester, deren Vater ein herumstreunender Hund war. Anders als meiner, der ein herumstreunender Hund war, den ich liebte. Außerdem wusste ich, dass sie gleich wieder „damit" anfangen würde. „Damit", dass sie bald heiraten würde. Frauen, die bald heirateten, waren im Hochzeitsvorbereitungswahnsinn und wollten die Freude auf ihre Hochzeit mit allen teilen. Aber ich empfand keine Freude darüber, dass meine Schwester heiraten würde, und fand daher nicht alles „total süß" oder „total aufregend", und schon gar nicht „total schön" und „total spannend". Und ich hasste es, wenn sie die ganze Zeit „Weißt du eigentlich schon dies, und weißt du eigentlich schon das?" sagte. Das Einzige, was ich wusste, war, dass ich das alles nicht hören wollte.

Als sie abhob, sagte ich: „Hallo Bärbel, hör zu ..."

Und sie sagte: „Barbie!"

Das fing schon mal nicht gut an, obwohl ich mir diesen Fehler natürlich hätte ersparen können, wenn ich gewollt hätte. Ich wollte aber nicht, denn es war zu lächerlich, dass sie nun „Barbie" genannt werden wollte. Ich fragte: „Willst du den Scheiß jetzt echt durchziehen? Ha?"

Sie wollte: „Berndi nennt mich Barbie, also bin ich Barbie."

„Aber doch nur für Berndi!"

„Nein, für alle!"

B & B. Berndi & Barbie. Gleich drehte ich durch.

Angeblich hat Berndi allen seinen bisherigen vier Ehefrauen zuerst einen Kosenamen verpasst, bevor er sie heiratete. Und sie waren alle Vorzimmerdamen bei ihm gewesen, bevor sie seine Frauen wurden. Meine

Schwester war heuer fünfunddreißig Jahre alt geworden, und so, wie es aussah, war sie nun auserwählt, Ehefrau Nummer fünf eines der bekanntesten Schönheitschirurgen der ganzen Stadt zu werden. Susi kannte ihn natürlich, und es fiel ihr ein wenig die Kinnlade hinunter, als ich ihr davon erzählte: „Was? Sie heiratet echt Berndi Schalk? *Den* Berndi Schalk?"

Bis dahin wusste ich gar nicht, dass er Schalk hieß, nur, dass er Berndi hieß. Man wurde natürlich nicht von heute auf morgen Societychirurg, so einen Ruf musste man sich über Jahrzehnte erarbeiten, mit zahlreichen Operation, Verbesserungen, Verschönerungen, oder halt mit dem, was er dafür hielt. Und das war nun vielleicht der bittere Beigeschmack an der ganzen Sache: dass Berndi meine Schwester während der fünf Jahre, die sie nun bei ihm im Vorzimmer saß, nicht heiraten wollte. Das hätte ihr meiner Meinung nach zu denken geben müssen. Aber irgendwann letztes Jahr war er selbst fünfundsiebzig geworden, und da fing er plötzlich an, sie nach seinen Vorstellungen zu formen: Sie ließ sich von ihm die Titten „machen" und dicke Lippen spritzen. Und schließlich entschied er sich dafür, ihr das Rundumpaket zu verpassen – zum Nulltarif, wie sie stolz erzählte. Am Ende, und jetzt wird es sehr intim, hat er ihr sogar die Schamlippen verkleinert. „Das sieht jetzt einfach viel besser aus", hatte mir meine kleine Schwester dann erzählt. „Ich hatte ja immer diese gewisse Scheu." Und ich hatte sie gefragt: „Diese gewisse Scheu weswegen? Wegen deiner Schamlippen?"

„Ja."

„Aber warum denn?"

„Weil sie hingen."

„Na und! Eier hängen doch auch", hatte ich gesagt. „Also lass mal die Kirche im Dorf!"

Sie trug nun auch immer so ein Band am Oberarm, mit dem sie ihre Herzfrequenz messen konnte und ihren Blutdruck, wenn sie ihre Joggingrunden drehte, die sie nun regelmäßig drehen musste, weil Berndi das so wollte. Die Daten gingen direkt auf seinen Bildschirm. Er konnte sehen, wie viele Kalorien sie verbrannte, und er konnte ihr über Textnachrichten Bescheid geben, wann sie seiner Meinung nach wieder mal den Arsch bewegen sollte oder beim Laufen einen Zahn zulegen. Alles hatte eben seinen Preis. Mit Blickpunkt Gesundheitscheck im Oktober überlegte ich, ob ich mir das Teil mal ausborgen sollte. Vorher aber brauchte ich ihren Wagen. Sie sagte: „Du kennst den Preis."

Ich sagte: „Ich will ihn doch nur borgen!"

„Und wenn ihn jemand kaufen will, während du ihn borgst?"

„Niemand will deinen Wagen kaufen! Glaube mir, niemand!"

Da legte sie einfach auf und ging nicht wieder ran, als ich es noch mal probierte. Manchmal erinnerte sie mich an die Dreijährige, die ich aus meinem Zimmer geworfen hatte, weil sie mich so nervte. Irgendwie hatte sie sich seit damals gar nicht mehr weiterentwickelt.

25

Seit sie vor drei Monaten bei Berndi eingezogen war, hatte ich mich geweigert, sie zu besuchen. Er bewohnte eine große Villa im Norden der Stadt, von der sie mir immer erzählte wie Schneewittchen vom Schloss. Angeblich gehörte eine Garage für sechs Autos zu dem Anwesen, in der für ihren Wagen kein Platz mehr war, als würde sie ihn nicht mehr brauchen.

Die Klinik war ebenfalls in dieser Villa untergebracht, und als mich das Taxi dort rauswarf, war das schon irgendwie beeindruckend. Die Haushälterin öffnete mir die Türe, nachdem ich angeläutet hatte, und erklärte, dass der Klinikbereich am anderen Ende des Gebäudes liege und dass sowohl Doktor Schalk als auch die „zukünftige Dame des Hauses“ noch dort seien. Als sie „zukünftige Dame des Hauses“ sagte, musste sie allerdings lachen, sie hatte wohl schon einige von denen kommen und gehen sehen.

Ich brauchte ein paar Minuten, um dorthin zu gelangen, wieder stapfte ich durch Kies, und wieder trug ich dabei die falschen Schuhe. Meine Schwester war wie ich ein einfaches Mädchen, wir waren im Gemeindebau aufgewachsen, und der Umstieg auf diese Villa konnte ihr bestimmt nicht leicht gefallen sein. Wusste sie schon, was hinter welcher der vielen Türen lag?

Ich läutete am Eingang der Klinik, hielt den Kopf ein wenig gesenkt, damit mir die Kamera nicht direkt ins Gesicht filmen konnte, und sagte mit verstellter Stimme, als ich gefragt wurde, was ich denn wolle: „Ich brauche neue Brüste!“ Ich wusste nämlich nicht, was ich sonst sagen sollte. Und als ich gefragt wurde, ob ich einen Termin hätte, sagte ich, nein, es sei ein Notfall, denn meine Schamlippen hingen auch.

„Sind Sie privat versichert?“

„Natürlich.“

Dabei wusste ich gar nicht, was das war: privat versichert.

„Na gut, dann nehmen wir Sie noch dran.“

Noch rechtzeitig vor der Sperrstunde.

Die Ordinationsräume lagen ebenerdig, also brauchte ich keinen Lift zu benutzen. Als ich den Empfangsbereich betrat, starrten mich ein paar anwesende Damen der Gesellschaft an, als wäre mein Besuch hier längst überfällig, und als könnten sie dem Herrn Doktor sofort den einen oder anderen Tipp geben, wo genau er bei mir den Marker ansetzen müsste, um aus mir noch etwas zu machen, etwas mit faltenlosem Gesicht und steinharten Brüsten, die man als Waffe einsetzen konnte. Sie selbst sahen allerdings aus, als hätte ihnen der gute Berndi gerade das Gesicht zerschlagen und dann nicht mehr richtig gewusst, wie er es wieder zusammenbauen soll, weil er vergessen hatte, wie es geht. Das war es also, was dieses Botox aus einem machte?

Nachdem sie mich lange genug angestarrt hatten, widmeten sie sich wieder der Gratiszeitung, in der Susi ihre Kolumne schrieb. Sie steckten ihre Köpfe zusammen und schnatterten wie die Gänse. Mich interessierte, was sie so aufregte, also setzte ich mich dazu und fragte: „Darf man fragen?“

Eine zeigte mir bereitwillig ihr Exemplar und las vor, als könnte ich selbst nicht lesen:

Das gehypte Male-Model Seppi wurde gestern auf dem Friedhof Ober St. Veit zu Grabe getragen. Toute Vienne war anwesend, um ihm die letzte Ehre zu erweisen, als plötzlich Polizei und Staatsanwalt auftauchten. Sie beschlagnahmten den Sarg mit den sterblichen Überresten des Verstorbenen. Was war passiert? Ging man bisher von Selbstmord aus, so lässt die Beschlagnahme der Leiche einen anderen Hintergrund vermuten. Fiel Seppi einem Verbrechen zum Opfer?

Suciety hält Sie auf dem Laufenden!

Des aus Afrika geflüchteten jungen Mannes?

Ich kriegte schon wieder die Krise. Und als ich dann auch noch das Foto von Klara Petzl sah, das Susi von ihr gemacht hatte, kriegte ich leichten Brechreiz. Ich tat auf Mädchen vom Lande und fragte: „Kennen die Damen denn die Dame, die hier auf dem Foto abgebildet ist, vielleicht sogar persönlich?"

„Na ja. Tja", sagte die eine. „Was soll ich sagen? Man will ja nicht angeben, aber: Ja. Ich arbeite nämlich selbst in der Verlagsbranche, und auch wir haben ihr ein sehr gutes Angebot für ihr Buch gemacht, aber bitte ... Ein anderes Angebot war wohl besser."

Ich fragte überrascht: „Sie schreibt auch Bücher?"

„Na hören Sie mal", fragte mich eine Dame entsetzt, „kennen Sie ihren Garten-Ratgeber nicht?"

Ich schüttelte den Kopf. Aber die aus der Verlagsbranche schob sich zwischen mich und die Gartenfreundin und erklärte mir, welches Buch sie meinte: „Es heißt *Vergebung*!"

Ich fragte: „Ein Krimi?"

„Aber nein doch! Ein Ratgeber!"

„Auch ein Ratgeber? Aber worüber denn? Darüber, wie man vergibt?"

Das letzte Buch, das ich gelesen hatte, handelte von den Erinnerungen von Tommy Lee und seiner Band Mötley Crüe. Ein Buch, von dem ich noch immer zehrte:

Sex & Drugs & Rock'n'Roll. Und zwar so viel davon, dass einem niemand jemals mehr vergeben konnte.

Nun wollte ich aber unbedingt mehr über dieses Buch wissen, und was mir die Damen darüber erzählten, war dann sogar spannender als ein Krimi. Wenn man ihnen nämlich Glauben schenken durfte, dann war Klara Petzls Sohn Oliver als Kind von einem schwarzen Drogendealer auf die Gleise einer U-Bahn gestoßen worden, wobei ihm beide Hände abgetrennt wurden. Und alle, die das nun hörten, waren sich einig: „Das ist ja so schrecklich!"

„Ja, furchtbar!"

„Wirklich unglaublich! Man setzt ein Kind in die Welt, und dann kommt so ein ... na ... Neger daher ... und zerstört alles! Man will doch kein Kind ohne Hände haben!"

Ich fragte ein wenig begriffsstutzig: „Und warum heißt das Buch dann *Vergebung*?"

„Na, wenn Sie mich schon fragen", sagte die aus der Verlagsbranche, „deswegen, weil die Frau Petzl damit gutes Geld verdienen konnte. Sie stilisiert sich in ihrem Buch nämlich zur Mutter, die auch mit diesem schweren Schicksalsschlag fertig wurde, wie sie ja bekanntlich mit allem fertig wird. Auch damit, dass die Tomaten mal nicht wachsen."

Das klang abfällig.

„Aber fragt mal jemand das arme Kind, ob es diesem ... na ... Neger auch vergeben will?"

Ich nahm mir gerade vor, dieses Buch sehr bald zu lesen, als Bärbel plötzlich den Warteraum betrat und die Damen neben mir freundlich begrüßte, jedoch sofort ihr saures Gesicht zeigte, als sie mich sah. Und dann wurde sie sogar noch saurer, als ich zu den Damen sagte: „Das ist Bärbel, meine Schwester. Sie wird bald den Berndi heiraten, und außerdem hat sie sich gerade die Schamlippen verkürzen lassen."

„Oh!", ging ein Raunen und Flüstern durch die Reihen. „Wie sieht es aus?"

„Ich denke, nicht schlecht", sagte ich. „Bärbel, möchtest du sie uns nicht mal zeigen?"

Sie fauchte aber nur und zog mich wütend in einen Nebenraum, so, als würde sie sich für mich schämen, und nachdem sie die Türe zugeworfen hatte, schimpfte sie: „Was machst du denn hier? Berndi führt eine High-Class-Premium-Klinik ausschließlich für Privatpatienten! Und dann kommst du herein mit deinen peinlichen Witzen? Das ist so geschäftsschädigend!"

Ich sagte: „Kühl runter, Schatz. Ich will mich ja nicht operieren lassen. Ich brauche einfach für ein paar Tage dein Auto. Also gib mir bitte die Schlüssel, und schon bin ich weg."

Wie ein kleines Kind schlug sie ihre flachen Hände gegen ihre dünnen Schenkel, die von einem kurzen Schürzchen nur notdürftig bedeckt waren, und fauchte: „Das ist so typisch für dich! Dass du dich in deinem Leben immer nur darauf verlässt, dass andere dir helfen."

„Moment, Moment, ich bin gerade befördert worden, okay? Also mir geht's gut, ich brauche nichts von dir, am wenigsten deine Ratschläge. Nur halt für ein paar Tage deinen Wagen."

„Nein!", sagte sie. „Schon aus erzieherischen Gründen."

„Geht's dir noch gut? Du bist die Jüngere von uns beiden und willst mich erziehen? Du hättest doch niemals gehen gelernt, wenn ich dir die Gehhilfe nicht weggenommen hätte!"

„Ja, und jetzt willst du mir scheinbar auch meinen großen Moment nehmen!"

„Wovon redest du?“

Kurzes dramatisches Schweigen, dann: „Was ist mit diesem Ali, mit dem du bei Mama warst?“

„Hä?“

„Kaum heirate ich, kommst du Flittchen auch schon mit einem daher und zeigst Mama, dass du imstande bist, einen Jüngeren zu finden! Einen Zwergwüchsigen zwar, aber einen Jüngeren! Ist dir das nicht zu peinlich?“

Ich konnte es nicht fassen! So wurde also in meiner Abwesenheit über mich geredet und über Menschen, mit denen ich verkehrte. „Flittchen“ hatte man sich als Bezeichnung für mich einfallen lassen, und „zwergwüchsig“ für Ali. Na gut, zumindest damit hatten sie Recht.

Meiner Schwester gehörte ein Fiat 500 mit einer Leistung unter der Motorhaube, die mich traurig machte. Den hatte sie sich mal gekauft, als sie sich etwas gönnen wollte, etwas, das genau zu ihr passte. Besser hätte sie es nicht treffen können, und da stand er: mit Scheinwerfern so groß wie Teller und aufgeklebten Wimpern darüber, die länger waren als meine Haare. Und seine Farbe war – pink. Er war jeden Tag gewaschen worden, und einmal in der Woche hatte sie ihn mit Sicherheit gepudert. Ob sie ihn auch wickelte, wusste ich nicht. Ich sagte: „Das ist er also?“

„Er heißt Tschutschi. Behandle ihn gut.“

„Die Wimpern da?“, fragte ich verzweifelt wie ein Kätzchen, das dringend Milch brauchte. „Darf ich die abnehmen?“

„Nein!“

„Und die aufgeklebten Katzenpfoten auf der Motorhaube?“

„Auch nicht!"

Diese Worte kamen kälter über mich als Wasser aus den Tiefen der Antarktis, und es war ihr eine große Freude, mir das antun zu können:„Solange du ihn nicht bezahlt hast, gehört er mir! Und eine Bitte noch: Iss nicht in ihm."

Ich verlor nicht leicht die Kontrolle, aber nun verlor ich sie: „Arschloch!"

Na gut, ich verlor eigentlich sehr leicht die Kontrolle, und bei meiner Schwester noch viel leichter, ich schrie sie an: „Du benimmst dich ganz ehrlich gesagt ein wenig wie dieser alte Deutsche im Rollstuhl, der den armen Griechen kein Geld mehr geben wollte!"

Sie sagte: „Es ist so peinlich, dass du nicht einmal weißt, dass er Merkel heißt!"

Ich nahm den Schlüssel und wusste: Es würde der Tag kommen, an dem sie wieder Bärbel sein würde, einfach nur Bärbel! Und ihre Schamlippen würden ihr wieder bis zu den Knien hängen!

Das alles wusste ich, aber ich sagte es nicht. Denn ich wollte einfach nur noch weg von hier.

26

An diesem Abend verzichtete ich auf Johnny und die Bingobongobar. Stattdessen fuhr ich mit Tschutschi nach Hause und machte mir etwas zu trinken – Wasser mit Zitrone. Zwar wollte ich es mir nicht eingestehen, aber die dürren Oberarme meiner Schwester und ihre eingefallenen Wangen machten mir zu schaffen. Nicht, dass ich auch so aussehen wollte, aber man dachte dann doch darüber nach: Ich fand es zwar schrecklich, wie dort in der Klinik alle ausgesehen hatten, aber was, wenn das, wie die aussahen, genau das war, was Männer wirklich wollten? Zwar sprach all meine Erfahrung dagegen, aber was hatte mir meine Erfahrung bisher schon gebracht? Ich war neununddreißig Jahre alt und lag alleine auf meiner Couch herum, während die im Wartezimmer dort mit großer Sicherheit alle verheiratet waren, vielleicht sogar schon zum zweiten Mal, und also mindestens einen Mann hatten, der ihnen die Operationen bezahlte. Ich dagegen hatte noch nicht einmal ein Schwanzfoto von Ali in meinem Posteingang, obwohl wir uns nun bereits zwei Tage kannten! Man dachte einfach überhaupt viel zu viel nach im Leben!

Am Ende meines Denkprozesses wollte ich heute aufs Abendessen verzichten und auf die paar Drinks, die ich mir sonst immer genehmigte, wenn ich alleine zu Hause war. Der Verzicht auf Essen und Drinks machte mich aber schon nach wenigen Minuten extrem übellaunig, hinzu kam die allgemeine Unruhe, die ich verspürte, wenn ich alleine war und nüchtern. Ich konnte dann nicht einmal ruhig auf meiner Couch liegen bleiben! Also überlegte ich, während ich unruhig hin und her lief, ob ich Susi, die Schlange, anrufen sollte, um sie zu fragen, ob sie nicht doch mit mir auf ein paar Drinks zu Johnny gehen würde – Schwamm drüber und so. Du hast dich daneben benommen, ich bin dir aber nicht böse deswegen, ich halte es nur gerade überhaupt nicht mit mir alleine aus. Ließ es bleiben, weil ich natürlich doch böse war auf sie („Das ist Gitti!“) und ein Anruf einem Eingeständnis meinerseits gleichgekommen wäre, dass ich es nötig hatte, sie anzurufen, nur weil mir an diesem Abend absolut nichts einfiel, was ich sonst machen konnte, außer mit ihr in die Bingobongobar zu gehen.

Ich dachte angestrengt nach, ob es nicht doch eine Alternative gab, und rief Ali an. Wenn ich nämlich den anrief, dann konnte ich immerhin so tun, als wäre ich noch im Job-Modus, so wie alle anderen auch; als hätte ich gar keine Freizeit mehr, deren Gestaltung mir Schwierigkeiten bereitete, wie ich mir eingestehen musste, jedenfalls, wenn ich nicht zu Johnny ging. Einfach mal so tun wie alle: Arbeit, Arbeit, Arbeit, und nie Zeit für nichts. Gar nicht wissen, wo einem der Kopf steht. Außerdem würde Ali ein wenig von meiner schlechten Stimmung abfedern, das hat er selbst gesagt, wenn auch nicht die ganze, wie er auch gesagt hat. Kaum hob er ab, schrie ich ihn an: „Verdammte Scheiße, Aaaaaali!“

Hörte mich dabei an wie meine eigene Mutter!

„Warum rufst du mich denn nicht an und sagst mir, was bei Tschirners zu Hause gelaufen ist? Ist das zu viel verlangt, dass du mich informierst?“

Ich hörte ihn auffällig laut kauen (sicher irgendwas mit Knoblauch und Zwiebeln), wodurch er mich unbedingt merken lassen wollte, dass ich ihn beim Essen störte. Und erst, nachdem er wirklich alles geschluckt hatte, sagte er, dass er gerade am Familientisch sitzen und ein insgesamt harmonisches Abendessen im Kreise seiner Lieben genießen würde. Wörtlich! Als wollte er mich mit seinen Knoblauchzehen, die er gerade aß, noch ein Stück weiter in meine Einsamkeit hineindrücken. „Wir tauschen gerade Erlebnisse unseres Tages aus und arbeiten alles auf, damit vor dem Schlafengehen nichts Negatives zurückbleibt."

Ich fragte: „Hast du ihnen auch erzählt, dass ich dich heute aufs Kreuz gelegt habe?"

Er schwieg, was nichts anderes heißen konnte als: Das nicht gerade! Aber dass er mit einer launischen, im tiefsten Inneren wahrscheinlich sehr einsamen Kollegin zusammenarbeiten musste, das hatte er ihnen sicher erzählt. Arschloch! Er sagte: „Ich wollte dich nach dem Verzehr der sehr leckeren Süßspeisen meiner Mutti ohnehin noch anrufen, aber jetzt, wo du dich von dir aus meldest, kann ich es dir auch gleich sagen: Frau Tschirner ist heute Vormittag überraschend nach Kanada verreist."

„Sagt wer?"

„Ihre Haushälterin, die ich alleine in diesem riesigen und leeren Haus vorgefunden habe."

Ich dachte sofort daran, wohin ich verreisen würde, wenn ich einen solch peinlichen Auftritt wie sie geliefert hätte, und mir fielen ein: Antarktis und Arktis.

„Angeblich will sie dort den nordamerikanischen Markt für ihre Dosen erschließen."

„Aha."

„Ich frage mich nur, warum sie dafür ihren Sohn mitgenommen hat."

„Hat sie das?"

„Ja."

„Vielleicht gehört er zu der Sorte Jugendliche, die die Fehler ihrer Eltern wiederholen, und er möchte groß ins Energydrink-Business einsteigen? So wie bei euch. Ihr müsst doch auch Friseur werden, wenn alle in der Familie Friseur sind, oder?“

Ali seufzte, blieb aber sachlich: „Ich möchte nicht wissen, was Herr Tschirner zu all dem sagen wird, sobald er aufgewacht ist. Er hatte nämlich einen schweren Herzinfarkt, als wir bei ihm waren, und liegt nun auf der Intensivstation, das nur nebenbei.“

Ich fragte besorgt: „Was wird denn jetzt aus den ganzen Dosen?“

Ich nahm Ghetto Boy mit und legte mich in die Wanne, kam dabei aber nicht so richtig in Stimmung, denn nach diesem Telefonat hatte ich wieder Kopfschmerzen. Was der immer redete!

Ich ließ warmes Wasser nachlaufen, gab den Boy beiseite, griff nach meinem kleinen Computer und suchte darin nach diesem Buch von Klara Petzl – *Vergebung*. Wenn man es online kaufen wollte, dann wurde es einem mit diesen Sätzen schmackhaft gemacht:

Vergebung ist die bewegende Geschichte einer engagierten Mutter, deren eigenes Kind von einem Drogendealer zum Krüppel gemacht wurde. Trotzdem setzt sich die Autorin weiterhin für Flüchtlinge und Menschenrechte ein, weil es für sie nur eine Antwort gibt: Vergebung.

Engagierte Mutter also. Das klang irgendwie interessant, aber auch ganz schön bescheuert. Um mir ein genaueres Bild davon zu machen, wie bescheuert das klang, las ich auch noch die dazugehörige Textprobe:

Der 11. August 2002 veränderte mein Leben, unser Leben, das Leben meiner geliebten Familie von Grund auf. Wir waren so glücklich damals, mein Mann und ich, und wir hatten unseren wunderbaren Sohn Oliver, der gerade vier Jahre alt geworden war. Klingt es kitschig, wenn ich sage, was für ein schöner, warmer Sommertag es war, als alles passierte? Wir wollten gerade in den Zoo fahren, weil Oliver die Eisbären dort so liebte, und warteten auf die U-Bahn, da wir in der Stadt meist öffentlich fahren, um die Umwelt nicht zu belasten. Oliver war ein aufgewecktes Kind und lief auf dem Bahnsteig herum, als er bei Einfahren des Zuges von einem Mann auf die Gleise der U-Bahn gestoßen wurde. Er verlor dabei nicht sein Leben, aber beide Arme vom Ellenbogen abwärts. Der Täter war ein nigerianischer Drogendealer, wie sich später herausstellte, der voll mit Drogen war und später im Prozess auf nicht zurechnungsfähig plädierte, was vom Gericht bestätigt wurde. Hass, Wut und Abscheu bestimmten fortan unser Leben, und natürlich Verzweiflung. Denn wir waren offene, hilfsbereite Menschen, die sich immer für Flüchtlinge und Hilfsbedürftige eingesetzt hatten. Die Frage nach dem Warum zerfraß unser Innerstes, bis ich zu dem Schluss kam, dass es nur einen Weg gibt, diesen Alptraum zu beenden: Vergebung.

Interessant, dachte ich, dass sie zu diesem Schluss gekommen war, und nicht etwa ihr Sohn.

Und wo blieb in der ganzen Geschichte der Vater? Hatte der keine Meinung?

Jedenfalls konnte dieses Ereignis und die Aufarbeitung durch seine Mutter ein Grund dafür sein, dass Oliver Petzl ein wenig verhaltensauffällig gewirkt hatte, als er sie bei diesem Begräbnis herumkommandierte. Vielleicht war das seine Art, mit dem „Ereignis“ fertig zu werden?

Ich würde Ali fragen, denn er war ja Kriminalpsychologe mit Zusatzausbildung zum Sozialarbeiter. Aber nicht mehr heute, denn heute würde er bereits im Kreise seiner Lieben friedlich schlummern, wahrscheinlich mit seinen drei bärtigen Schwestern in einem Zimmer. Hoffentlich nicht auch in einem Bett!

Ich legte den Laptop beiseite und versuchte es noch einmal mit Ghetto Boy, aber es funktionierte noch immer nicht. Denn wenn ich ihn mir so anschaute, dann musste ich plötzlich an Armstümpfe denken.

Ich lenkte nun also ein pinkfarbenes, spritsparendes Auto, das extra für Barbies gebaut wurde, in Richtung meiner Dienststelle. Das saubere Innere des Wagens machte mich ganz unruhig, unruhiger noch als Taxifahrten am Beifahrersitz, ich war das alles nicht gewohnt. In meinem Benz herrschte ein anderes Mikroklima, auch wenn ich für meinen Geschmack zu wenig Sex mit Johnny darin gehabt hatte. Und auch mit allen anderen.

Dieser Geruch hier! Wie nach Zuckerwatte! Denn Barbie hatte den Wagen auch innen jeden Tag gereinigt, ich habe sie sogar mal dabei beobachtet, wie sie mit Wattestäbchen das Klo sauber machte, die ganzen Fugen und Ritzen damit reinigte. Und genau so hatte sie ihren Tschutschi gepflegt.

Wer die Qualität seines Selbstbewusstseins prüfen wollte, der musste mit so einem Auto vor einer Polizeidienststelle parken. Wenn man dann immer noch Freude am Leben hatte, dann war man innerlich im Lot und wirklich gefestigt. Bald schauten sogar schon welche aus dem fünften Stock herunter und lachten über mich, weil ich irrtümlich den Scheibenwischer eingeschaltet hatte und nicht mehr wusste, wie ich ihn abdrehen konnte.

Ich war überrascht, dass Bonner bereits bei Ali im Büro saß und beide auf mich warteten. Was lief hier? Wenn zwei Männer in einem Raum zusammen waren, dann konnte man sicher sein, dass sie sich über Frauen unterhielten. Und selten kamen die Frauen dabei gut weg, außer es ging mal um einen „unglaublich geilen Fick“, den es zu bereden gab, aber das waren absolute Ausnahmen, weil es dafür ja Frauen brauchte. Wollte sich Ali also bei Bonner einfach lieb Kind machen? Brachte er ihm Süßspeisen mit schönem Gruß von seiner Mutter mit?

Egal. Bonners Augen saugten sich nun an meinem engen, mintgrünen Stretchkleid, für das ich mich entschieden hatte, fest. Er überlegte wohl, wie ich darin aussehen würde, wenn ich ihm den Tisch machte, und fragte ganz verwirrt, wie der Stand der Dinge sei. Ich sagte: „Seit wir hier einen Kühlschrank haben, eigentlich ganz gut. Was trinken?"

„Ich bin im Dienst."

„Ich auch."

Schenkte uns einen Kleinen ein, um ihn wieder mehr auf meine Seite zu ziehen, weg von den kurdischen Keksen, während Ali zusammenfasste: „Die Identität des zweiten Toten beim Kraftwerk dürfte geklärt sein, es handelt sich um einen gewissen Solomon Touré, der bis zu seinem Verschwinden ebenso wie Yaya in dieser Einrichtung namens *African Sunshine* untergebracht war."

„Das ist ein verdammtes Nest!", warf Bonner verächtlich ein.

„Eine NGO", korrigierte ihn Ali höflich. „Dort tat sich helfend eine Gruppe von Müttern hervor, die Suppe für die Flüchtlinge kochten oder Energydrinks aus eigener Produktion verteilten. Oder auch Modeschauen dort abhielten und die Flüchtlinge dann mit T-Shirts ausstatteten ..."

Ich präzisierte in Richtung Bonner: „Die, die das machte, arbeitet ausschließlich in Schwarz und Weiß, müssen Sie wissen. Aus-schließ-lich!"

Er nickte, aber nicht sehr interessiert. Ali fuhr fort: „Yaya trug zum Zeitpunkt des Eintritts seines Todes Fußballschuhe, die er von einem gewissen Florian Tschirner bezahlt bekommen hat, Vater von Noah Tschirner, einem dieser Schüler. Solomon wurde an ein Mountainbike gefesselt gefunden, das Tschirner mutmaßlich für seinen Sohn gekauft hat, der hat es angeblich nach der ersten Ausfahrt verloren. Vater Tschirner hatte die beiden afrikanischen Jugendlichen mit Knebelverträgen an sich gebunden, er wollte sie zu Fußballern ausbilden und dann mit ihnen Geld verdienen, er nannte das ein Investment in die Zukunft. Er selbst dürfte mit den Morden nichts zu tun haben, aber der tatverdächtige Sohn ist mit seiner Mutter überraschend verreist. Alle diese helfenden Mütter sind auch in der alternativen Privatschule aktiv, in die sie ihre Kinder schicken. Es spannt sich also ein Netz aus Indizien rund um diese Gruppe Verdächtiger im Dunstkreis dieser Schule ..."

„Jaja, schon gut", sagte Bonner mürrisch und legte eine Mappe auf den Tisch, während er sich eine Zigarette anzündete und mir auch eine anbot. Ali wollte dagegen protestieren, aber ich deutete ihm mit strengem Blick, dass Rauchen hier absolut okay sei, und zwar ein für alle Mal. Sonst wieder Hüftwurf. Das schmeckte ihm nicht: „Sie benimmt sich wie einer dieser Tyrannen des Mittleren Ostens", beklagte er sich Bonner gegenüber, und das war genau das, was ich befürchtet hatte: Männersolidarität. „Sie scheut nicht einmal vor Gewalt zurück!", legte er nach, und um mir so eine Art Schlag in die Magengrube zu verpassen, sagte er dann sogar: „Sie hat nicht annähernd die Klasse ihrer Mutter!"

Dieser Satz war es wert, unsere kurze Zusammenarbeit mit einem Schulterwurf endgültig zu beenden. Die Strafversetzung in den Innendienst ohne Aussicht auf Tageslicht würde ich dafür gerne in Kauf nehmen.

Ich wusste sogar schon, in welche Ecke ich ihn werfen wollte und was ich ihm dort sagen würde, sobald ich über ihm kniete: „Meine Mutter nennt dich zwergwüchsig!“

Aber dann sah ich, wie Bonner still in sich hineinlächelte, und ich verstand, dass es seine Absicht war, hier herunten eine Art Kampf der Kulturen anzuzetteln. Zwischen einer Frau von Format aus heimischen Gefilden auf der einen und einem kleinwüchsigen, zugewanderten Kurden auf der anderen Seite. Wenn wir uns also die Schädel einschlugen, dann könnte er sich zweier unterdrückter Gesellschaftsvertreter auf einmal entledigen, die man hier nicht besonders schätzte: ein Ausländer und eine Frau. Das durfte ich auf keinen Fall zulassen, also setzte ich mich einfach auf meinen Stuhl und hob mir den Schulterwurf für später auf. Ich legte die Füße auf den Tisch, so wie der Boss das immer machte, und hörte zu: „Ihr habt euch also ganz gut eingelebt, wie ich sehe“, sagte er mit süffisantem Lächeln, und dann zu mir: „Was hast du überhaupt an?“

„Sie geht ständig auf Events!“, maulte Ali weiter. „Aber sie will nicht sagen, auf welche. Ist alles streng geheim! Vielleicht erfährt man's ja irgendwann aus der Zeitung, wenn sie wieder mal jemanden umwirft!“

Ich schob den Saum meines Kleides ein bisschen nach unten, damit mein Boss nicht alles von mir sehen konnte, und sagte dann: „Was geht es euch überhaupt an, was ich anziehe? Habt ihr einen Spiegel zu Hause? Na also! Ich meine, seht euch mal an!“

Gleichzeitig mit Bonner drückte ich meine Zigarette aus, und dann beobachtete ich, wie er uns anschaute und wartete, die Augenbrauen hochzog und grinste. Das war ein bewährter Trick von ihm, wenn er etwas besonders spannend machen wollte. Er hörte sich selbst gerne reden und baute seine Geschichten immer möglichst dramatisch auf. Aber bevor er anfing, musste man ewig lange warten. Endlich fragte ich genervt: „Was ist jetzt? Ist irgendwas?"

„Wir haben den nächsten toten Schwarzen, sein Name ist Joseph Iwobi", sagte er. „Er war Flüchtling wie dieser Yaya und dieser Solomon."

Der Anfang seiner Geschichte war schon mal nicht schlecht. Und der Teil in mir, der zählen gelernt hatte, sagte zu dem anderen Teil, der schon wieder die Nägel feilen und im Internet surfen wollte: ‚Hello Kitty! Zähl doch mal eins und eins zusammen!' Aber ich hatte keine Lust zu zählen.

„Vor vier Tagen, am 23. Juni um halb vier Uhr früh, wurde er im Innenhof eines Wohnhauses am Franziskanerplatz in der Innenstadt gefunden, das ist eine verdammt noble Adresse. Er streunte dort wohl herum auf der Suche nach Essen oder Einbruchsmöglichkeiten, aber das sind – gebe ich zu – bisher nur Vermutungen. Er hatte einige sichtbare Verletzungen an Kopf und Körper, und zumindest eine davon muss tödlich gewesen sein. Eine ältere Hausbewohnerin, Frau Morell ihr Name, die frühmorgens ihren Hund spazieren führen wollte, fand ihn bei den Mülltonnen. Dann ging sie zurück in ihre Wohnung, um von dort aus die Polizei zu verständigen, sie telefoniert noch mit Festnetz."

„Gibt es ein Anrufprotokoll?", fragte Ali.

„Aber natürlich", sagte Bonner und schlug in seinen Unterlagen nach. „Sie sagte wörtlich: ‚Räumen Sie den hier weg, der gehört nicht hierher!' Zwei junge Kollegen vom dortigen Kommissariat nahmen den Fall auf."

„Von welcher Todesursache sind die beiden jungen Kollegen denn ausgegangen?", fragte Ali. „Und sagen

Sie jetzt bitte nicht, dass er sich dort herumgetrieben hatte, stolperte und sich dabei tödliche Verletzungen zuzog."

Das war eine bewährte Methode der Wiener Bullen: dass sie sichtbare Verletzungen an Menschen, die Minderheiten angehörten, gerne damit erklärten, dass sie gestolpert seien und sich dabei selbst verletzt hätten.

„Du wirst lachen", antwortete Bonner. „Aber genau das haben sie protokolliert: Er ist gestürzt und verletzte sich dabei tödlich. Vielleicht waren auch Drogen im Spiel? Aber bitte, das ist bisher auch nur eine Mutmaßung."

„Das mit dem Du hatten wir doch schon mal besprochen", sagte Ali scharf. „Einmal noch, und ich reiß Ihnen zusammen mit einer Menschenrechtsanwältin, die ich das Glück habe zu kennen, den Arsch auf."

Immer, wenn mir Ali gerade besonders auf die Nerven ging, nahm er mich plötzlich wieder für sich ein mit seinem furchtlosen Einsatz für Gerechtigkeit und Gleichbehandlung. Was das betraf, war er einfach unschlagbar. Nervig, aber eben auch unschlagbar. Darin hatte er sich wohl in seiner Heimat geschult. Dort hatte er sich vielleicht mit anderen Kalibern als mit Bonner angelegt, und deswegen hatte er vor nichts und niemandem mehr Angst, schon gar nicht vor einem wie Bonner. Ich lächelte zufrieden und sagte: „Ich werde Herrn Kurtalan selbstverständlich vollinhaltlich unterstützen, wenn er Ihnen den Arsch aufreißt, und mir dann erlauben, noch Zwiebeln hineinzustecken. Gibt es sonst noch Infos?"

Bonner wollte keine Zwiebeln im Arsch, er wollte sich lieber eine weitere Zigarette anzünden. Aber nun beschied ich ihm, dass ausschließlich ich hier rauchen würde, um die empfindlichen Lungen meines Kollegen nicht zu sehr zu belasten. Bonner seufzte und legte sein Feuerzeug resigniert zur Seite, dann fuhr er fort: „Joseph Iwobis letzter bekannter Aufenthaltsort war die gleiche NGO im Fünften Bezirk, wo auch die beiden anderen bis zu ihrem Verschwinden untergekommen waren. Der negative Asylbescheid konnte ihm aber nicht zugestellt werden, weil er dort schon länger nicht mehr aufhältig war."

Er konnte wirklich gut erzählen. Und er genoss es, die Überraschung in unseren Augen wahrzunehmen, als er „NGO im Fünften Bezirk" sagte. Wir näherten uns dem Straftatbestand „Mordserie", sollte dieser Joseph auch ermordet worden sein.

„Wussten die beiden Bullen von den Toten im Wald?", fragte ich.

„Vermutlich ja", sagte Bonner.

„Und trotzdem schreiben sie Sturzverletzungen als Todesursache ins Protokoll? Sind die bescheuert?"

„Jedenfalls: Irgendwelche Eselsalamifresser und Gutmenschen, die sich in ihrer Freizeit um solche wie diesen Joseph kümmern, hatten ihn wohl irgendwie in ihre Mitte aufgenommen oder ihn hin und wieder mit kleinen Häppchen versorgt. Und gestern richteten sie sogar die Beerdigung für ihn aus."

Der Teil in mir, der zählen gelernt hatte, wurde nachdrücklicher: ‚Kitty! Ein Begräbnis! Frag wo!'

Ich fragte: „Wo denn?"

Er sagte: „Friedhof Ober St. Veit. Ganz feine Gegend. Es könnte längst Gras über sein Grab wachsen. Aber ein etwas übereifriger junger Staatsanwalt namens Wehner dachte plötzlich, dass seine Verletzungen auch von etwas anderem als einem Sturz stammen könnten. Zu viele ehrgeizige Staatsanwälte vermuten ja heute hinter allem, was so herumliegt, sofort ein Verbrechen, wenn das Opfer nur schwarz genug ist. Manche Leute in unserem Land sind da verdammt hellhörig heutzutage. Und es gibt Zeitungen, die von diesen politisch Korrekten ständig mit solchem Unsinn gefüttert werden, was wiederum für uns nur mehr Arbeit bedeutet."

„Ist doch gut", sagte Ali. „Arbeit ist gut."

Fand ich nicht. Ich wurde im Gegenteil ein wenig unruhig und fragte. „Wie hieß er noch mal genau?"

„Joseph. Diese Schwarzen haben oft die verrücktesten Namen! Aber gerade, als sein Sarg in die Erde gelassen wurde, tauchte dieser Wehner dort auf und brach die Sache ab. Er ließ den Sarg wieder herausholen, der Tote liegt also nun in der Gerichtsmedizin. Ach ja übrigens: Die Leute, die ihn dort begraben wollten, nannten ihn Seppi. Lustig, oder?"

Ich sagte: „Sehr."

Bonner hob sich die interessantesten Sachen wirklich immer bis zum Schluss auf, genau wie es sich gehört für einen guten Erzähler. Und als ich noch damit zu tun hatte, eins und eins zusammenzuzählen, legte er sogar noch eines drauf: „Diese Bullen, die mit dem Staatsanwalt bei dem Begräbnis waren, erzählten übrigens eine witzige Geschichte: Da lag eine Frau, sie muss ein ähnliches Kleid getragen haben wie Kitty jetzt und auch ungefähr in ihrem Alter gewesen sein, die wurde wohl in der Hitze ohnmächtig. Sie lag dann also mitten auf dem Friedhof im Kies herum, ihr Kleidchen war ihr hochgerutscht bis zum Arsch, und die beiden Bullen schworen Stein und Bein, dass sie kein Höschen trug. Könnt ihr euch das vorstellen? Sie trug bei einem Begräbnis kein Höschen! Davon träumen wir Männer doch, nicht wahr?"

Ali wirkte hin- und hergerissen zwischen Abscheu und männlicher Neugierde, schließlich fragte er: „Gibt es Fotos?“

„Ich muss mal fragen“, sagte Bonner. „Aber wenn eine ohne Höschen irgendwo herumliegt, dann fotografiert doch heute immer irgendjemand, oder nicht?“

„Ich meine von dem Toten!“, sagte Ali und nahm den Akt an sich, um sich aus dieser für ihn unangenehmen Situation zu retten.

„Ah so“, sagte Bonner. „Nun, alles, was wir über den wissen, steht in diesem Akt. Ob daraus wirklich eine Serie wird, diese Frage werdet ihr beantworten. Und bitte nicht einseitig im rechtsextremen Milieu ermitteln. Und auch keine falschen Vorverurteilungen, nur weil es drei tote Schwarze sind, in Ordnung? Viel Spaß!“

Er stand auf und ging, wobei er lächelte wie einer, der siegreich das Schlachtfeld verließ.

28

Ich musste mich erst wieder sammeln, und dann stellte ich mir ein paar grundsätzliche Fragen: Warum hat meine ehemals beste Freundin Susi mir nichts darüber gesagt, dass Seppi Joseph hieß und ein Flüchtling aus Afrika war? Und warum lag er tot im Hof eines Hauses im Ersten Bezirk herum, bevor er da draußen begraben werden sollte? Und warum gingen diese zwei Bullenidioten davon aus, dass er gestürzt war und sich dabei tödlich verletzte? War das nur noch Faulheit, oder Dummheit? Oder doch schon reine Menschenverachtung? So nach dem Motto: Ein Schwarzer? Mir doch egal! Sicher wollte er nur in der Mülltonne stochern und fiel dabei auf den Kopf, und dann war er plötzlich tot. So dachten sie, so dachten sie alle.

Und dann natürlich diese eine wichtigste Frage, die ich mich gar nicht zu stellen traute, weil ich die Antwort so ungefähr kannte: Das war wohl ich, von der Bonner redete, als er meinte, da sei eine herumgelegen im kurzen Kleidchen?

Aber ich trug doch ein Höschen!

Und dann noch diese eine Zusatzfrage, auf die ich am besten niemals eine Antwort haben wollte: Gibt es tatsächlich Fotos von „dieser Frau, die dort ohnmächtig geworden ist"? Auch wenn ich mich erst vor kurzem dazu entschlossen hatte, niemals im Sommer zu sterben, so wollte ich nun doch eine Ausnahme machen und flehte: Bitte, lieber Gott, lass mich sterben!

Ich fasste einen Entschluss: Lieber erst mal nicht zu viel darüber reden! Am besten niemandem davon erzählen, dass ich dort war und die Hitze mich gefällt hat. Man war ja sofort Mittelpunkt böser Gerüchte, sobald Fotos von einem auftauchten, auf denen man irgendwo herumlag und dabei so aussah, als hätte man sich und sein Leben überhaupt nicht mehr im Griff. Ich kannte das von diversen Weihnachtsfeiern, an denen ich früher noch teilgenommen hatte. Man erinnerte sich nicht mehr genau daran. Aber spätestens, wenn Fotos auftauchten, die einen beim Hinarbeiten auf den vollständigen Erinnerungsverlust zeigten, wusste man, dass es sehr schrecklich gewesen sein musste.

Genauso ging es mir jetzt.

Ali hingegen hatte keine dunklen Flecken in seiner Vergangenheit. Er war wie ein unschuldiges Kind und konnte sich ausschließlich dem Hier und Jetzt widmen. Er beugte sich über den Akt, als wollte er mir damit zeigen, wie viel mehr als meine Mutter ihn die Toten interessierten. Er glaubte wohl, dadurch einem zweiten Hüftwurf zu entkommen. Fürs Erste war ich nicht in der überlegenen Position, aus der heraus ich ihn hätte umwerfen können, schaute ihn mir nur ruhig an, wie er gewissenhaft die Fotos studierte, die dem Akt beigelegt waren und den toten Joseph Iwobi am Ort seines Sterbens zeigten. Die Frage war nun, ob dieser Ort ein Tatort war, oder der Ort eines Selbstmordes zum Beispiel? Immerhin hatte Susi mir versichert, dass genau das passiert war – Selbstmord, weil Hildi LaChance ihn hat fallen lassen.

Bevor Ali den falschen Eindruck gewinnen konnte, dass ich rein gar nichts zur Lösung der Fälle beizutragen hatte, wollte ich das Thema zumindest mal auf den Tisch legen: „Was ist, wenn er sich einfach umgebracht hat?“

Ali blickte kurz und skeptisch auf: „Ach komm! Wieso denn?“

„Scheiße, Ali, warum nicht? Es kann ja immerhin sein! Er war Flüchtling! Es gefiel ihm hier nicht! Er merkte, dass es ein Fehler gewesen war, hierherzukommen! Es gibt doch ganz sicher tausend Gründe, warum ein Flüchtling sich umbringen will! Wolltest du dich nie umbringen?“

„Nein, also echt nicht. Da bin ich erstens nicht der Typ dafür. Und so schlecht ist es zweitens hier gar nicht, wenn du vorher in einem Foltergefängnis gesessen bist.“

„Und was ist mit Liebeskummer?“, fragte ich ihn. „Ich weiß, davon verstehst du nichts. Aber Schwarze kommen oft sehr gut an bei den einheimischen Frauen, vor allem bei solchen, die gerne helfen. Und dann ... ach Ali! Vielleicht hat ihn eine fallen lassen? Ja, genau! So muss es gewesen sein! Es hat ihn eine fallen lassen!“

Er sagte: „Okay, okay. Wir wollen ja wirklich nichts ausschließen. Aber wie sollte er sich dann deiner Meinung nach umgebracht haben? Von der Mülltonne runtergesprungen?“

Er deutete auf ein Foto, das Josephs Gesicht zeigte: „Der soll infolge eines Sturzes gestorben sein?“, fragte er fassungslos. „Ich lach mich gleich tot. Nein, ich fang an zu weinen! Sieh dir das mal an! Entweder er wurde von einer Walze überfahren, oder er ist wirklich sehr unglücklich gestürzt. Kitty?“

„Ja?“

„Hörst du mir überhaupt zu?“

„Ja klar!“

Ich suchte fieberhaft nach einer Erklärung, und dann fand ich eine: „Vielleicht hat er sich aus einem Fenster gestürzt?“

„Du meinst, er ging da einfach in dieses Haus hinein, fuhr mit dem Lift in den vierten Stock oder so hinauf, öffnete ein Fenster, das in den Hof hinausgeht, und warf sich hinunter?“

Ich sagte: „Warum denn nicht, Ali? Du bist doch auch Bulle geworden und niemand hat je damit rechnen können. Es passieren heute die unglaublichsten Dinge auf der Welt!“

29

Als wir zu meinem Leihwagen kamen, wollte ich das möglichst cool und beiläufig abhandeln, aber Ali fragte sofort: „Was soll denn das sein? Ein Auto?“

Ich sagte: „Ein Statement!“

Dabei schaute er mich misstrauisch an, als wüsste er nicht so recht, ob ich mich nun zum Besseren oder zum Schlechteren gewandelt hatte. Schließlich wusste er es: zum Schlechteren!

„So viel kann auch ich als Radfahrer sagen: Das steht dir nicht! Gib wenigstens die hier runter.“

Ohne zu zögern, riss er zuerst die rechten Wimpern über Tschutschis Frontscheinwerfen ab und dann die linken. Ich kriegte kaum Luft, als ich das sah, dann schrie ich ihn an: „Weißt du eigentlich, in welche Schwierigkeiten du mich damit bringst? Dieses Ding gehört meiner Schwester! Sie bringt mich um!“

Ihn regte das nicht auf: „Wenn du Probleme mit deiner Schwester hast, dann sag es mir. Ich sag es dann deiner Mutter, und die sagt es dann deiner Schwester. Glaube mir: Du kannst nur gewinnen mit mir an deiner Seite. Mütter mögen mich, sie hören auf mich.“

Ich dachte: Hüftwurf now! Aber je länger mir im Kopf herumspukte, was er so laberte, desto vernünftiger klang das alles. Vielleicht konnte er mir wirklich helfen, meine Mutter zu besänftigen und ihren übermäßigen Hunger nach Gesellschaft zu stillen. Sollte er sie einmal in der Woche besuchen, dann würde das viel Druck von mir nehmen. Und wenn man die Sache genau betrachtete, dann hatte ich ja auch noch immer keine Begleitung für die geplante Hochzeit meiner Schwester. Insgeheim stellte ich mir vor, wie wütend meine Schwester sein würde, wenn ich mit ihm dort auftauchen würde. Er in einem glänzend grauen Anzug aus hundert Prozent Polyester, wie es sein Kulturkreis vorschrieb, ich in einem Hauch von Nichts ohne Höschen ...

Ich sagte: „Vielleicht hast du ja Recht."

Ich lenkte Tschutschi in Richtung Erster Bezirk, immer darauf bedacht, möglichst nicht aufzufallen. Keinen Maserati, Porsche oder riesigen schwarzen Geländewagen aufzuhalten. Nur ja keinen Unmut bei zugezogenen russischen Oligarchen oder anderen Verbrechern, die sich hier breitmachten, erzeugen. Keiner von denen sollte aussteigen und mich hier in dem Ding mit dem kleinen Kurden sehen müssen. Reichen, todschicken Männern mit eigener Yacht vor Monte Carlo und eigenem Fußballclub in England wollte ich lieber alleine begegnen.

Bis ich endlich merkte, dass ja sie es waren, die den Verkehr hier aufhielten, weil sie mit ihren lächerlichen SUVs gar nicht genug Platz hatten, weder zum Fahren noch zum Parken. Heimische Parklücken waren einfach nicht gemacht für solche Fahrzeuge, erst recht nicht in den engen Gassen des Ersten Bezirks, die noch für Pferdegespanne ausgelegt waren.

„Wie war das mit den reichsten zweiundsechzig Arschlöchern, die sich die Welt aufteilen?", fragte ich Ali.

„Ach komm", sagte er. „Dieses protzige Gehabe der Reichen musst du wegstecken. Man darf sich selbst nicht klein vorkommen, nur weil man nichts hat."

„Ich komme mir sicher nicht klein vor! Schon gar nicht neben dir."

Ich parkte den Wagen vor dem Haus Franziskanerplatz Nummer drei, das mindestens fünfhundert Jahre auf dem Buckel haben musste, vielleicht tausend, aber natürlich top renoviert war. Im Umkreis von fünfzig Metern standen hier mindestens fünf Baukräne, mit deren Hilfe man Dachgeschoße auf die alten Häuser draufpfropfte. Der Quadratmeter Wohnfläche kostete hier mehr als der Wagen meiner Schwester.

Wir schauten uns die Namensschilder an der Gegensprechanlage neben dem Hauseingang an. Die Zeugin Morell wohnte auf Nummer zwölf, aber ihr Name stand nicht da, auch die meisten anderen wollten anonym bleiben. Nur auf einem Schild stand ROSbank Ltd., und auf einem anderen Manon. Ich sagte: „Klingt spanisch für mich."

„Ist aber französisch, Kitty. Französisch! Manon ist ein richtiges Luder!"

„Wieso weißt du das? Kennst du sie?"

„Manon ist die Hauptfigur einer Oper von Puccini und ziemlich sexy. Doch leider gibt es recht wenige wirklich sexy Opernsängerinnen, die meisten sind zu fett für diese Rolle, singen sie aber trotzdem, weil das Angebot zu klein ist."

„Warum sind es eigentlich immer Männer, die sich über das Fett von Frauen lustig machen müssen? Sagtest du übrigens gerade Opernsängerin?"

Ich hoffte, dass ich mich verhört hatte, aber das hatte ich nicht: „Soll ich noch mal? Opernsängerin. Opernsängerin."

Ich dachte: Bitte nicht! Und sagte: „Kennst du dich etwa auch mit Oper aus?"

„Auf Stehplatzniveau."

„Wow."

„Natürlich kenne ich mich nicht aus! Meine Schwester reißt Karten in der Staatsoper ab, um sich ihr Studium zu finanzieren. Als sie noch jünger war, hab ich sie immer abgeholt und nach Hause gebracht, damit ihr nichts passiert. Da hat sie mir alles erzählt."

„Und seither weißt du, wer Manon ist?"

„Und wer Don Giovanni ist."

„Hört sich französisch an für mich."

„Ist aber italienisch, Kitty! Italienisch!"

Felicitas Robatsch klang immerhin anders als Manon. Aber was, wenn diese Robatsch diese Manon sang und sie diesen Namen hier nur angebracht hatte, um nicht von Fans entdeckt zu werden? Auch fette Opernsängerinnen hatten Fans, ließ ich mir von Ali versichern. Der verschaffte uns mit einem Zentralschlüssel Zutritt, und dann gingen wir in den Innenhof, wo man die Leiche gefunden hatte. Man konnte noch dunkle Flecken auf dem Boden sehen, dort, wo er gelegen haben musste, Blut ließ sich nur schwer von Beton entfernen. Ich sagte: „Verdammt ruhige Gegend hier. Kein Kinderlärm. Man hört rein gar nichts hier herinnen."

„Man wohnt ja auch nicht in solchen Häusern", sagte Ali. „Man besitzt hier Wohnungen, lässt sie leer stehen, wartet, bis sie im Wert gestiegen sind, und verkauft sie weiter."

„Ist die Welt nicht vollkommen verrückt?"

„Das ist sie allerdings."

Ich fragte Ali, wie und wo Joseph „Seppi" Iwobi hier gestolpert sein soll, und was er ausgerechnet hier gesucht haben könnte? So wie er auf den Fotos aussah, musste er auf Godzilla getroffen sein, der geht hier aber nicht um drei Uhr nachts spazieren. Wenn ihn jemand verprügelt hat, dann müssten das mindestens drei, vier, zehn Männer gewesen sein, und zwar russische Geheimdienstler oder so was. Außerdem geht so etwas nicht in zwei Sekunden. Die Wahrscheinlickeit, dass ihn jemand schreien gehört hätte, wäre also sehr groß gewesen, die Häuser hier standen eng beisammen.

Ali fragte: „Also?“

Ich schaute hinauf zu den Fenstern, in jedem Regelgeschoß befanden sich Balkone. Manche waren groß, manche gerade groß genug, um dort den Teppich rauszuhängen. Ali fragte: „Du gehst nicht ab von deiner Selbstmordthese?“

„Nein!“

„Aber sieh mal: Diese Fenster gehören alle zu Wohnungen, nicht zum Stiegenhaus. Wenn er irgendwo da runtergefallen wäre, dann müsste er zuvor in einer Wohnung gewesen sein. Aber wie käme ein Asylwerber aus Afrika in so eine Wohnung? Ich glaube nicht, dass irgendein Schwarzer hier in dieser Gegend eine Wohnung besitzt, außer er ist Staatschef von Nigeria und verdient ein bisschen was mit Öl.“

„Tja.“

Wir standen vor dem Lift und drückten, aber er kam einfach nicht. Ich dachte schon, meine Pechsträhne mit Liften würde sich fortsetzen, und war geneigt, das persönlich zu nehmen. Aber Ali klärte mich auf: „Das sind hier vermutlich alles Eigentumswohnungen. Man kommt dann nur in den Lift hinein, wenn man auch einen Schlüssel dafür hat. Siehst du?“

Er deutete auf das Schloss, in das man den Schlüssel stecken musste. Ich fragte: „In welchem Stockwerk könnte sie wohnen, was meinst du?“ Er meinte: „Wenn es hier insgesamt vierzehn Einheiten gibt, dann liegt zwölf vermutlich ganz oben.“

Nun nahm ich es aber wirklich persönlich!

Wir quälten uns die fünf Stockwerke hinauf bis nach ganz oben, wo ich dann einigermaßen außer Atem war. Ali schämte sich ein wenig für mich, machte sich aber auch Sorgen: „Jetzt mal im Ernst: Hast du keine Befürchtung, dass du beim Gesundheitscheck schlecht abschneiden könntest?“

„Doch!“

„Und tust du etwas dagegen?“

„Nein!“

Nach zehn Minuten beruhigte sich mein Herzschlag wieder halbwegs. Ali hatte freundlicherweise so lange gewartet, aber nun, da er klopfte, warteten wir erst recht wieder zehn Minuten, bis Frau Morell endlich die Türe aufmachte. Also hätte er ruhig auch früher klopfen können!

30

Frau Morell schien glücklich, dass sie wieder mal Besuch kriegte, und als wir uns mit „Polizei!" vorstellten, gab ihr das ein Gefühl von Sicherheit, das sie scheinbar in letzter Zeit vermisst hatte. Die frische Luft, die wir mit in ihre Wohnung nahmen, als wir eintraten, war dann genau das, was sie hier benötigte, fehlte nur noch jemand, der auch mal ihre Wäsche wusch! Es roch nämlich sehr stark nach Urin. Sie wirkte wie die letzte Überlebende eines sehr fernen Krieges. Ihre Wohnung war ein einziges Chaos, und was Leute mit eigenwilligen Duftnoten anging, war ich wirklich nicht sehr begünstigt in letzter Zeit.

Kaum hatte sie die Türe hinter uns geschlossen, ließ sie uns wissen: „Ich war mit der Jennymaus unten Gassi. Und wie ich zurückkomme, liegt der Mohr im Hof herum. Gibt's das?, hab ich mir gedacht. Ich hab ihn angestoßen mit dem Stecken. Komm! Steh auf! Gemma, gemma!, hab ich zu ihm gesagt, und: Husch, husch! Weil so einer gehört einfach nicht hierher. Aber, na gut, er war ja schon tot. Also bin ich herauf und habe euch angerufen."

„Herauf mit dem Lift?"

„Na geh, hören S' auf! Ich hab doch keinen Schlüssel für den Lift, ich geh alles zu Fuß."

Altes Mieterproblem in von Eigentümern dominierten Häusern: dass man sie raushaben wollte!

„Dann sollen sie mir den Liftschlüssel geben, dann bin ich sofort tot!", sagte sie. „Denn wer rastet, der rostet, nicht wahr?"

Dass sie mich verschwitztes Elend dabei anschaute, nahm ich ihr übel.

Wir standen nun in dieser geräumigen, zugemüllten Wohnung mit sehr niedrigen Decken, die den Charme eines alten, dunklen Klosters hatte. Überall standen Plastiksäcke voll mit Sachen herum, Kisten und Kartons. Wenn all das eine Ordnung hatte, dann wusste nur sie, welche. Ali kannte natürlich auch dafür den richtigen Ausdruck: „Die ist ein Messie."

Von der schlechten Luft hier herinnen wurde ich noch müder, und es wurde mir schon wieder ein wenig schwindelig. Also ließ ich Ali mit Frau Morell alleine durch die Wohnung gehen, sie bestand darauf, ihm alles zu zeigen. Da er durch und durch Familienmensch war, kannte und liebte er all seine fünfzig Mütter, Großmütter und Tanten, die vermutlich allesamt noch anstrengender waren als die hier, also würde er auch mit ihr zurande kommen. Ich lehnte mich währenddessen im zentralen Salon, in dem ein richtig schwerer Lüster hing, gegen eine Kommode. Dort stützte ich mich mit dem Ellenbogen ab und legte mein Kinn in die Hand, fragte mich dabei, ob man hier rauchen dürfe, und kam zu dem Schluss, dass eine gerauchte Zigarette bei dieser Luft nichts schlechter machen würde. Ich zündete mir eine an, dann schaute ich mich um, ob hier auf der Kommode irgendwo ein Aschenbecher stand. Da fiel mein Blick plötzlich auf etwas, das ich so oder ähnlich erst vor kurzem gesehen hatte: ein kleines, rosarotes Glücksschweinchen, wie man es bei Yaya und Solomon gefunden hatte. Und hier stand auch eines, kaum größer als der Nagel meines kleinen Fingers. Und anders als die anderen Sachen hier war es nicht verstaubt. Es musste also erst kürzlich hier zur Sammlung dazugekommen sein.

Ich griff nach einem herumliegenden Tuch und nahm das Schweinchen vorsichtig in die Hand, hielt es mir vor die Augen, und als Ali von der Führung mit der Alten zurückkam, winkte ich ihn zu mir und zeigte es ihm: „Das ist hier gelegen!“

Als Frau Morell bemerkte, was ich in der Hand hielt, wusste sie plötzlich nicht so recht, wo sie hinschauen sollte, sie senkte verschämt den Blick, und senkte ihn umso mehr, je böser ich sie anschaute. So alt, wie sie war, saß ihr ganz sicher die Angst im Nacken, und zwar vor Gott und seiner gerechten Strafe, die auf sie warten würde, wenn sie unrechtmäßig Eigentum anderer an sich genommen hatte, siebtes Gebot: Du sollst verdammtnochmal nicht stehlen! Und da sie schon sehr nahe vor dem Himmelstor stand, machte ihr das jetzt Sorgen.

Ich hielt ihr das Schweinchen vor die Nase und fragte streng: „Hat es Ihnen Glück gebracht? Oder ist es vielleicht gar nicht von Silvester?“

Sie druckste herum, und erst, nachdem ich ihr gesagt hatte, dass ich Judo kann, nicht Yoga, rückte sie endlich mit der Wahrheit heraus: „Es lag auf dem Mohr drauf. Da, genau da.“

Sie schaffte es gerade noch, sich so weit zu verbiegen, dass sie mit ihren knochigen Fingern auf die Mitte ihres knochigen Arsches zeigen konnte, der in einem alten, langen Kittel steckte.

Ali fasste sich ans Kinn, nahm die Denkerpose ein und sagte: „Kombinatorisch ergibt das Folgendes: Wenn das Schweinchen auf dem Toten drauflag, dann ist es völlig unmöglich, dass er da unten gestolpert und an den Verletzungen gestorben ist. Es ist aber auch sehr unwahrscheinlich, dass er sich aus dem Fenster gestürzt und sich dann dieses Schweinderl selber auf den Arsch gelegt hat. Ich meine: Wer würde sich ein Glücksschweinchen auf den Arsch legen, wenn er sich gerade selbst umgebracht hat?“

Ich sagte: „Niemand!"

„Also war es Mord", kombinierte Ali weiter. „Und das Schweinchen ist nichts weniger als eine Botschaft! Da bin ich mir nun absolut sicher."

Ich fragte: „Aber welche?"

Während Ali überlegte, kriegte ich eine ganz leichte Wut auf die Alte, und ich sagte zu ihr: „Wissen Sie was: Wir haben schon zwei andere tote Schwarze, bei denen wir auch so ein Schweinderl gefunden ..."

„Na geh!", sagte sie, und sie meinte es weder ironisch noch sarkastisch. „Noch zwei Schweinderl? Das gibt's ja gar nicht!"

„Doch!", sagte ich. „Und für Ihre Zukunft, wie lange sie auch noch dauern möge, merken Sie sich, dass man an einem Tatort nie etwas anfasst, nie! Das heißt nämlich Beweismittelunterdrückung, und darauf stehen ..."

Ich überlegte, stapelte noch ein paar Jahre drauf und sagte: „Bis zu fünf Jahre Seniorenknast wären das! Ich weiß wirklich nicht, ob sie da lebend wieder rauskämen."

Meine Drohung zeigte aber nicht die Wirkung, die ich erhofft hatte, im Gegenteil: Seniorenknast für Golden Ager? Das schien sie zu interessieren. Nachmittags Bingo, dann Soko Hier und Soko Da schauen und abends ganz lange aufbleiben. So stellte sie sich das offenbar vor. Und diese Vorstellung behagte ihr wohl mehr als das hier. Nur ihre Jennymaus stand winselnd da und schien sich zu fragen, wer ihr denn jeden Tag das Futter machen würde, wenn das Frauchen im Knast wäre.

Ali zupfte mich besorgt am Arm, als wäre ich knapp davor, die Alte über die Schulter zu werfen. Ihm war irgendwie unangenehm, dass ich sie so hart anfasste, Stichwort: Die Mutter ist immer heilig! Und eine alte Schachtel erst recht. Aber mir war nun mal danach, sie hart anzufassen! Ich zischte ihn an: „Sie hat nicht die Polizei gerufen, weil sie sich Sorgen um den Zustand eines sterbenden Mitmenschen machte, der da hilflos in ihrem Hof herumlag, sondern nur, weil sie ihn hier weghaben wollte. Sie dachte, er wäre Müll, der neben die Tonne gekippt worden war. Habe ich Recht?"

Die Alte hörte das und sagte: „Nein, nein, nein. So war das nicht! Ich wollte ihn weghaben, weil es da unten in der Wohnung mit ihm so laut war!"

Ich fragte: „Was?"

Und Ali: „In welcher Wohnung?"

„Na in der unter mir! In der von der Opernsängerin! Von diesem riesigen, schiachen Weib!"

Ich zuckte schon wieder zusammen.

„Furchtbar war das da unten!", fuhr sie fort. „Richtig furchtbar! Ich meine, früher war es auch furchtbar. Aber so furchtbar, wie es da unten zuletzt war, war es früher nicht."

Ich fragte: „Warum war es denn so furchtbar?"

Sie ging vielleicht morgens, mittags und abends mit ihrer Jennymaus in benachbarte, vornehme Kaffeehäuser, aber ihre Freundinnen, mit denen sie Canasta hätte spielen können, waren alle schon tot. Jetzt hatte sie nur noch ihren Stock, mit dem sie am Boden nach Verwertbarem suchen konnte, und ihre paar Sinne, die noch einwandfrei funktionierten, um hier alles beobachten zu können, das war's.

„Na ja", sagte sie. „Früher waren halt die Japanerinnen in der Wohnung, die Singen studiert haben. La le lu und Do re mi fa so, den ganzen Tag. Die Leiter rauf und runter. Auch zum Davonrennen, aber nicht so furchtbar wie mit dem Mohr."

„Früher war die Wohnung an Japanerinnen vermietet?", fragte Ali nach. „An Gesangsstudentinnen?"

„Ja. Aber ich glaube, der Russe, der ganz oben wohnt im Dachgeschoß, der hat sich am Ende beschwert über sie. Na ja, oft wohnt er eigentlich nicht da, der Russe, aber beschwert hat er sich halt oft, und dann waren die Japanerinnen weg. Und er ist eingezogen."

Ali fragte: „Joseph Iwobi, so heißt der Tote, wohnte also hier?"

„Aber nie alleine!", beschwerte sich Frau Morell. „Zugegangen ist es da unten, ich sag's Ihnen!"

Ich fragte: „Drogen?"

Ali schaute mich streng an, so streng, dass ich mich gleich selbst für meine Vorurteile schämte. Andererseits lag ich auch nicht vollkommen daneben, denn: „Ich kenne mich nicht aus mit dem Drogenklumpert", sagte Frau Morell. „Aber aus der gewissen Erinnerung heraus weiß ich, dass es keine stärkere Droge gibt als ... na ja, Sie wissen schon."

„Heroin?", fragte Ali.

„Aber geh!", sagte Frau Morell.

„Speed?"

„Aber nein!"

„Welche Droge dann?"

Auch ich überlegte, welche Droge sie meinen könnte, und kam natürlich früher drauf als Ali: „Sie meint Sex!"

„Genau", sagte die Alte. „Sex mit einem Mohr. Du lieber Gott! War die eine weg, kam schon die andere. Wie beim Schichtwechsel!"

„Okay", sagte ich. „Haben Sie seine Gäste gesehen?"

„Nicht oft, aber gehört immer. Jede Einzelne. Jede schreit nämlich anders, müssen Sie wissen."

„Sie haben geschrien?", fragte Ali fassungslos.

„Und wie!"

„Aber wegen was?", fragte Ali.

„Na wegen ihm!“, sagte die Alte.

„Vor Schreck? Vor Schmerz? Vor Angst?“

Ich zog Ali zur Seite. Aber als ich ihm sagen wollte, dass eine Frau beim Sex auch wegen etwas anderem als Schrecken, Schmerzen oder Angst schreien konnte, erklärte es ihm schon die Alte: „Glauben Sie mir, mein Freund: vor Freude! Das waren Freudenschreie! Gut, bei mir ist es schon länger her, dass ich dabei vor Freude geschrien habe, aber an das Gefühl kann ich mich schon noch erinnern. So schreit man nur vor Freude.“

„Sie meine...?“, stammelte Ali.

„Er hat ja gut ausgeschaut“, erklärte Frau Morell. „Und er war jung. Darum hab ich ja nicht verstanden, was er sich da für grausliche Weiber ins Haus geholt hat!“

„Was denn für welche?“

„Na, schiach halt! In dem Alter hatte ich jedenfalls schon die Einsicht, dass es besser ist, alleine zu leben und sich gute Filme anzuschauen. Man muss nicht bis ins hohe Alter hinein Sex haben, schon gar nicht mit einem so Jungen.“

„Was sie da erzählen, klingt so, als wäre Seppi, oder Joseph oder wie man ihn nannte, so etwas wie ein Toyboy gewesen“, sagte ich. Und sie fragte: „Ein was?“

„Ein Spielknabe.“

„Was soll das sein?“

„Eine männliche Hure.“

„Männliche Hure? Du lieber gütiger Himmel! Ich kann nur hoffen, dass er sich dafür bezahlen hat lassen, so wie die ausgeschaut haben!“

Ich deutete Ali, dass er ihr ein paar Fotos auf seinem schlauen Tablet zeigen solle – von Ruth, von Frau Tschirner, von Klara Petzl ... Und was soll man sagen? Sie erkannte sie alle!

Als sie mich zur Bar führte, weil ich sie darum gebeten hatte, schien sie damit die Hoffnung zu verbinden, dass wir ein bisschen länger bei ihr bleiben würden. Ali schien ähnliche Gedanken zu haben, und lieber als ich wollte er ihr diesen Wunsch erfüllen: „Das ist jedenfalls sehr nett von Ihnen, dass Sie das Schweinchen für uns aufgehoben haben“, sagte er in alter Heiratsschwindlermanier. Dafür erntete er einen strengen Blick von mir, der ihm sagen sollte: Finger weg! Die ist nun wirklich sogar für dich zu alt!

Ich brauchte nun dringend noch einen Drink. Aber als ich mir nachschenken wollte, fing sich alles um mich herum an zu drehen und mir wurde wieder ganz schwarz vor Augen.

31

Als ich wieder zu mir kam, hatte ich ein kaltes, nasses Tuch im Nacken, das von einem Schnauzbärtigen gehalten wurde, der neben mir kniete und mir ein weiteres kaltes, nasses Tuch gegen die Stirn hielt. Und nachdem sich das Verschwommene vor meinen Augen langsam verflüchtigt hatte, erkannte ich in dem Schnauzbärtigen meinen Ali. Ich lehnte mich noch einmal zurück und schloss die Augen, aber er nützte die Chance nicht, mir die Zunge in den Mund zu stecken, stattdessen meinte er vorwurfsvoll: „Für jemanden, der so gut Judo kann, fällst du eigentlich ganz schön leicht um!"

Es war mir natürlich peinlich, dass es schon wieder passiert war, und es war mir noch peinlicher, dass es vor ihm passiert war. Suchte aber erst gar nicht nach einer Ausrede, sondern erklärte ihm auf dem Weg hinunter, dass mir das öfter passierte. Er sagte: „Dann geh zum Arzt!"

„Ich muss nicht zum Arzt gehen, nur weil ich umfalle. Ich kenne die Ursache! Hitze und schlechte Luft in Kombination mit etwas Alkohol."

„Dann hör auf zu trinken!"

„Ich muss doch nicht aufhören zu trinken, nur weil ich umfalle! Aber jetzt lass uns kurz dienstlich reden: Dass diese Opernsängerin Manon heißt, das glaub ich nicht."

„Natürlich heißt sie nicht Manon!"

„Kannst du nicht kurz deine Schwester anrufen und sie fragen, wer diese Manon an der Staatsoper singt?"

Ali zückte sein kleines Telefon, wählte eine Nummer und redete dann Kurdisch oder wie immer man diese Sprache nannte. In diesem Kauderwelsch voll mit Üs verstand ich nichts, nur „Manon", „Staatsoper", und dann zwei Namen, von denen sich der eine für mich polnisch anhörte, der andere italienisch: „Die beste Manon an der Staatsoper heißt Netrebko", sagte er an mich gewandt, und ich: „Eine Polin?"

„Ach was, eine Russin! Und die zweitbeste heißt Santamaria-Gonzalez."

„Eine Italienerin?"

„Spanierin!"

„Oh."

Das war ein wenig enttäuschend für mich, von diesem Anruf hatte ich mir mehr erwartet. Aber als Ali auflegte, fragte er mich mit breitem Grinsen: „Willst du auch wissen, wie die schlechteste Manon heißt?"

Ich sagte: „Lass es raus!"

„Robach."

Nun freute ich mich ein ganz klein wenig, korrigierte ihn aber sofort: „-tsch!"

Er sagte: „Gesundheit!"

„Nein, sie heißt Robatsch, Ali! Mit -tsch ... Sie hat sich so rar gemacht in letzter Zeit."

„Hilft uns das weiter?"

„Vielleicht ja, vielleicht nein. Als ich sie das letzte Mal gesehen habe, sah sie richtig unglücklich aus. Sie gierte vier junge Schwarze an, und zwar so, dass man glauben konnte, sie würde ihre Stimmbänder dafür geben, wenn sie nur von einem der vier oder von allen vieren damit gefesselt und richtig durchgevögelt werden würde."

„Du hast eine derbe Sprache, weißt du das?"

„Ja."

„Aber wo hast du sie gesehen?"

„Ach ... das war so ein Event."

„Du gehst oft zu Events."

„Manchmal liege ich sogar dort."

Es war Zeit, ihn einzuweihen, und als wir im Auto saßen, machte ich endlich reinen Tisch: „Pass auf, Ali, jetzt verrate ich dir noch etwas: Es gab da mal ein Mädchen, das zog sich ein schönes Kleidchen an mit einem kleinen Höschen darunter. Damit ging es auf einen Event, zusammen mit seiner besten Freundin."

„Wo ist der Punkt?"

„Ich war auf diesem Begräbnis gestern! Auf dem von Seppi!"

Ich dachte schon, der Groschen würde gar nicht mehr fallen bei ihm, aber nun fiel er doch noch: „Meinst du Joseph?"

„Ja! Das war ich, die dort umgefallen ist. Aber dass ich kein Höschen anhatte, das ist absolut gelogen!"

„Ich hätte jetzt gar nicht danach gefragt. Und weißt du warum? Weil es mich nicht interessiert, ob so ein brutaler Mensch wie du ein Höschen trägt oder nicht! Du solltest einfach nur Camouflage tragen!"

„Arschloch!"

„Warum warst du überhaupt dort?"

„Ich wollte einfach wieder mal geile Typen kennenlernen, nichts Ernstes, nur fürs Bett. Freundschaft plus und so."

„Was soll denn das sein?"

„Also angenommen wir beide, wir wären befreundet, aber eben nicht nur. So wie neulich, als ich das Bier in den Kühlschrank geräumt habe und dein Joghurt darin fand: Das war ein kurzer Moment, wo zwischen uns Freundschaft plus möglich gewesen wäre. Also vielleicht sogar mehr plus als Freundschaft. Oder vorhin, als ich ohnmächtig war und du mich hättest wiederbeleben können. Aber diese Momente kommen und gehen, und dann sind sie vorbei, tut mir leid. Dein Bus ist abgefahren."

„Ich verstehe gar nichts."

„Vielleicht bist du einfach noch zu klein für solche Dinge. Aber zurück zur Sache: Eine Freundin von mir schreibt in so einem Gratisblatt über Society, ihre Kolumne heißt *Suciety*, weil sie Susi heißt. Sie muss wohl diesen Joseph Iwobi gekannt haben, nannte ihn aber die ganze Zeit Seppi, wie ja schon Bonner gesagt hat. Auf diesem Event passierten aber noch ein paar komische Dinge: Die Frau von diesem Tschirner war dort und hat ihren Energydrink verteilt, es war unfassbar peinlich. Und Elternvereinssprecherin Petzl war auch dort. Nur Ruth habe ich nicht gesehen. Dafür Hildi LaChance."

„Die Designerin?"

„Ja. Alle diese Frauen haben die schwarzen Sargträger angeschaut wie Ruth gestern ihre unbegleiteten Jugendlichen beim Suppeholen. Das ist etwas Sexuelles, da war ich mir seit dem Begräbnis ziemlich sicher! Und jetzt, wo diese Morell sagt, dass es da in Seppis Wohnung zugegangen ist wie im Puff, bin ich mir ganz sicher. Diese Mothers sind scharf auf schwarzes Fleisch!"

„Aber warum?", fragte Ali.

Ich sagte: „Denk mal in die Richtung Frauen um die vierzig, unglückliche Beziehung oder alleinstehend, viel Tagesfreizeit, unausgelastet, alle Träume geplatzt. Kribbeln im Bauch, Abenteuer, Frühling. Und natürlich Sex. Du weißt doch, was man über Schwarze sagt? Wie die dicke Nase des schwarzen Mannes, so sein Johannes."

„Okay", sagte Ali. „Und dich selbst hat der Anblick dieser vier Nasen so betört, dass du gleich umgefallen bist?"

„Ich bin umgefallen, weil es heiß war!"

„Darf ich lachen? Du hast keine Ahnung, was heiß ist. Du musst mal nach Kurtalan fahren, dort ist es heiß. Ah, ich liebe die Hitze!"

„Warum bist du dann nicht dort geblieben?"

„Weil ich die Hitze nur lieben kann, wenn ich keine Kugel im Kopf habe! Außerdem muss ich mich nicht dafür rechtfertigen, dass ich hier bin!"

Wir überlegten, was wir aus der ganzen Informationssuppe für uns herausholen konnten: Joseph „Seppi" Iwobi schien ein nach Flüchtlingsmaßstäben ausgezeichnetes Leben geführt zu haben. Er wohnte in der Zeit vor seinem Tod in einer Wohnung, die einer Opernsängerin gehörte, im Ersten Bezirk. Und auch wenn diese Damen nicht jung und schön waren und es ihn womöglich einige Überwindung gekostet hatte, sie zu besteigen, so brachten sie ihm vielleicht doch immer wieder auch milde Gaben mit oder steckten ihm den einen oder anderen Geldschein zu. Selbst wenn Hildi LaChance ihn hätte fallen lassen, waren also genug andere da, die ihn aufgefangen hätten.

Spielte Eifersucht eine Rolle? Wir Frauen waren ja so: Wenn wir einen Mann wollten, dann für uns alleine. Und wenn das nicht ging, dann war vor allem wichtig, dass ihn eine andere auch nicht haben konnte. Das funktionierte manchmal nur, wenn es den Mann nicht mehr gab.

Da hatte Ali plötzlich eine denkbar schlechte Idee: „Ruf deine Freundin an! Ganz sicher weiß sie etwas, das uns nützlich sein kann. Wer genau von diesen Damen seit wann mit ihm ..."

Aber ich ließ ihn gar nicht ausreden, alles in mir sträubte sich dagegen: „Ich rufe sie ganz sicher nicht mehr an, vergiss es! Sie hat zugelassen, dass mir ein

Friedhofswärter seine Zunge in den Mund steckte und unter den Rock schaute, als ich ohnmächtig war."

„Okay, aber das ist ja wohl deine Schuld, dass du immer ohnmächtig wirst. Also ist das nicht ein bisschen unreif?"

„Unreif? Du bist noch nicht ganz ausgewachsen und nennst mich unreif?"

„Was wäre, wenn sie dich anruft?"

„Dann heb ich nicht ab!"

Da fiel ihm etwas ein, was sich für ihn wie eine psychologisch spannende Lösung anhörte, für mich aber nur bescheuert: „Tritt mal einen Schritt zurück, Kitty, oder am besten gleich neben dich. Sag einfach, es ist beruflich. Begegne ihr nicht als Freundin, sondern als Bulle."

Ich sagte: „Du redest nur Psychologenscheiße!" Tat dann aber genau, was er gesagt hatte. Denn im Tiefsten war ich dankbar, dass er mir einen Ausweg aus dieser Sackgasse gezeigt hatte, in die ich hineingeraten war. Ich hatte nämlich auch schon überlegt, wie ich aus dieser Nummer wieder rauskommen könnte, aber das mit „Begegne ihr einfach beruflich" war mir nicht eingefallen.

Ich textete ihr also: *Wir müssen uns sehen, und zwar beruflich! Sonst lasse ich dich vorladen!*

Ich hatte gerade auf Senden gedrückt, da kam es schon zurück: *Und ich muss dir dringend etwas erzählen!*

Was?

Das Wichtigste überhaupt!

Was???

Sag ich dir später!

Wann?

19 h bei Johnny?

Das war das Schreckliche an besten Freundinnen: Sie machten einen wahnsinnig. Aber das Schöne an ihnen war: Es ging auch nach großen Krisen so weiter wie immer, und man musste nicht erst wieder ganz von vorne anfangen und eine neue Bar suchen, an der man sich treffen konnte.

Natürlich bei Johnny, wo denn sonst???

32

Ich zog mich professionell an und war vor Susi in der Bingobongobar. Als ich mich auf der Mädchentoilette noch mal im Spiegel prüfte, musste ich anerkennend feststellen: Das Kleid, das ich gewählt hatte, war sogar noch heißer als meine unprofessionellen Kleider!

Zurück an der Bar hatte sich nicht viel geändert seit vorgestern, als ich das letzte Mal hier war. Also setzte ich mich gleich wieder auf meinen bevorzugten Hocker, von dem aus ich einen frontalen Blick auf Johnny hatte beziehungsweise auf das, was in seiner Hose war. Ich zupfte die Träger meines Kleidchens zurecht, schob meine Brüste in Stellung und ließ reichlich Bein sehen. Dabei schlüpfte ich heimlich immer wieder mal aus meinen Schuhen, weil sie mich so verdammt drückten, aber das sollte er nicht sehen. Dann sagte ich: „Hallo Johnny."

Und er sagte: „Hi."

Das war mehr, als er sonst immer sagte. Aber „Hi" klang, wenn man es genau nahm, nicht besonders sexy, wenn es nicht mit einem tiefen Blick in die Augen einherging, und den wollte er mir nicht schenken. Es war noch nicht viel los um diese frühe Zeit, zu der man sich nur beruflich traf, außerdem war es ein Wochentag. Wochentage waren das Elend aller Leute, die arbeiten mussten. So wie Ali, der noch ins Büro gefahren war, und jetzt fütterte er mich mit ein paar Infos: „Diese Wohnung gehört laut Grundbucheintrag tatsächlich Felicitas Robatsch. Sie selbst wohnt aber nicht dort, sondern in einem Haus im Dreizehnten Bezirk, wo all die anderen Vorstadtweiber auch wohnen ..."

Ich dachte: Die ihre Wohnung aber nutzte, um dort mit Seppi zu ficken! Es war so ekelhaft!

„Erreichen konnte ich diese Robatsch allerdings nicht, denn sie ist – so die Auskunft ihres Managements – gerade in Italien, wo sie an der Scala in Mailand singt. Dafür habe ich Ruth Felber angerufen. Sie wollte mit mir zunächst nicht darüber reden, ob der beschädigte schwarze VW Touareg vor dem *African Sunshine* ihrer sei. Aber dann fragte ich sie, ob ihr eine bestimmte Adresse am Franziskanerplatz bekannt vorkomme und ob ich mit ihrem Mann über dieses Auto reden solle. Da bestätigte sie mir bereitwillig, dass es ihrer war. Ich habe ihr gesagt, sie darf das Auto auf keinen Fall waschen, bevor ich es inspiziere, vielleicht stimmt ja die Zusammensetzung des Drecks mit der Zusammensetzung der Erde da draußen im Naherholungsgebiet überein, was meinst du?"

„Du hast es verbockt, Ali!"

„Warum?"

„Nun weiß sie Bescheid. Und ganz sicher hat sie gleich danach ihren Anwalt informiert."

„Verdammt!", sagte Ali. „Wenn ich sofort hinfahre, ist es vielleicht noch nicht zu spät!"

Ich sagte: „Mach, was du willst! Ich muss jetzt arbeiten!"

Nachdem ich ihn weggedrückt hatte, bestellte ich das Übliche bei Johnny, anschließend starrte ich möglichst professionell vor mich hin. Dabei wurde mir plötzlich klar, dass dieser Arsch nicht einmal wusste, wie ich heiße, sonst hätte er ja wohl „Hi, Kitty!" zu mir gesagt. Und sei es nur, weil er seinen Umsatz steigern wollte, indem er dem Gast vermittelte, er sei ihm bekannt und ein persönliches Anliegen. Er aber nur: „Hi!"

Und es fiel mir weiters auf, wie sehr ich es hasste, alleine an einer Bar zu sitzen. Am meisten aber hasste ich es, alleine bei Johnny an der Bar zu sitzen. Da konnte ich mir noch so sehr einreden, dass ich heute als Bulle hier war und also professionell, und nicht als Frau und also privat. Es machte mich einfach nervös, wenn er so stoisch vor mir stand und seine Gläser polierte, sie gegen das Licht hielt, dagegen hauchte, um die letzten Abdrücke zu lokalisieren (als wäre er Forensiker!), und dann weiterpolierte. Anstatt mich anzuschauen, sich zu mir herüberzulehnen, mir tief in die Augen zu blicken, mich anzuhauchen, was mir dann ungefähr sagen sollte, wie gerne er mich polieren würde.

Bei all dem Beschissenen, das mir gerade an ihm auffiel, brauchte ich unbedingt noch einen Drink! Er bereitete ihn zu, schob ihn wortlos zu mir herüber und polierte dann weiter seine scheiß Gläser, und ich beobachtete ihn weiter dabei. Johnny sah wirklich verdammt heiß aus, daran hatte sich nichts geändert, seit ich das letzte Mal hier war. Aber es störte mich plötzlich, mit welcher Akribie und Versonnenheit er seine Gläser polierte. Und je länger ich ihm dabei zusah, desto mehr fragte ich mich, ob ihm das vielleicht sogar Spaß machte? Ich meine: polieren, gegen das Licht halten, dagegen blasen, polieren. Immer wieder. Und irgendwann sagte ich mir: He! Das alleine kann es doch auch nicht sein!

Es war schon halb acht, und Susi war noch immer nicht da. Also bestellte ich noch einen, der mich ein wenig locker machte, und dann hatte ich endlich genug geschluckt, um ihm eine Frage zu stellen: „Sag mal, macht dir das eigentlich Spaß, was du da machst?“

Und er fragte: „Was?“

„Polieren, gegen das Licht halten, dagegen blasen, polieren. Ich meine, ein bisschen Spaß sollte es doch machen, findest du nicht? Spaß ist wichtig.“

„Na ja“, sagte er. „Mir macht das schon Spaß.“

Das nahm ich ihm nicht ab: „Willst du bei deinem guten Aussehen nicht lieber Model oder Schauspieler sein oder so was in der Art? Und dann machst du das hier nur noch, weil du mit dem, was du wirklich gerne tust, noch kein Geld verdienst, aber vielleicht glücklich bist, weil du es zumindest versucht hast?“

Ich hörte mich an wie eine bescheuerte Lehrerin, und wenn Susi nicht bald kam, dann würde ich mich hier noch in Probleme hineinreden.

„Ich bin glücklich“, sagte er, aber das nahm ich ihm auch nicht ab: „Hast du denn gar keinen Ehrgeiz im Leben?“

„Ernsthaft, was sollte ich deiner Meinung nach machen?“

Ich fragte: „Pornostar?“

Er schwieg zu meinem Vorschlag, aber ich redete leider weiter: „Du bist also echt zufrieden damit, dass du Gläser putzt?“

Da kam er mir mit dem Superargument: „Ich putze ja nicht nur Gläser, ich mache ja auch Drinks.“

Ich sagte: „Dann mach mal!“

Und schob ihm genervt mein leeres Glas hinüber. Er nahm ein frisches Glas (mein altes würde er gleich polieren!) und mixte mir noch einen, dann schob er ihn mir herüber und wollte wissen: „Bist du schlecht gelaunt?“

„Immer!“

„Ist mir schon aufgefallen.“

„Dann bist du ein guter Beobachter.“

„Ich würde an deiner Stelle Yoga machen, wenn ich so schlecht gelaunt wäre wie du.“

Na hallo!

„Du machst also Yoga und empfiehlst mir im Ernst, auch Yoga zu machen, verstehe ich dich richtig?“, fragte ich fassungslos.

„Ja“, sagte er ganz ruhig. „Es würde dir bestimmt helfen, zufriedener und ausgeglichener zu sein.“

„Und dann würde ich Gläser polieren!“, rotzte ich ihn an.

Er zuckte die Schultern: „Vielleicht. Und vielleicht würde es dir sogar Spaß machen.“

Jetzt war mir endlich klar, warum er nie etwas mit mir geredet hatte: weil er nur Scheiße redete!

Ich sagte: „Ja, vielleicht. Und weißt du was, Johnny? Wir sollten einfach Freunde bleiben, gute Freunde, was meinst du? Du erzählst mir ein bisschen von dir, und ich erzähle dir ein bisschen von mir, während du mir Drinks einschenkst. Und dann trinke ich ein bisschen und wir plaudern, total easy das Ganze, absolut kein Stress. Was meinst du?“

Johnny verstand nicht ganz, warum wir Freunde bleiben sollten, wo wir doch keine Freunde waren. Aber alles andere an meiner Idee gefiel ihm, was mich nun nicht mehr wunderte, denn er war, wie es aussah, einfach mehr der Freundschaftstyp. Freundschaft ohne plus.

Er sagte: „Ja, klar, find ich toll! Richtig toll. Magst du asiatische Küche? Ich zum Beispiel liebe Indisch, voll! Aber nicht zu scharf. Nur bisschen scharf. Weil wenn zu scharf, dann ... na ja, du weißt schon.“

Ich fragte: „Musst du dann furzen?“

Er kicherte und sagte: „Ja, voll.“

33

Als Susi eine Stunde verspätet endlich doch noch kam, hatte ich mit der Bingobongobar innerlich abgeschlossen. Ich wollte woanders hingehen, konnte mich aber nicht mehr schnell genug bewegen, ohne dass mir schwarz vor Augen wurde. Das wollte ich nicht riskieren – nicht hier! –, also setzte sich Susi zu mir und bestellte sofort einen Drink, dann wollte sie wissen: „Und?"

Und ich lallte schon ein bisschen: „Und was?"

Sie zwinkerte, lächelte, schaute Johnny an, schaute dann mich an, lächelte wieder, zog die Augenbrauen hoch und zeigte ihren Pferdebiss, als sie über das ganze Gesicht grinste. Nun kapierte ich endlich: Sie war absichtlich zu spät gekommen, damit ich mit Johnny alleine war!

Ich beugte mich also zu ihrem Ohr und flüsterte: „Hör zu, er ist ein Schwachkopf, der Gläser poliert. Lieber verbringe ich meine Zeit mit dir, und von dir habe ich auch die Schnauze voll, wie du weißt. Aber der hier hat überhaupt keine Pläne, du hast wenigstens noch Träume und möchtest zum Fernsehen. Der will nur Gläser polieren und dabei gut aussehen. Wie eine verdammte Blondine!"

Sie fragte: „Bist du schlecht gelaunt?"

„Immer! Und jetzt hör mal genau zu, ich bin nämlich beruflich hier: Warum hast du mir nicht gesagt, dass dieser Seppi ein Flüchtling war?"

„Spielt das eine Rolle?", fragte sie. „Wir schreiben 2015! Ist doch egal, wo jemand herkommt!"

„Wenn er noch leben würde, vielleicht. Aber Seppi ist tot. Und wenn du es genau wissen willst: Ich kann mir nicht vorstellen, dass er sich umgebracht hat!"

„Nein?"

„Nein! Er wurde im Innenhof eines Hauses tot aufgefunden, in dem diese Felicitas Robatsch eine Wohnung hat. Aber die Robatsch ist nicht da, die singt gerade an der Gala ..."

„... Scala ..."

„... in Florenz ..."

„... in Mailand."

„Genau dort!"

„Jedenfalls lag ein kleines Schweinchen auf diesem Seppi drauf, das er sich nicht selbst draufgelegt haben kann. Und es gibt zwei weitere Tote, bei denen man das auch gefunden hat. Alle drei verkehrten in dieser Flüchtlingsunterkunft, wo die Verrückte, die auf dem Begräbnis ihren Drink angeboten hat, auch verkehrte."

„*African Sunshine*?", fragte Susi.

„Ja."

„Dort hat Hildi ihre Frühjahrskollektion gelauncht. Sie wollte Models, die *echt* waren, *authentisch*. Und für ihre Frühjahrskollektion suchte sie so etwas wie schwarze Holzfäller, das Thema ihrer Show war nämlich Schwimmwesten."

„Schwimmwesten?"

„Ja. Sie schickte Seppi und ein paar andere der Jugendlichen in schwimmwestenähnlichen Gilets über den Laufsteg. Aber nun, hört man, ist sie wieder auf den femininen Typ umgeschwenkt und hat so einen halbverhungerten Syrer als ihre Muse entdeckt. Seppi war einfach nicht mehr, was sie wollte ... Also dachten alle, er hat sich deswegen umgebracht."

Man konnte nur jeden Tag dem lieben Gott danken, dass man erst gar nie auf der Straße angesprochen wurde, ob man vielleicht Lust hätte, Model zu werden und irgendwo „zu laufen".

Ich sagte: „Ich verrate dir jetzt was: Eine Zeugin berichtet, dass Seppi dort in dieser Wohnung einigen Frauen sexuell zu Diensten war, und damit drücke ich nur ungefähr aus, was sie wirklich erzählt hat. Weißt du darüber etwas?"

„Na ja", sagte Susi, „mal überlegen. Vor drei Monaten verließ ein zweiundzwanzigjähriger Ausstatter die Wiener Staatsoper, weil Felicitas Robatsch ihn sexuell bedrängt und ihm Geld angeboten haben soll, für Sex. Es kam nur deswegen zu keiner Anzeige, weil man die Sache dann mit einem noch höheren Geldbetrag geregelt hat."

„Hört man, oder weiß man?"

„Ich höre, man weiß es. Herrje, hast du nicht gesehen, wie die aussieht? Sie ist riesig!"

„Oh ja", sagte ich. „In ihrem Busen könnte ich übernachten! Und stell dir vor, wie sie unten aussehen muss. Da kannst du ganz sicher mit einem Rasenmäher hineinfahren. Groß gebaut reicht für eine solche nicht aus!"

Plötzlich musste ich wieder daran denken, wie sie geschrien haben muss, wenn Seppi über sie drüberging. Und wie alle anderen auch geschrien haben müssen. Dabei schauderte es mich, ich kriegte Gänsehaut, und ich war richtig froh, als mir Susi endlich „das Wichtigste überhaupt" erzählte, wegen dem sie gekommen war. Sie stieß mich in die Seite und fragte: „Weißt du was?"

Und ich: „Nein."

„Es macht mich total an!"

„Was?"

„Diese Armstümpfe. Die von dem, den wir auf dem Begräbnis gesehen haben."

Ich war nun schon wieder so betrunken, dass ich mir gar nicht mehr anhören wollte, was sie zu dem

Thema zu sagen hatte: „Es ist ein Fetisch, und er heißt Acrotomophilie ...“

Ich sagte: „Lass mich in Ruhe mit dem Scheiß!“

Und warf lieber einen Blick in die Runde auf der Suche nach einem, bei dem ich meinen bewährten Spezialsatz anbringen konnte: Gleich links von mir hatte sich einer an die Bar gesetzt, der enge Jeans trug und ein ebenso enges rotes T-Shirt, das nicht von Hildi LaChance sein konnte. Und der ordentlich Muckis darunter hatte. Ich lehnte mich zu ihm hinüber und sagte: „He, du! Mann mit Pferdeschwanz gesucht, Frisur egal! Wie sieht's aus bei dir?“

Er hatte eine schön polierte Glatze, und das Lächeln, das er mir schenkte, war von strahlendem Weiß. Dann sagte er mit ausgesuchter Freundlichkeit: „Ist Größe nicht relativ? Ich meine ...“

Da schob er mir seinen Bizeps recht beiläufig mitten ins Gesicht, und wenn er ihn überraschend angespannt hätte, dann hätte er mir damit die Nase gebrochen.

Ich drehte mich noch einmal zu Susi und sagte ihr, dass mein beruflicher Termin mit ihr jetzt zu Ende sei: „Ab jetzt bin ich privat hier! Also verpiss dich!“

Sie brauchte nicht zu glauben, dass alles einfach so weitergehen würde, nachdem sie mich in aller Öffentlichkeit „Gitti“ genannt hatte. Das würde einen längeren Prozess des Entschuldigens nach sich ziehen, während dem ich sie auf Knien sehen wollte und darum betteln, dass alles wieder so sein kann wie früher. Aber nicht jetzt.

Ich wandte mich wieder dem Relativitätstheoretiker zu und sagte: „Das müsste ich mir dann mal genauer anschauen.“

Er war, und das ist jetzt kein Scherz, Fitnesstrainer in einem Studio ein paar Gassen weiter. Da fuhr ich immer vorbei, wenn ich hierherkam, und ich fuhr auch immer daran vorbei, wenn ich von hier wegfuhr, aber ich hatte noch nie daran gedacht, da mal hineinzuschauen. Auch spät nachts waren dort immer noch die Lichter an, sodass ich mich schon öfter gefragt hatte, ob die dort auch in der Nacht trainieren. Jetzt hatte ich Gelegenheit ihn zu fragen, und er sagte: „Auf jeden Fall! Ich bin jetzt am Weg dorthin."

Gerade, als meine Hand seinen rechten Oberschenkel anpeilte, weil er mir angeboten hatte, mal hinzufassen, um die Festigkeit zu prüfen (ich fragte mich wirklich, wie seine sehr enge Jeans das alles zusammenhalten konnte!), läutete das Telefon in meiner Tasche. Und als ich checken wollte, wer mich beim Glücklichsein störte, schaute mir King Kong in die Augen, wie es Vorschrift war, und schon sank ich hin. Mit sanftem Schwung nahm er mir das Telefon aus der Hand, ich zuckte entschuldigend die Schultern und sagte: „Arbeit." Er aber riss mit seinen dicken Fingern den Deckel herunter und fingerte den Akku heraus, steckte ihn in seine enge Jeanstasche und gab mir den Rest zurück: „Ist es nicht viel zu spät, um zu arbeiten?"

„Eigentlich schon."

Was für ein Mann! Ein Mann der Tat. Grrrrr. Ich war praktisch nicht mehr zu stoppen. Wenn er mich in diesem Moment gefragt hätte, ob ich ihn heiraten wolle, dann hätte ich es getan, denn ich wollte es so sehr. Aber er fragte nur: „Wollen wir ein bisschen trainieren gehen?"

Sollte mir auch recht sein, verdammt! Trainieren war immerhin ein Anfang. Und vielleicht gab es ja dann noch Massage und körperpflegende Lotions.

Ich sagte: „Lass uns das tun, Sportsfreund."

34

Oh mein Gott!

Was für eine Nacht!

Und sein Kühlschrank war voll mit Steaks und Eiern!

Ich lag in seinen Armen, mit denen er Bäume ausreißen konnte, und versuchte eine Position zu finden, in der ich mir an seinen stahlharten Muskeln nicht ständig den Kopf stieß. Er war richtig rangegangen, sodass ich schon überall leichte Schmerzen hatte, aber gute Schmerzen. Hatte mich wie ein Steak verschlungen, auf das er ein paar Eier draufgeschlagen hatte. Der Mann hatte Appetit, und was für einen! Und sogar mit seinen klobigen Fingern war er gut. Er traf beim Streicheln genau die Punkte an meiner Schulter, auf meinen Schulterblättern und zwischen meinen Schulterblättern – „Ein bisschen weiter oben!" –, wo es mir Gänsehaut bereitete, wenn mich dort einer streichelte. Und dann legte er seine riesige Hand auf meinen Arsch und kraulte daran herum, bevor er wieder richtig zupackte und mich knetete. Und dann klatschte er mir eine drauf, was ich ihm nicht übel nahm, im Gegenteil. Er war gut, er war richtig gut. Und dieses unglaublich breite Kreuz, und dieser unglaublich feste Arsch, und dieses Gebirge an Muskeln überall sonst – wow! Und auch von vorne konnte er sich sehen lassen! Keine Enttäuschung diesmal, nein, wirklich nicht. Und er konnte sogar küssen und machte es gerne. Habe ich schon erwähnt, wie gut er war und was er alles konnte?

Ich fasste nach seinem Schwanz und wollte ihn gerade für eine letzte Session wieder aufbauen, da ging eine Tür zu seinem Zimmer auf, und eine alte Frau kam im Nachthemd herein mit verschlafenem Blick und wirrem Haar. Sie trug die gleichen Hausschuhe wie Frau Morell – das musste ein beliebtes Seniorenmodell in diesem Frühling sein –, rieb sich die Augen und fragte: „Wie magst du die Eier?"

Und er: „Im Glas."

„Wie viele?"

„Zehn!"

Als sie wieder raus war, fragte ich zunächst: „Verdammt, zehn Eier im Glas?"

Und er: „Ja klar, wieso nicht? Problem damit?"

Aber eigentlich wollte ich fragen: „Verdammt, wer ist denn sie?"

Und er: „Meine Mutti."

„Du ... du ...?"

Ich war selten sprachlos, aber diesmal war ich es. Bis ich endlich doch noch Klartext reden konnte: „Du lebst mit deiner Mutter zusammen? Ich meine, du und sie ... ihr lebt wirklich zusammen? So richtig?"

Dabei war es ja ohnehin offensichtlich. Ich wollte es nur aus seinem Mund hören, damit ich mir auch wirklich sicher sein konnte. Er tat mir den Gefallen: „Ja klar, wieso nicht? Problem damit?"

Ich sagte: „Na ja, schon. War sie die ganze Zeit da drüben?"

Ich deutete auf die Tür, aus der sie gekommen war, und er wieder: „Ja klar, wieso nicht? Sie hat ja ihr Zimmer da drüben. Problem damit?"

Jetzt fiel mir auf, dass er doch eine große Schwäche hatte: nämlich Sätze zu bilden, in denen nicht „Problem damit?" vorkam. Und eine weitere, die ich nicht unterschätzen sollte: Er lebte echt mit seiner Mutter zusammen!

Ich sagte: „Na ja, ich meine ... ich ... ich habe doch geschrien, oder?"

Musste mich angehört haben wie die Vorstadtweiber, wenn sie sich von Seppi ficken ließen. Du meine Güte! Plötzlich schämte ich mich so, dass ich nur noch von hier verschwinden wollte. Es freute mich nicht mehr, als er mir sagte, wie laut ich geschrien hatte, und es beruhigte mich nicht mehr wirklich, als er mir versicherte, dass seine Mutter schon ein bisschen schlecht hörte. Ich fragte: „Wie schlecht? Sehr schlecht?"

„Bisschen schlecht."

„Sieht sie auch schlecht?", fragte ich. „Wir sind nämlich beide nackt, und ich hatte deinen Schwanz in der Hand, als sie reinkam."

„Nein, sehen tut sie sehr gut. Nicht wahr, Mutti?"

Da stand sie schon mit den Eiern und starrte uns an, ihn mit aller Liebe und Zuneigung, zu der eine Mutter fähig war, und mich mit aller Verachtung und allem Hass (wahrscheinlich, weil ich so geschrien habe), zu dem eine Mutter auch fähig war. Als hätte ich ihr gerade das Frühstück mit ihrem Bubi verleidet!

Sie stellte die Eier zum Bett und bog kopfschüttelnd wieder ab. Eier hatte er ja wirklich genug im Kühlschrank, das habe ich gesehen, als ich uns ein Bier holte. Und Steaks auch. Das schien richtig gut zu funktionieren mit den beiden. Ich hatte daher keine große Hoffnung, als ich fragte: „Ziehst du auch mal aus bei ihr? Oder sie bei dir?"

Er sagte: „Nein, wieso denn? Problem damit?"

Der Kerl war verdammt gut, aber nicht gut genug für mich. Nicht um sechs Uhr morgens, und nicht mit seinem „Problem damit?" und einer Mutter im Nebenzimmer, die zwar schlecht hörte, aber gut sah. Ich hatte da einfach andere Ansprüche und mir irgendwann geschworen, dass ich nur noch Vollwaisen mit einem

Gehänge über einer gewissen Länge aufwärts in Betracht zog. Die Länge stimmte bei ihm, aber leider war er nur Halbwaise.

Ich schlich mich davon, die Schuhe unter dem Arm. Und er lief mir nicht einmal nach, um sich zu entschuldigen. Schrie mir nicht hinterher, dass er mich heiraten wolle. Besprach stattdessen lieber mit seiner Mutti, wie er zu Mittag die Steaks haben wollte. Mir kamen die Tränen.

Als ich auf die Straße hinaustrat, musste ich daran denken, was Mütter im Leben ihrer Söhne alles anrichten konnten. Natürlich auch im Leben ihrer Töchter! Aber eben auch im Leben ihrer Söhne. Was für Idioten sie aus ihnen machen konnten! Und dabei dachte ich weiß Gott nicht nur an den Muskelberg, der jetzt gerade zehn Eier im Glas verschlang. Ich dachte auch an Ali, der nicht richtig tickte, und an meinen Boss, den seine Mutter so weit ruiniert hatte, dass er sich Frauen nur noch als Tisch vorstellen konnte. Und ich dachte dann auch an den Handlosen und seine Mutter, die stellvertretend für ihn den Schlachtruf „Vergebung!" hinausposaunte, und an die halbe Portion Matthias Felber und dessen Mutter Ruth. Stellte mir plötzlich vor, wie sie gemeinsam in einem Stockbett schliefen, wenn sie älter waren. Er oben und sie unten.

Da fiel mir ein: Ali! Oh mein Gott, oh mein Gott!

Ich hätte zurücklaufen müssen, um mir den Akku zu holen, aber dafür fehlte mir die Kraft. Ich hoffte einfach, dass nichts Aufregendes passiert war, als er gestern noch zu Felbers fuhr und mich vielleicht deswegen versucht hatte anzurufen. Sonst müsste ich ihm meine Nacht in übertrieben bunten Farben ohne das Ende schildern, wenn er sich mir gegenüber beklagte, dass er die ganze Nacht gearbeitet hatte.

35

Als ich unser Büro betrat, war ich nicht in allerbester Verfassung. Ich hatte vielmehr eine schwere Krise und mir noch nicht einmal die Zähne geputzt, wieder einmal. Daher überlegte ich, ob ich nicht sofort, nachdem ich Ali begrüßt hatte, hinauf zum Boss gehen und um ein paar Tage Urlaub ansuchen sollte. Einfach mal schlafen.

Ich war umso mehr überrascht, dass Ali, als ich ihn sah, noch niedergeschlagener wirkte als ich, obwohl er doch mit Sicherheit nicht neben einer unglaublich gut aussehenden Blondine, mit der er es die ganze Nacht getrieben hatte, aufgewacht war, die noch dazu eine Mutter hatte, die ihr am Morgen Eier ans Bett brachte, denn über die Mutter hätte er sich am meisten gefreut. Was war also los mit ihm? Und warum war der Boss hier?

Der machte gerade den Kühlschrank zu und kam mit einer meiner Bierdosen in der Hand zum Tisch zurück, ich sagte: „Bedienen Sie sich ruhig!“ Und er fragte: „Sind das deine?“

„Was denken Sie? Die vom Kurden? Von dem können Sie sich einen Kaffee machen lassen! Da drüben ist die Gemeinschaftskassa für Bier!“

Ich deutete auf das Waschbecken, und beinahe hätte er tatsächlich zwei Euro hineingelegt, machte dann aber lieber kehrt und holte auch eine Dose für mich aus dem Kühlschrank. Er musste wohl irgendwie gemerkt haben, dass mir genau das jetzt gut tun würde! Und genau das war es, was mich trotz aller Differenzen und gegenseitiger Abneigung mit ihm verband, ja für ihn einnahm: dass er ein Feeling hatte für die gewissen Momente des Lebens, in denen einem nur noch der Alkohol weiterhelfen konnte.

Während Bonner und ich Bier tranken und Zigaretten rauchten, saß Ali zerknirscht in seiner Ecke, und Bonner sagte: „Er wollte gestern Abend einen gewissen Matthias Felber verhaften, weil der seiner Meinung nach in dringendem Tatverdacht steht, Yaya Kioté ermordet zu haben, habe ich Recht?“

Ali nickte, und ich applaudierte: „Bravo! Wo ist er?“

„Da drüben“, sagte Bonner und deutete auf das Gebäude im Hof gegenüber, wo die Verhörräume untergebracht waren. Dann wurde sein Ton ganz leicht sarkastisch: „Allerdings wird er nach Hause gehen, sobald sein Anwalt ihn abholt. Der ist noch zu einer Verhandlung im Gericht, bis dahin dürfen wir den Verdächtigen ohne sein Beisein nicht verhören. Herr Kurtalan, der neu ist in unser Abteilung und als Kriminalpsychologe mit Zusatzausbildung zum Sozialarbeiter keinerlei Erfahrung für die alltägliche polizeiliche Arbeit mitbringt und möglicherweise auch ein bisschen zu übereifrig ist, hat sein Eintreffen bei Felbers zuvor nämlich telefonisch angekündigt hat, sodass er dort besagten äußerst angesehenen und ebenso gefinkelten Strafverteidiger vorfand. Herr Kurtalan, wollen Sie selbst erzählen, wie Sie es verbockt haben?“

Ich konnte spüren, wie Ali sich die Haare am liebsten einzeln ausgerissen und die Fingernägel bis aufs Fleisch abgebissen hätte, aber nun war es zu spät. Er konnte nur noch zeigen, dass er Mumm und Eier hatte, mir selbst zu erzählen, was schiefgelaufen war: „Ich wollte diesen schwarzen VW Touareg inspizieren und konfrontierte Frau Felber mit der Zeugenaussage des alten Ehepaares, das ja einen solchen Wagen im Wald gesehen hat.“

„Wobei dieser Anwalt“, wandte Bonner ein, „aus den beiden Alten ohnehin zwei blinde, taube, demente und zur Zeugenschaft untaugliche Bettnässer gemacht hätte, die zwar Stein und Bein hätten schwören können, dass auf der Heckscheibe des Wagens ein Kleber mit der Buchstabenkombination WAS angebracht war, aber eben nicht WAPS. Da fällt es dann gar nicht mehr ins Gewicht, dass der Wagen überraschend an einen Schrotthändler verkauft und bereits abgeholt worden war, bevor Herr Kurtalan dort eintraf. Nach Rücksprache bestätigte dieser, dass er ihn gegen Aufzahlung bereits zu einem Blechziegel in der Größe 1 x 1 x 1 verarbeitet hat. Herrgottnochmal, Muhr! Hab ich dir nicht gesagt, du sollst ihn nicht alleine lassen?"

„Haben Sie nicht!"

„Na gut, dann sag ich es jetzt. Und was hast du heute überhaupt schon wieder an?"

Ich sagte ruhig: „Ich ziehe an, was mir gefällt. Problem damit?"

Dieser „Problem damit?"-Satz würde fixer Bestandteil meines Repertoires werden, das wusste ich jetzt schon, denn er war geeignet, unliebsame Fragen abzuschmettern. Bonner bohrte gar nicht mehr weiter nach, sondern zuckte nur resigniert die Schultern, während Ali, nachdem er vor dem Boss so sehr in die Defensive geraten war, sowieso nichts mehr sagen wollte.

36

Ich ließ mir den Verhörraum zeigen, in dem sie Matthias Felber untergebracht hatten, durch ein verspiegeltes Fenster sah ich den verwöhnten Lümmel darin mit schlechter Haltung herumlungern, er drohte dabei ständig, hinunterzufallen oder überhaupt in sich zusammenzusacken. Entweder hatten diese jungen Leute nie gelernt, richtig zu sitzen, oder er war bis obenhin voll und der Sprit ging ihm langsam aus. Ich tippte mal, dass eher Letzteres der Fall war.

Ich betrat den Raum. Mit dem Bier im Blutkreislauf und nach dieser Nacht mit Mirco, die bis auf die Begegnung mit seiner Mutter alles in allem sehr befriedigend gewesen war, fühlte ich mich unwiderstehlich. Und als ich die Türe öffnete, traf dieses Unwiderstehliche auf den Duft eines achtzehnjährigen brunftigen Hirschen gemischt mit dem Schweiß eines jungen Mustangs, das war explosiv. Ich zog die Türe hinter mir zu, und dass er nun alleine mit mir in diesem Raum war, das machte ihn nervös und ließ ihn noch stärker riechen. So etwas wie mich hatte er noch nie aus der Nähe gesehen. Ich ging um ihn herum, schön langsam, sodass er meinen Arsch direkt vor seiner Nase sehen konnte, und dann setzte ich mich vor ihm auf den Tisch, sodass er auf meine Titten starren und unter mein Kleid sehen konnte. Währenddessen erklärte ich ihm, dass das jetzt kein Verhör sei, sondern ein Gespräch von Frau zu Mann. Und wenn Mann und Frau in einem Raum zusammen seien, dann dürfe ein wenig Musik nicht fehlen, „hm? Was meinst du?“ Dann fing ich an zu singen, so schwer es mir auch fiel, den Dreck dieser Band, die sie im Auto gehört hatten, aus mir herauszupressen: „... Gestern gab’s noch

Peitsche fürs Aufmucken, heute dürfen sie frech weiße Frauen angucken ...Weißt du, von wem das ist?"

„Ja."

„Gefällt es dir?"

Es gefiel ihm nicht, wie ich sang, und plötzlich gefiel ihm auch nicht mehr, was ich sang. Ich sagte: „Na gut, dann höre ich halt auf. Aber das eine weißt du schon, oder? Dass es auch weiße Frauen gibt, die gerne Schwarze angucken, ich kenne sogar welche. Eine davon ist deine Mutter, und die ließ sich sogar von einem ficken, solange er noch lebte, weißt du das, hm? Und weißt du auch, warum sie sich ficken ließ? Weil er etwas hatte, was kleine feige Wichser wie du und dein Schlappschwanzvater, der sich einfach aus dem Staub gemacht hat, weil er dich und deine Alte nicht mehr ertrug, nicht haben: einen dicken Schwanz."

Ich musste beinahe selber lachen über meine „Dicker Schwanz"-Predigt, da richtete er sich auf und holte mit einer Hand aus, aber ich fing sie locker ab und drückte ihn wieder zurück in seinen Sessel, dann sagte ich: „Du machst einen Fehler, wenn du dich mit mir anlegst. Ich kann zwar nicht singen, aber ich kann Judo. Judo, nicht Yoga. Du hast keine Chance gegen mich, Bürschchen."

Stand auf und trat gegen den Stuhl, sodass er unter ihm wegkippte und er auf dem Boden lag wie ein hilfloses Tier. Er schwitzte stark und zitterte, und dann weinte er sogar. Ich sagte: „Oooch, armes Bubi."

Es war an der Zeit, ein wenig Zuckerbrot auszupacken. Dafür öffnete ich mein Handtäschchen und holte die zweite Pille heraus, die ich damals im Park gekauft hatte. Etwas zum Abheben, ich erinnerte mich an die Wirkung, die sie bei mir entfaltet hatte, und erklärte ihm, wo wir solche Verpackungen gefunden hatten, dann warf ich ihm noch ein paar Häppchen hin: „Slackline, hm? Sagt dir das was? Und kleine rosa Schweinchen? Wolltet ihr uns damit sagen, dass ihr Schweine seid?"

Er nickte hastig und bettelte um die Pille, ich aber sagte: „Langsam, Junge, immer schön langsam. Kannst du mir das erklären mit den Schweinen?" Er weinte und schluchzte, und dann kotzte er es heraus: „Wir haben doch immer nur getan, was der Oliver wollte."

„Der Handlose?"

„Ja!"

Ich schüttelte den Kopf, gab ihm das Zeug, und dann fing er an zu reden.

Was er sagte, war zwar vor Gericht wertlos, weil sein Anwalt auf Unzurechnungsfähigkeit infolge starken Drogenkonsums plädieren würde. Aber es führte uns am Ende zur Mörderin von Joseph „Seppi" Iwobi, oder, wie Ali sie nannte, „zur Hand, die den Mord ausgeführt hat, stellvertretend für den, der keine Hände hat. Der Mord war eine Art Wiedergutmachung, wenn man so will, eine Form der Kompensation. Man muss sagen: Hut ab, dass er die anderen dazu gebracht hat, es zu tun." So redete er neben mir im Auto, nachdem sich abzeichnete, dass wir das Rätsel doch noch lösen würden können und er nicht für ewig als der Dumme dastehen würde, der sich sogar von Ruth Felber austricksen ließ.

Es war kurz vor Mittag, als für Klara Petzl die Handschellen klickten. Und auf der Fahrt zu ihr hatte mir Ali, der Kriminalpsychologe mit Zusatzausbildung, noch genau erklärt, wie sich das Leben für Oliver Petzl seiner Meinung nach gestaltet haben musste bis hin zu dem Moment, wo er völlige Kontrolle über seine Mutter erlangte. Wie bis dahin der Umgang seiner Mutter mit dieser Tat den Druck auf ihn ausübte, den er dann „an sie zurückgab“; wie er *Vergebung*, das Buch seiner Mutter über sein eigenes Schicksal, als reine Anmaßung, als Hohn empfinden musste: „Vergebung kann nur heilend wirken, wenn der Wunsch danach ehrlich erlebt wird, der Wille zur Vergebung kann einem nicht aufgezwungen werden. Es muss für Oliver schrecklich gewesen sein zu sehen, dass seine Mutter mit seinem Leiden sogar noch versuchte, Geld zu verdienen, und sich zur moralisch überlegenen Instanz stilisierte. Nur so konnte er über die Jahre dieses fragwürdige Talent entwickeln, psychischen Druck auf andere auszuüben, diese sogar zu zwingen, nach seiner Pfeife zu tanzen. Kannst du dir vorstellen, dass er seine Prothesen extra nicht trug, um anderen ständig Aufträge geben zu können? Um ihnen Befehle erteilen zu können?“

Ich konnte es mir nicht nur vorstellen, ich hatte es selbst gesehen. Tu dies, tu das, wisch mir die Nase ab, und wer weiß ... vielleicht sogar: Hol mir einen runter! Er machte schon auf dem Friedhof den Eindruck, als könnte er ganze Heere befehligen. Von daher war es kein weiter Weg mehr zu jenem Punkt, an dem er von seinen Freunden verlangte, ihm den Computer zu bedienen, ihm Musik herunterzuladen, oder eben eine Slackline zu spannen, auf der er dann Yaya balancieren ließ und seine Rachegelüste auslebte, als er mit den Füßen gegen dessen Kopf trat. Rache dafür, dass ihm ein anderer Schwarzer sein Leben zerstört hatte, wie er es subjektiv empfand.

Ich sagte: „Ja, ich kann es mir sehr gut vorstellen.“ Sogar, dass er seine Mutter dazu gebracht hatte, Joseph „Seppi“ Iwobi vom Balkon der Wohnung am Franziskanerplatz zu stoßen und anschließend ein kleines

Schweinchen auf seinen Leichnam zu legen, damit wir auch alle wussten, es war seine Tat. Die Tat des Königs. Des Königs der Schweine.

37

Ich dachte während der Fahrt zu Klara Petzl dann nur an eines, ja, ich betete sogar, ich hoffte, ich flehte, dass sie während unserer Begegnung, die unmittelbar bevorstand, widerspenstig sein würde, sich wehren würde, ihre Überlegenheit zur Schau stellen wollen und vielleicht eine unüberlegte Bewegung machen würde, die man als Widerstand gegen die Staatsgewalt interpretieren konnte und mich in die Lage versetzte ...

Es genügte dann aber, dass sie einfach vor uns davonlaufen wollte, als wir bei ihr im Haus anläuteten, einem noblen Jahrhundertwendebau draußen im Dreizehnten Bezirk, der zeigte, dass das Schreiben über ihr gelungenes Leben und die verlorenen Hände ihres Sohnes sich auf jeden Fall finanziell ausgezahlt hatte. Nun aber hatte sie keine Antwort auf unsere Fragen, sie lief einfach hinaus in den Garten (über den sie vermutlich ihren Gartenratgeber geschrieben hatte), und ich lief ihr nach. Griff sie beim Kragen ihres Kleides und warf sie über die Schulter. Anders als sonst beim Judo, wo man ja versucht, den Gegner sicher landen zu lassen, machte ich diesmal alles falsch. Ich ließ sie nach dem Überwurf ein wenig zu früh los und sie krachte gegen ein am Rasen aufgestelltes Tischchen, was ihr üble Schmerzen bereitete. Dann beugte ich mich über sie und schaute auf sie hinunter, während ich sagte: „Sie haben das Recht zu schweigen. Alles, was Sie jetzt sagen, kann später gegen Sie verwendet werden."

Ich hörte sie stammeln: „Sind Sie nicht diese ... Gitti?"

Ich ließ mich auf sie drauffallen, was ihr den Atem raubte. Und als ich dann Nase an Nase auf ihr lag, schnurrte ich sie an: „Ich bin Kitty, das kleine Kätzchen. Schnurr, schnurr."

38

Oliver Petzl fanden wir in der Psychiatrischen Abteilung einer privaten Klinik, die von einem Arzt namens Sergeij Lachanov geleitet wurde. Der Name kam uns bekannt vor. Olivers Mutter, die sein Vormund war, hatte ihn hierherbringen lassen, und Doktor Lachanov bescheinigte ihm in der Folge eine klinische Psychose sowie schizoide Schübe. Der diensthabende Arzt, ein müder Mann mit freundlichem Lächeln, erklärte uns das Gutachten, das Olivers Krankenakte beigelegt war, durfte es aber nicht an uns aushändigen.

Mit diesem Befund über den Gesundheitszustand des wichtigsten Zeugen würde auch eine Anklage gegen Klara Petzl auf tönernen Füßen stehen, denn Zeugen für den Mord an Joseph Iwobi gab es außer Oliver Petzl keinen. Der hatte seine Mutter dorthingezwungen, nachdem er erfahren hatte, dass sie mit Joseph verkehrte, und dann im Hof gewartet, bis sie „es" tun würde: ihn auf den Balkon hinauslocken, um ihn dann hinunterzustürzen. Später hatte er seinen Freunden davon erzählt, nicht nur von der Tat, auch von seinem Plan und wie er es geschafft hatte, seine Mutter, „diese Fotze", dazu zu bringen, es „für ihn" zu tun. Aber vor Gericht würde das nun keiner bezeugen. Der eine Zeuge hatte ein schweres Drogenproblem, der andere war inzwischen in einer geschlossenen Anstalt. Wer weiß, wann und ob er da je wieder rauskommen würde, wenn seine Mutter es darauf anlegte, dass er hier drinnen blieb?

Als wir die Klinik verließen, begleitete uns der Arzt zur Türe. Er klagte, dass Zwangseinweisungen durch die Eltern zunehmend zu einem Mittel der Erziehung würden.

„Sie kennen immer irgendeinen Top-Psychologen, der ihnen dann irgendeine Auffälligkeit bei ihrem Kind bescheinigt und ihnen dadurch die Last der Kindererziehung abnimmt. Dabei gibt es überhaupt keine Hinweise, dass Oliver Petzl psychisch krank wäre. Gut, er reklamiert ständig für sich, der *König der Schweine* zu sein, und ich bin noch nicht wirklich draufgekommen, was genau er damit meint. Aber andere Kinder nennen sich ‚Ronaldo' beim Fußballspielen, also was soll's? Vielleicht ist das irgendein Spiel, das er spielt, irgendwas mit Computern."

Ich sagte: „Er war tatsächlich Teil eines Spiels. Aber keines, das man am Computer spielt. Es war ein abartiges, ein tödliches Spiel."

39

Als wir nach Hause fuhren, in einem pinken Fiat, Ali, der Kurde, und ich, Kitty Muhr, das Mädchen mit dem geilen Arsch und den schönen Kleidern, schwiegen wir zunächst. Bonner und ein bisschen auch das Schicksal hatten uns zusammengespannt, und wir hatten einen ersten Fall zu lösen bekommen, den wir zwar nun aufgeklärt hatten, aber die Täter würden nicht der Gerechtigkeit zugeführt werden, soviel ließ sich sagen. Das eine war befriedigend, das andere war es nicht, im Gegenteil.

Während wir schweigend dahinfuhren, kippte ich langsam in einen Zustand, wo ich plötzlich total auf Anlehnung und Zärtlichkeit gepolt war, überhaupt nicht mehr auf Streit aus, nicht auf Krawall gebürstet. Ich war nur noch ganz cosy und schaute ihn mir an, meinen Ali Kahn Kurtalan, hätte ihn am liebsten in die Ohren gebissen oder wohin auch immer. Ich sah mich mit ihm in unserem beschissenen Büro verkommen, in das von draußen langsam die Hitze hereinkroch und in dem im Winter ganz sicher die Kälte nicht kleinzukriegen war, und irgendwann sagte ich zu ihm: „Sag mal Ali, hast du meine Nummer eigentlich nicht?"

Er sagte: „Doch, wieso?"

„Na ja, wir arbeiten nun schon drei oder vier Tage oder so zusammen, richtig?"

„Ja."

„Und du hast dich an meine Mutter rangemacht und an die alte Morell und ich weiß nicht, was du sonst noch machst, wenn wir uns nicht sehen. Aber was ich eigentlich sagen will: Ich hab noch immer kein Schwanzfoto von dir, was ist los? Gibt's was zu verbergen, oder bist du der Wichtig-ist-doch-die-Technik-Typ? Wobei ich sagen muss: Die Technik ist natürlich auch wichtig!“

Er sagte: „Du bist einfach nicht witzig, Muhr, echt nicht. Das sag ich dir jetzt innerhalb von drei Tagen zum zehnten Mal, aber du verstehst es nicht.“

„Gar nicht witzig?“

„Gar nicht! Vieles von dem, was du sagst, ist extrem unreif. Ich verstehe nicht, warum du in deinem Alter nicht weiter bist. Hat dich niemand gefördert?“

Am Abend rief ich Dejan an und fragte, wie lange es noch dauern würde, bis der Benz wieder einwandfrei lief, ich war da ein bisschen ungeduldig. Er sagte: „Es bleibt dabei, nicht vor nächster Woche.“ Das machte mich ganz traurig, versetzte mich in eine Stimmung, in der ich Zuspruch und Trost brauchte, noch mehr als Essen und Alkohol. Also fragte ich: „Könnt ihr zu mir kommen, du und Milan? Und könnt ihr mich in den Arm nehmen? Alle beide?“

Mir war nämlich gerade danach.

Georg Haderer
Sterben und sterben lassen
Kriminalroman
392 Seiten, € 12.95
HAYMON taschenbuch 208
ISBN 978-3-7099-7839-9

Ein Mörder zurück in Freiheit, ein Dorf in Aufruhr: Frederik Bosch, vor 26 Jahren für den Mord an der siebenjährigen Susanna verurteilt, hat sich nach seiner Haftentlassung ausgerechnet in Schaching niedergelassen, wo das Verbrechen einst geschah. Seine Rückkehr sorgt überall für Empörung. Und dann stolpert Major Schäfer auch noch über Ungereimtheiten in Boschs Fall ...

Eine fesselnde Mischung aus einem ebenso genialen wie abgedrehten Ermittler, schrägen Begegnungen und psychischen Ausnahmezuständen.

„... seine Kriminalromane zählen zu den besten, die es für Geld zu kaufen gibt.“
DIE WELT, Elmar Krekeler

www.haymonverlag.at